何丽萍 / 著

柔软

Rou
Ruan

文汇出版社

图书在版编目(CIP)数据

柔软 / 何丽萍著. -- 上海：文汇出版社，2019.11
ISBN 978-7-5496-3060-8

Ⅰ.①柔… Ⅱ.①何… Ⅲ.①短篇小说-小说集-中国-当代 Ⅳ.①I247.7

中国版本图书馆 CIP 数据核字(2019)第 259707 号

柔软

著　　者 / 何丽萍
责任编辑 / 熊　勇
装帧设计 / 力扬文化

出版发行 / 文匯出版社
　　　　　上海市威海路 755 号
　　　　　(邮政编码 200041)
印刷装订 / 保定市铭泰达印刷有限公司
版　　次 / 2019 年 11 月第 1 版
印　　次 / 2021 年 1 月第 2 次印刷
开　　本 / 880mm×1230mm　1/32
字　　数 / 225 千
印　　张 / 9

ISBN 978-7-5496-3060-8
定　　价 / 58.00 元

目 录 CONTENTS

底 线

1

禾木走在街上，被一个人叫住。是禾木不认识的一个人。那人说，你今年运道不好。禾木想，不就是为几个钱吗，就掏出5元钱。那人看也不看就走了。

2

那天晚上，禾木看着电视，忽然说，我要去买条红内裤。红格认真地盯了他一眼，说，你刚才一直在想这个事吧。禾木被红格看破，脸有点挂不住，沉吟了片刻说，也许。红格就笑了起来。笑得禾木生出了几分仇恨。禾木最不要看红格自以为是的那个张扬样子。电视《桔子红了》里的秀禾也在笑。很老实的一种笑。那才是女人的笑。温柔如水。禾木去了趟卫生间。他想摆脱那个笑。红格的还有秀禾的。

禾木还是被那个念头缠牢。这让红格有些不舒服。红格说，你越来越自恋了。禾木说，你难道不爱你自己吗？红格的声音马上响了几分，说，你现在总是很有道理。禾木支吾了一句。一下子什么话也不想说了。

康妮雅的红内裤的价格让禾木有些犹豫。他到别的地方转了

 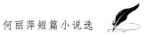

一圈又回来。他看到了梅耕。梅耕是个只穿康妮雅内衣的女人。她说，你穿了康妮雅，其他的自然不想穿了。通常，办公室里只剩下禾木一个男人。她们几个，老秦，四芬和梅耕就这么坐着开始聊天。聊生活。当然还有康妮雅。太阳照在她们身上，有种相爱的味道。她们什么话都会说出来。而且想法很多。天生的暴露癖让女人们亲密。这个时候禾木会四处张望一下。的确没有人在意什么。她们不防禾木。这样的气氛看上去有着私秘的温暖。

梅耕将眼闪过。禾木知道梅耕手里的那条红内裤是给另一个男人买的。他在去年夏天的一个晚上撞见了那种事。他到办公室拿东西发现门反锁了。他还看见了那张嫣红的脸。这件事或多或少出于禾木的意料之外。他总是看不透别人。梅耕第二天看见他笑了一下。她的脸上没有不安。这是个厉害的女人。遇事不惊。以后彼此就有了心照不宣。好几次禾木想把这事说给红格，但都忍下了。

梅耕的背影有些生动。这种天气穿裙子容易显出味道。禾木看了一会。他的眼里总是能够浮起她另外的模样。再高贵骄傲的女人也不过如此。禾木心情明朗了许多。

隔了几天，禾木把红内裤穿了出来。还在镜前摆了动作。红格的表情很复杂。她觉得穿着红裤头的禾木不像一个男人了。也许他从来就不是。红格悲哀地想。红格背过身去，继续读卡尔维诺的《寒冬夜行人》。红格的内衣破了，露出肢窝，看上去有点脏。她的手干燥而冰凉。一个不在意内衣的女人至少是放心的。这个想法安慰了禾木，他很快就睡着了。

3

大朱打来电话，说，晚上 6 点，新开元。新开元是云城档次最高的酒店。人有钱了，剩下来的就是那点脸面了。这是同学会后的一个余兴节目，当年的班花一句话让大朱有了请客的心情。班花说，还就你行。

禾木骑着自行车，急急地赶去，却是第一个。正后悔，见一帮人拥着大朱进来。大朱还把小情人也带上。小情人很瘦，但瘦得很有内容。大朱到底是高手了。

大家坐定。大朱说了一个黄色笑话。说的是一个领导看上了漂亮的女下级，要到她家吃饭。女下级就做了四个菜，大白菜炒肉，大白菜炒木耳，大白菜，大白菜汤。领导说，这么都是一个味啊。女下级说，很多东西，上面看看不一样，下面看看都一样，领导明白了，就走了。大家都笑了。一下子，气氛有了。男人就是靠黄色笑话走近的。大朱用手指了禾木说，禾木，你是文化人，你说说，女人都是一样的，女人都是不一样的。两句话哪句对啊。禾木说，都是真理。大家又一起笑了。

便听有人暗地里问，禾木，你怎么样。禾木说，没怎么样啊。问的人就露出疑惑的神情。说，没想到，你可是最会读书的啊。禾木勉强的笑一笑。

禾木觉得有点别扭，喝下几口闷酒。酒劲一上来，便放松开来，拿眼去瞄几个女同学。有几个，忸怩着，头发和衣服都是新的，而且很激动，让人一眼就看出是那种没大机会出家门的女人。这样的女人最容易犯错误了。红格就说过，地主家的小姐，一不小心，就被佣人诱惑了。倒是那些风月场所里的女人，不那么容易动心，看准的男人很优秀。正想着，旁边的女人开口了。她说，禾木，不记得我了吗？

禾木还真没想到有一天他会认不出心宜。心宜的身体宽了许多。三十几岁的女人，怎么看也是半老徐娘了。那个时候，心宜梳着两条辫子，笑容很干净。在某种意义上说，禾木爱过心宜。禾木是个把心思藏得很深的人。想过什么和做过什么自然是两码事。当然，这是往事。禾木说，你过得还好吗？心宜说，你看呢？禾木已经对猜谜不感兴趣了，笑着转了话头。

酒毕，大朱说玩几圈吧。禾木不知道他们要玩多大，心里就有些犹豫。坐定，大朱伸出一个指头，说，老规矩。有个说，一元吧。众人都笑了。大朱说，你是妇女儿童啊。禾木的心也提紧了，没有笑出来。

后来又聚了几次。禾木每次都不大想去但每次都去了。也实在没有更有意思的事。私下寻思，自己也得找个地方做回东。和红格商量，红格说，也上新开元吧。这让禾木有些感动。红格的好处就是给男人面子。禾木一高兴，就把大朱带情人的事说了。红格说，是显摆吧，也太张扬了，这样的男人成不了气候。禾木就笑了一下。红格说，我刚才把你心里想的说出来了。又不依不饶道，不过，妻妾成群，可是你们每个男人的梦想啊。你是嫉妒了吧。闭得禾木没了话。红格太聪明。女人太聪明了就不可爱了。禾木打定主意以后什么都不说。红格说，现在流行的一句话是，同学会，拆散一对算一对。禾木说，你不正盼着吗。红格高兴了，说，知道就好。

4

中午，禾木等欧阳下围棋，一直没见人影，心里就有些纳闷。上班的时候问欧阳，欧阳说，有事。就不肯再多说一句了。

禾木从老秦那听到消息是一个月后的事。科室里要提拔一个中层。禾木和欧阳都符合条件。老秦将脸凑近说，我看你的希望比欧阳大。老秦年轻的时候犯过事，那事就压得老秦失了自尊，变成处处讨好很会说话的女人。禾木当然不会相信什么。但老秦这句话，还是让禾木舒服了一下。

天黑透的时候，禾木提着香烟和酒摸到了那个人的家里。推门进去，看见欧阳正坐着下围棋。欧阳像主人那样起来招呼。禾木使劲地喝下一口水让自己安定下来。一时汗都出来了。

禾木去找老张头下棋。老张头的办公室阴着，桌子积了灰，一点人气都没有。老张头捧着一本棋谱，一副爱理不理的样子。禾木摸了脾性，也不介意，坐下来摆了棋。老张头硬了几分钟，终于笑开，啪的一声，执了白子。下到一半，老张头又灰了脸，盯着禾木说，你有心事？禾木轻轻地叹了一口气。老张头猜到几分，也不说白，想了一会，说，世事如棋。禾木哦了一声。

结果上的是小戴。大家都说没想到。

禾木和欧阳又在一起下棋。欧阳说，你看那人那张脸，变得真快。禾木说，人都一样。欧阳说，我只是不明白我们怎么会输到他的手里。禾木说，生活不是理论。不明白也好。也许我们都是小儿科吧。欧阳还想说点什么，禾木突然不耐烦了，把棋和了。

梅耕要调走了。调到她丈夫那里去。临行前，请了禾木。同事多年，禾木还是第一次和梅耕单独在一起。梅耕的确是个让男人动心的女人，顾盼之间风情流动。禾木感觉到了某种压迫。背负一个别人的秘密其实并不快乐。

梅耕说，我知道你看不起我。说完就哭了。禾木僵在那里。也不想安慰什么。毕竟，这是与他无关的一个女人。但梅耕的哭还是带来了一些感伤的东西。禾木问，你爱他。梅耕说，不，是需要。禾木说，我能理解。梅耕说，也不是你理解的那种。现在的人没有爱了。禾木笑了，笑得很宽容。梅耕平静下来，说，一个中国男人死了，留给他妻子一份遗产，留给他情人一片枫叶。这样结局不看也罢。

一时无话。梅耕认真地看了禾木一眼，问，你那天看清那个人了吗。禾木点点头。梅耕沉默了一会儿说，知道小戴为什么能上吗，因为他也撞到了一次。他还拍了照片。禾木说，这很卑鄙。梅耕说，这只是你的想法。良久，禾木叹了一声，却不说什么。

在1号考场，禾木打开试卷，他发现什么也不会做了。禾木醒来。这段时间禾木差不多每天都做这个梦。禾木有些心灰，上班也不踏准钟点了，天一黑闷头就睡。红格刺了几句。禾木说，你别看不起我。是凡人，就看不远，就只能想眼前的事。红格说，你不想要什么的时候，别人就拿你没办法了。禾木说，你还是个书本里的人。说得红格心里一愣。

5

星期天，禾木领了红格和女儿一起走了一趟老家。母亲已经在村口等了。

禾木家兄弟三个，就禾木一个人会读书，当年考上大学，还着实让母亲抬了抬头。最初几年禾木回家，村里人把他看成人物，家里挤了人，听到一些新鲜名词，都张着嘴，乐成一团。母亲则静静地坐在一旁，盯着禾木，看不够的样子。这情景让禾木多少有了满足。后来就没怎么样了。

本来也就没怎么样。

禾木在城里混了多年，除了衣服讲究起一点，其他的也看不出什么。倒是两个哥哥，一个开汽车，一个做木工，日子滋润些。红格最早会带点自己淘汰的衣服，后来看她们都不穿，才反应过来。两个嫂子底下嘀咕，红格还真不会打扮。

红格与母亲相处得很好。从没红过脸。母亲在这里带了三年孩子，走的时候，两人都有些不舍。红格说，我看不透你母亲。她太好了。是一种天生的好。人好了就深刻。禾木说，那你母亲呢？红格马上说，装的。红格的母亲在云城名声赫赫。也著书立说。每当红格看见母亲在电视里露头就关了电视机。这时候，禾木就有些得意。红格的母亲当年反对过这桩婚姻。她脸上的不屑和冷漠让禾木有足够的理由疏远她。

母亲看着红格，竟呆呆地说不出话。她的笑里透着一种莫名的悲伤。她还摸了红格的头发。红格心里疙瘩了一下。私下对禾木讲，母亲有病了。禾木说，也没听他们说啊。红格的眼圈一红，说，谁有那个心啊。再说母亲自己也不会说的。当下要带母亲回城。禾木还想再看看，红格理也不理，顾自收拾去了。

到医院一查，果然是晚期肝癌。红格放声哭了。禾木说，你没什么可哭的，那是我母亲。红格一下子哭得更汹涌了。

一家人聚在一起商量。大哥的意思是，住进医院。母亲一辈子不容易，好歹也让她有个安慰。二哥的意思是，明摆着是钱往水里扔，不值得。大哥二哥都看着禾木，红格也看着。禾木没有说出自己的意思，软软地说了一句，让母亲自己定吧。母亲听了，也没什么表情，只是很坚定地说，回家。红格又哭了一次。

母亲回村不到半个月就死了。大哥二哥把丧事操办得很体面。全村人都请了。兄弟几个把母亲葬在父亲身边。禾木出生的那天，父亲让一棵树砸了后脑，就留下啊的一声。母亲那年二十五岁。母亲读过私塾，识字，大名紫烟。这个名字从来没被村里人叫过，现在，禾木把它刻到墓碑上。

半夜，禾木听到外面有动静，出去一看，又什么也没有。这样来回了几次。红格也醒了，淡淡地说，你心虚了吧。禾木恼火了，吼了一句，你以为你的善良能够救活母亲。你以为你和母亲的感情比我深吗。禾木没理会红格的哭声。他呆呆地走到雨中，让冰凉的雨水渗入皮肤。

6

心宜说，你总不会是不想见我吧。电话里心宜的声音有一种撒娇的味道。这让禾木心里恍惚了一下。很明白的事了。的确也没有理由拒绝。也没有必要拒绝啊。禾木说，我是太想见了，所以不敢见啊。心宜的声音小得像耳语，她说，是吗。他们定了时间和地点。

云城是个懒散的城市，满眼的茶楼、酒吧和舞厅。他们去的地方叫西风，据说是女老板的名字。西风茶楼暗香浮动，有着小资的欲说还休。可以看见一些疲惫不堪的脸和疲惫不堪的心事。夜幕让人松懈下来。这没有什么。

心宜打扮过了。她还涂了手指甲。穿得也比较高级。但还是显老。比红格老。没有自信的人大概要显得老些。或者是经历了什么。女人是不能经事的。两个人不咸不淡地扯着一些旧事。心宜说，还好吗。禾木说，什么算好什么算不好。心宜说，那倒也是。又说了一会大朱。禾木说，大朱很成功。心宜说，我不喜欢成功的人。禾木说，你在安慰我了。心宜说，是吗。禾木避过心宜的目光。他不想说什么。倾诉是女人的事情。到了9点，禾木有了走的意思，心宜理解的笑笑，笑得很温和。

禾木回家，不见红格，心想，说不定也去喝茶了呢。果然，红格开门进来便道，我和同事去喝茶了。禾木问，在哪里。红格说，西风。禾木以为红格会问点他什么，但红格什么也没问。禾木事先想好的话没用上，竟有些失落。

禾木到了心宜家，才发现心宜只请了他一个人。心宜说，很意外吗。禾木说，是没想到。心宜说，你很懒。禾木说，是的，懒得想事。心宜动手做菜，禾木相帮着，这个过程有点意思。心宜的手艺不错，几个家常菜弄得有滋有味。禾木说，你是个会过日子的女人。心宜说，不是嫌我俗吧。禾木说，他有福气。心宜说，你没有吗。禾木一时语塞。

吃饭的时候，两个人都喝下一点酒。心宜喝得更多点，整张脸都透红。禾木张望了一下。心宜说，他出差了。心宜笑得有些深意。禾木忽然觉得胸口有点透不过气来。心宜说，你爱她吗。禾木说，我不知道。心宜说，那你喜欢我吗。禾木想了很久，说，我不知道。心宜说，你没有回答啊。禾木说，我回答了。心宜还想喝酒，晃晃地起来倒，洒出了许多。禾木夺了酒一口气喝了。他们的手都是热的。

心宜去了卧室。等了一会，什么动静都没有。再出来，发现禾木已经走了。心宜忽然涌出泪水。

禾木睡到半夜，想与红格做那事。红格说，你怎么了。禾木也不回答，一下子就狠狠地压上去。

有一天，大朱过来闲聊，聊到了心宜。大朱说，心宜也可怜。禾木说，怎么？大朱说，她离婚好几年了。禾木说，是吗。呆了一下。大朱问，你有想法。禾木说，我能有什么想法。大朱摇摇头，笑道，你们文化人就是太会想。想多了，就什么都没意思了。

禾木再也没去见心宜。

7

红格要去看电影，禾木只好去了。是冯小刚的《一声叹息》。下雨，两人落了一身的泥汤回来。禾木议论道，做男人真累。红格马上纠正，说，是做有情人的男人真累。说完，将沾了泥巴的包一扔。禾木说，也不擦擦。红格说，擦什么，过几天它自己就会没的。禾木摇摇头，说，也只有我敢娶你啊。说完，拿了抹布细心地擦了。

禾木问红格要煤气票。红格乱找了一气，也没找着。禾木就说，也不知道你整天干什么的。哪个女人像你。红格啪的一声关了门，自顾写小说了。禾木在门外很响的说道，别自找累了，你那小说没人要看的。

禾木还是看了红格的小说。写的是一个网恋的故事。晚上，禾木推了麻将，在家里看红格聊天。红格的网名叫红袖添香，她进的那个聊天室叫中年情怀。红格说，你聊天吗。禾木说，我害怕。红格说，讲讲理由。禾木说，网上的女人太厉害。红格扬脸看着他。禾木继续说，她先是诱惑你让你有了想法，当你想实施想法的时候，她就睁大眼睛，尖叫，说，想不到你是这样一个没道德的人。于是一个男人就毁了。红格忽然笑了。红格说，我知道你想了什么。你就会这样想。禾木说，明白就好。当下关了电脑。

欧阳来看禾木。他辞职开了一家公司。头发和鞋都讲究了，看上去也就是小老板的样子。禾木没问欧阳生意上的事情。他知道欧阳不会说真心话了。况且，欧阳好或者不好本来也与自己无关。

两个人下了一盘棋。很快就下完了。欧阳说，不是你对手了。禾木叹出一口气，说，还有几个人有心情下围棋啊。两个人说到老张头。老张头前不久死了，是在下围棋的时候死的。手心还搋了一颗白子。老张头毕业于北京大学土木系，做过五年右派和几十年的闲人。是全机关最老的科员。大家都说老张头这辈子很亏。当然那只是别人的想法。人和人是不一样的。你用自己的人生经验去推测别人，也许就错了。老张头把棋留给禾木了。玉做的，很有质地，但已经看不出颜色了。

这让禾木想起一则寓言。讲的是一群猴子，它们常年在地上爬行，忽然一天一只猴子说：我们直立起来走路吧。其他猴子气愤了说：这家伙怎么这么出格，打死它。它们就把它打死了。后来众猴子试着站起来走走觉得很挺好，以后就站着走路了。一天又一只猴子说：我们蹲下来歇歇吧。众猴子又气愤了说：这家伙怎么这么出格，打死它。它们就把它打死了。众猴子呢当然免不了要歔歔的。

禾木终于没说小戴的事。欧阳说，你好像没感觉吗。禾木说，装的。在这呆懒了，也做不了其他的事了。只好这样了。欧阳说，能忍也好。禾木说，是老了呢。两个人都有些感叹。欧阳沉默了一会，说，我离开这里，并不是因为小戴。那个人没有为我说话，甚至连名都没提。我白白地当了一回狗。

办公室又来了几张新面孔。他们都很年轻。现在，禾木坐着听他们聊天。他们聊网络、足球、女人和梦想。禾木会在4点45分钟去买菜。今天禾木准备要做的菜是，红烧带鱼，霉干菜蒸肉和腐皮青菜。一个是女儿爱吃的。一个是红格爱吃的。他在菜场里看见了老秦。她跟人辩着什么，嘴里重复道，你要相信我，你要相信我。一副凄凄的样子。禾木避开了。禾木没有直接回家，而是去了康妮雅。他想给红格买一套康妮雅红内裤。红格明年本命年。

8

禾木走在街上，被一个人叫住。是禾木不认识的一个人。那人说，你今年运道很好。禾木想，不就是为几个钱吗，就掏出5元钱。那人接了钱就走了。

（原载《收获》2003 年第 2 期）

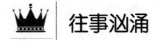 往事汹涌

1

白蛇弄在云城热闹地段，是一条不短的巷，紧走慢遛的，也得十几分钟的光景。青石方砖一直铺到头，两边的房子也是有钱人的造势，比一般人家多一些讲究和细节。比方说，主材料用的是南樟北柳，这样的屋子夏凉冬暖，采光也好些。而屋檐和门窗用的是上好的真漆，年岁愈长愈显出光亮。彭家的祖宅就在那里。彭家以前是做药材生意的，在乡下还置了不少的田地，土改时，成分定的是地主。

苏大白走到门口的时候，回头看了看。他没有像往常那样小心地敲门，而是一下子就推了进去。一屋子的人正热闹地说事，见了他，就静下来。这架势，苏大白也早已习惯，彭家一直拿他当外人，防他像防贼。彭老太斜过一眼，连个招呼也没给。倒是大嫂有些看不过，忙着起身让座。苏大白半个身子挨着板凳，顾自掏出一支烟抽起来。彭老太到底还是没沉住气，发话道，有事就说吧。苏大白说，玫琴让我请你们去吃饭。嘴角勉强一牵，算是笑过了。

彭老太照例换了出客的衣服，头发也用毛牙刷蘸水梳得熨帖。虽然彭老太一眼看去，已经和白蛇弄里的其他老太婆别无二

致，但骨子里仍然不会放过以前大户人家的做派。临出门，又唤小儿子取下一条咸肉，说是带给外孙苏来吃。彭老太疼苏来疼得有些出格，几个孙子倒是不怎么放在眼里。奔七十之后，越发得由着性子来，做事不管不顾的了。有一次出门回来，就给苏来带一身新衣服，还当着众人的面让苏来换上，弄得玫琴颇为尴尬。玫琴觉得母亲明白一世，老了为苏来和家人失和，划不来的。私底下劝过几次，母亲不以为然，说，做人的斤两我还是能掂的。几个媳妇也不是好惹的，话里藏了刀似的。彭老太索性抹开脸，把早已盘算好的提前说出，一字一句道，祖屋就给苏来，我定了。小媳妇当场跳出来说，没有这个道理。彭老太哼了一声，说，彭家还轮不到你说话。

彭老太的偏心，惹得彭家上下看苏来都不大顺眼了。彭老太守寡多年，养了寡妇的脾气，平常是油盐不进，就是拿苏来没办法。这一会，她拿报纸将咸肉包了，说，待外孙待脚爪呢，热不进心的。这话自然是讲给苏大白听的，拿眼寻时，已不见苏大白的影子。

玫琴住的是苏大白厂里的房子，一大一小两个房间，厨房搭在外头。玫琴是不大管家的人，平时根本想不到添置什么，他们家的碗筷是不肯多出一点的，这到合了苏大白的心，在苏大白眼里，所有的东西都是可有可无的。苏大白连衣服也不让玫琴洗，说是的确凉的领子经不起板刷的。彭老太一行过来，见厨房空空的，估计玫琴又去买碗筷了。苏大白抱了胳膊靠在门边，谁也不理，脸像结了霜，冷冷地说，我是请你们来看一场好戏的。

门被苏大白一脚踢开，彭老太往里扫了一眼，当下就站不稳了。几个人把彭老太扶进厨房。彭老太捂住胸口，好一会才叹出一口气，骂了一声"作孽"。这门婚事，彭老太向来不看好，当初也就图了苏大白的一个好出身。彭老太责怪自己眼窝浅，小看

了苏大白。这出阴招损得狠，母亲捉自己女儿的奸，怎么传都是
笑话。搁了一会，房间里便传出了玫琴的哭叫，一声紧一声的。
几个兄弟想冲进去，都被彭老太挡下了。彭老太是见过世面的，
大事临头，也没乱了方寸。她说，苏大白把事做的这么绝，反倒
好了。随即叫齐家人，头也不回地走了。

　　苏洲来到河边，哥哥苏来果然在那里。冬天的风落在脸上，
一阵阵地生疼。苏洲挨过去，苏来的一只手摸了摸苏洲的头发，
但很快放开了。苏洲说，我们回去吧。苏来说，我不想回家了。
苏来的声音有些异样，像刚哭过的样子。过了好久，苏来终于又
说了一句，我们家就要让人看不起了。苏洲说，哥，你会想出办
法吗？苏来说，什么办法都是没用的。

　　两个人往回走。弄堂的灯黄黄的，人的影子看上去就有些摇
晃。他们听见母亲玫琴在后头唤。玫琴一手提了一只锅，另一手
提了龙泉瓷碗。身上是一件他们从来没见过的新衣服，不过，扣
子已掉了两个。走路也不利索了，一拐一拐的。苏来好像不认识
地看了玫琴一眼，硬邦邦地往前挪。玫琴也不敢吭声。

　　彭老太心里藏了事，一夜没睡踏实。天还未放亮时，传来了
敲门声，门口外站着苏大白和玫琴两个，玫琴软绵绵地靠着苏大
白，像是站直的力气都没有了。彭老太一惊，叫了一声不好。果
然，玫琴说找不着苏来了。全家人分头去找。第一天没找着，第
二天找着了，却见苏来直挺挺地站在彭家老屋的房顶上。人越围
越多，连平常不大来往的亲戚也赶来了。十二岁的苏来当着大家
的面跳了下来，一条腿飞了出去。彭老太抱了那条血淋淋的腿当
即就去了。

　　苏大白和玫琴原来是准备离婚的，苏来一残，两个人都失了
心劲，觉得怎么活都是一个没意思，反倒又一起过下去了。第二
年又添了苏起。这以后，两个人都改了性情，苏大白大方起来，

玫琴也不那么招男人了。他们比较一致的一点是，都能从很远的地方听到苏来一颠一颠的脚步。少年苏来很闷，经常独自一人看着天空发呆，谁也不知道他想了什么。

2

唐晓惠临走的那天，约了苏来。她是个容貌不错的女孩，新剪了头发，穿一件花点点的连衣裙，是时新的人造棉料子，袖口做成泡泡袖，两只胳膊很白。她的神色有些慌张，没等苏来走近，放下东西就走。是一捆用毛线绳扎了的信。唐晓惠正是盼求爱信的年龄，但苏来的信让她打击不少。她故意对苏洲说，我唐晓惠还不至于那么差劲吧。苏洲后来忍不住将这话学给苏来。苏来说，她真这么说？脸上的表情淡淡的。那只残腿就抖动起来。苏来遇事的时候，那只腿就会抖。

几年后，唐晓惠在下放的地方被生产队长搞大了肚子，回家的时候已经遮掩不住了。她整天待在房间里不出来。她母亲忍了两天，第三天就骂开了，说，你还要我养你一辈子不成。私下里托人帮她介绍人家。母亲不敢挑拣，找了一个四十出头长着癞痢头的光棍。见面那天，母亲备了酒和肉，好言好语伺候着。光棍喝了酒，立马要睡唐晓惠，唐晓惠不肯，光棍就冷笑起来说，你还当你是什么，睡你还是看得起你呢。说完扬长而去。唐晓惠想哭又没哭出来，此时她才明白，自己的好日子没有开始就已经结束了。

日子是拖不下去了，唐晓惠终于横下心。她用香皂洗了脸，打上雪花膏。又换上一件更宽的衣服。脚上的尼龙袜是新的，被一双半新旧的皮鞋勒出痕来。唐晓惠坐了一会，发现身上出汗了，犹豫着是否去换件内衣。她从五斗橱的镜子前走过。镜子里的女人臃肿不堪，蝴蝶斑暗了一脸，她忽然觉得换内衣的想法很可笑。

苏来的裁缝店开在白蛇弄的弄口。店铺外头，还摆了个补鞋摊。补鞋的老头正在读一本书，看见唐晓惠时马上把整个身子转过去。苏来显然是吃惊了，他的嘴巴好半天都没合拢。眼前的唐晓惠已经是个十足的小妇人了，浑身透着不干净的气味。唐晓惠盯着他的眼睛说，吓着你了吧。随即坐到一只小板凳上，两条腿使劲往里收拢，一只手倒撑在地上。苏来从里屋搬出一只躺椅，说，坐这舒服些。唐晓惠在躺椅坐下，把鞋也脱了。苏来说，脚肿了，那就快了。唐晓惠嘻嘻地笑起来，说，你倒是蛮有经验的呀。苏来的脸有点红，低着头道，听别人说的呀。唐晓惠还是把皮鞋又穿回去，她用轻得不能再轻的声音说，你知道我的事了吗。苏来说，什么事。唐晓惠呆了一下，终于没有说。

隔日，唐晓惠又来了，手里拿了一包零碎，说是让苏来做两个小孩肚兜、两件开裆裤和一件棉背心。苏来见了就笑开，说，我还没收过这活呢。这里的女人都精明得要死，那里会让我赚这个钱啊。唐晓惠说，你不是骂我吧。苏来马上就接手做开，手指舞得刀一般。唐晓惠说，谁跟了你谁享福呢。苏来转过头，也说了一句，你不是骂我吧。两个人都被这句话逗笑了，唐晓惠要笑得更长久一些。多年前，高中生唐晓惠就是这样笑着从苏来的眼里走来走去。苏来说，你以前可是很傲气的一个人呀。唐晓惠忽然收住笑，走过去，将脸扑到苏来的背上。她说，我现在是没人要的女人了。苏来被这话点醒，终于明白过来，下意识地往前挣脱开来。唐晓惠流着眼泪说，我就这么叫你害怕吗。苏来怔怔朝她看着，一时想不出话来，只觉得心里空荡荡的。

唐晓惠的母亲天黑时摸到苏来家，她把一袋麦乳精搁到桌上，将话挑明了。她说，他们两个就别相互嫌弃了。说是求，口气也不软。玫琴张了张嘴，忽然意识到自己是没有权利说什么的了，就眼巴巴地看着苏来。苏来说，唐晓惠本来就是我的呀。把话说得不卑不亢的。唐晓惠的母亲还想说点什么，苏来突然不耐烦了。

当晚，玫琴问苏大白，你怎么想这事。苏大白说，我根本就没想。玫琴说，我倒想了。苏大白说，想也是白想。苏来是不会把我们放在眼里的。玫琴说，娶了这样的女人，我们的老脸都没地方搁。苏大白冷笑起来，啐了一口，说，你还配说这种话。玫琴缩到角落，一句话不敢应了。苏大白越想越气，又操起老拳，将玫琴打了一顿。玫琴早年的脾气早就给苏大白打掉了。她现在每天做很多的事，连抹布都洗得白白的，而且每次都穿着长裤睡觉，里面带了厚厚的护膝。

苏来当着唐晓惠的面把那捆书信烧了。他的故事和这些早已不相干。生活是不会给他想要的东西。火苗渐渐地小去，苏来多年的怨气平息下来，剩下的只是一个伤心。苏来看到烟雾里的唐晓惠，她往前倾着，肚子高到胸口了，样子看上去有点蠢。苏来忽然很想哭。

3

苏来和唐晓惠住到了彭家老屋。彭家老少都没说什么。还凑份子买了被面、床单、尼龙布帐，小媳妇又提议买下婴儿摇篮。苏来残了之后，几个媳妇也宽容了，不再去琢磨彭老太疼爱苏来的理由。他们把彭老太的那间朝南的房间腾空时，找到了锁在暗箱里的变黄的旧照片，是一张兄弟合影，苏来像极了其中的一个。大家不约而同地哦了一声，露出惊讶的表情。小媳妇还是忍不住说了一句，这个世上还真没有无缘无故的爱呢。后来故事揭晓出来，和他们想的并不一样。

彭家老二，也就是他们的父亲，抗日战争时参加革命，一去就是十来年没有音信。一家大小都是彭家老大帮衬着。新中国成立前夕，彭家老二回来，在老屋发现了枪支，就连夜报告了，彭家老大没隔几日便挨了新政府的子弹。四清时，彭家老二被定为特务，死在牢里。彭家老太竟一次也没去探望，全当没了这个人。苏来其实是彭家老大的外孙。彭老太对这些事讳莫如深，口风很紧，彭家上下都不大知道内情。

预备结婚的前一天，唐晓惠就生了，结果结婚宴和满月酒合到了一起。苏来那天喝了不少的酒，人都认不得了，硬是把唐晓惠的一个小姐妹当成唐晓惠。苏大白和玫琴早早预备下红包，但直到酒席散了，也没见两个新人过来敬酒，都落了一肚子的气。

彭老太的床比一般的要高一些，四周雕了不少的图案。有一日唐晓惠闲着无事，仔细地辨了那图案，不觉红了脸。唐晓惠跟了苏来之后，苏来一直就没碰过她，唐晓惠开始还以为苏来有心理障碍，私下里寻思，等孩子生下就会好转，但转眼孩子也近半岁了，苏来还是没动静。唐晓惠忍不住了，说，看来你还是嫌弃我了。苏来说，不是。我是害怕。唐晓惠说，你怕什么呀。苏来说，我也不知道。唐晓惠拿眼看苏来那只腿，抖成了一堆，就不敢再看下去。

唐晓惠生完孩子，人也恢复过来，脸上的痕迹淡去，皮肤里透出了红晕。苏来托人到上海给她捎来了一块草绿的涤卡，一块紫红的呢子，全都做成最时新的样式。夏天的时候，拿流行的乔其纱做成连衣裙，唐晓惠还是以前的眼光，选了花点点的那种。又鼓励唐晓惠烫了头发。众人看着，都说唐晓惠往回活了。唐晓惠想拉苏来逛街，苏来每次都找借口躲了，唐晓惠就一个人穿着花点点的连衣裙走着，把胸脯挺得高高的。

唐晓惠找了个粮管所的工作后，多年的自卑不知不觉地逃遁了，说话口气大起来，习惯于发号施令，满身都是漂亮女人的那种自以为是。苏来什么活都不让她沾，连她的月经带都洗了。一直洗到唐晓惠忽然停了月经。

又过了一个月，唐晓惠眼看瞒不下去了，就吱吱呜呜地说，有事要讲。每次提头，苏来都不接口。买的菜也是唐晓惠爱吃的，把最好的那点全搬到唐晓惠的碗里。弄得唐晓惠的心里很难受。但唐晓惠还是说了。苏来抱着头跪到床边，他无力地说，你为什么不能够骗骗我呢。我们不是过得很好吗。唐晓惠说，我不能一辈子做活寡妇的呀。苏来听了，反倒平静下来，过了好久说出一句话，把苏丫丫留给我。苏丫丫快三岁了，平常就黏苏来，连个小辫子也要苏来扎，和唐晓惠有些生分。旁人都说，苏丫丫越长越像苏来了。

唐晓惠把事情一五一十地告诉了母亲。男的是复员军人，在粮管所当临时工。出了这种事后，临时工也丢了，依旧回去做农民。母亲问，苏来待你不好吗。唐晓惠说，这个世上，我再也找不到比苏来待我更好的人了。是我自己贱吧。唐晓惠说完，流出两行热泪。母亲叹息道，我看你也就是天生给农民做老婆的命。唐晓惠坚定地说，人还总得为自己活吧。面里的舒服和心里的舒坦毕竟是两样的呀。母亲听出一点话里的意思，追问起来，唐晓惠倒是一句不肯说了。

之后，唐晓惠跟那个临时工走了。临时工的家比唐晓惠下放的那个村还要远不少，唐晓惠到了第二天就去下田种稻了。唐晓惠的母亲几年后去看望，一个农妇背了一大捆柴迎面走过，她竟然都认不出那就是唐晓惠了。唐晓惠在这里生下两个女儿，现在她的肚子又大了。唐晓惠对母亲说，儿子是根，人有了根，日子才会安心的。母亲看了她一眼，说，还是农民想法。你真的是农民的老婆了。唐晓惠正在灶前忙碌，将山芋腌制到一只大缸里，这种事，城里是没人做的。她没有搭理母亲的话。

苏丫丫十八岁那年，老师发现她怀孕了。公安局查来查去，最后查到苏来的头上。苏来被判了十五年的徒刑。苏来在狱里表现好，提前几年出来。他依然开他的裁缝店。开业的那天，苏来做了一件花点点的连衣裙，是真丝的面料，手感很好。那件连衣裙一直挂在那里。苏来等着唐晓惠来向他讨个说法，但唐晓惠一直没有来。补鞋的老头更老了，闲着的时候，嘴里还是哼着那句戏文，人生本是一出戏呢。苏来恍惚地听着，表情肃然。

<h1 style="text-align:center">4</h1>

　　苏洲觉得苏来的反抗很愚蠢。这个世上基本上没有什么事情是值得是用一生的不幸去换取的，包括尊严。在家里，苏洲是最得父母宠爱的一个，每年也只有她能吃到生日的鸡蛋面，新衣服也多一些，连自行车都给她买了。他们到死也没发现苏洲同样是个会记仇的孩子。除了不肯和父母上街这点和苏来很像外，苏洲一般都很听话，看上去很温和。

　　苏洲是用了心读书的，云城这个地方早已不在她的眼里。没有人知道她很早就开始准备逃离了。苏洲果然越走越远。先是去省城念了大学，后来又到北京读了研究生。现在苏洲待的地方，是玫琴和苏大白从来也没听说过的。他们拿了苏洲的照片到处让人看。那是苏洲去各国旅游留下的照片，风景优良，异域情调很浓，有日本的富士山和著名的埃菲尔铁塔。照片上的苏洲气质高贵，小时候见过她的人都说认不出了。除了寄几张照片回来，苏洲就不再做什么了。她根本就没回过家，而且不回家的理由都很好。这难不倒她的。

　　玫琴到了六十岁的时候，浑身上下都是病了。和苏大白说起，苏大白从来就应那句话，我又不是医生，和我说干什么。与他诉说，跟与自己的脚趾头说没有两样。除了给玫琴几个买菜的钱，其他的钱都拈在手里，拈得死死的。玫琴每看一次病，都要看他好几天的脸色。夫妻一辈子，也就图个老了的时候知点冷热，人活到这个地步，什么想头也没了，玫琴整日无精打采的，头也记不得梳，内衣更是几个月不换，连苏大白这样的粗人也嫌她脏了。

苏洲打来电话的时候，玫琴也会转弯抹角地说自己的病，但苏洲一直在那边装糊涂。有一次玫琴直接说白了，苏洲这回到是一口应承了，说是马上汇款来。过了多天，玫琴不仅没见到钱，连苏洲的电话也接不到了，像是断了音信。这个女儿，挺让他们长面子，却远得不着边际，根本就是摸不到的。想起平常电话里的那些孝顺话，也只是隔靴搔痒，听听而已。

那日，玫琴去问苏来借钱看病。苏来正好手头没有，又不解释，玫琴就闷着回去了。回家之后，把这事到处说了，嘴上嚷道，做穷人真没做头，小病忍着，大病就是等死的一条路。还说了苏来的许多不是。晚上，竟将自己吊在彭家老屋的屋梁上。

玫琴出殡那天，隔壁的一些邻居不让抬走，说是玫琴是让苏来逼死的。几个老人还冲到前面扯下了苏来的孝衣孝帽，又按照旧规矩往苏来身上倒水。苏来在棺材边跪了一夜，他忽然觉得母亲是存心这样做的。母亲这辈子，用彭老太的话来说，从来就没有聪明过。她和苏大白见第二次面时，就让苏大白睡了。不过，现在苏来一点也不恨母亲了。母亲其实是个更可怜的人。

苏来将母亲的事告诉了苏洲，苏洲哦了一声，也没说什么。苏来说，你有空就回来看看吧。苏洲说，再说吧。苏洲的声音很柔和，却透着优越和冷淡。两个人都沉默了一会。苏洲说，哥，你还好吗。苏来说，也就那样了。苏洲又问了一句，你爱过唐晓惠吗。这是苏洲第一次提到唐晓惠，苏洲对家里的人一般都不感兴趣的。苏来想了一会，说，没有。苏洲在电话那头轻轻地笑了一下，说，我早就想到了。

　　母亲死后，苏来就把苏起接过来了。苏起是个弱智，看见谁都是一张笑脸。那是毫无设防的笑，干净而天真。有一日，来了一个讨饭人，苏起拿了一块饼干，自己吃一口，让讨饭人吃一口。苏来看着，忽然泪流满面，许多往事汹涌而来。

（原载《人民文学》2003 年第 11 期）

结 局

1

在葛嘉耕快要把夏菲菲忘记的时候，夏菲菲出现在他的眼前。他的一个同事说，你爱人来了。葛嘉耕回头，看见夏菲菲站在那东张西望。夏菲菲刻意打扮过了，穿着黑色的紧身服，把线条和肤色都显出来。这种形象让葛嘉耕觉得有些陌生。葛嘉耕说，你怎么找到单位来了呢。夏菲菲说，难道该去你家吗。葛嘉耕一时说不出话来。

一年前的夏天，在老家米县，葛嘉耕遇到了高中同学夏菲菲。夏菲菲是个比较快乐的女人，话很多，笑起来的时候露出整口的门牙。这个笑容复活了葛嘉耕内心的记忆。而且夏菲菲还保持着对他这个当年班上唯一考上大学的才子的崇拜，这让葛嘉耕内心很受用。他们聊了两个晚上，第三个晚上睡到了一起。事后，夏菲菲说，我不想活了。她哭闹了一阵子。葛嘉耕有些不耐烦，说，不是你自己愿意的吗。夏菲菲一下子歇住了，眼睛盯过来，说，你原来就这样想这事的呀。葛嘉耕也不搭话，顾自打开了窗帘。明亮的天气里，两个人都变得容易忍受了。葛嘉耕说，你怎么还像小姑娘呢。早餐的时候，葛嘉耕看见夏菲菲吃下一杯牛奶、一块蛋糕、两只花卷和一碗稀饭，心里暗想，女人就喜

 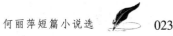

装样子。回到云城，夏菲菲打来电话。她说，我可能怀孕了。隔了两天，夏菲菲又打来电话。她说，没事了。

现在葛嘉耕和夏菲菲朝紫苑走去。紫苑是云城最著名的一条时装街。几十步的光景，店铺相拥，有招牌缤纷。一街的人气，旺到有些俗了。时令刚刚起暖，但裙子已饱了满眼。都是些藏了驿动之心的女人，像蝴蝶般飞翔和隐没，新鲜而妩媚。在紫苑，八度空间都能送来时尚的镜头。夏菲菲感叹道，到底是大地方好呢。

夏菲菲终于看中了那件铁灰色的羊绒大衣。她还让葛嘉耕过来试试手感。葛嘉耕瞄了一眼价格，说，有些老气。夏菲菲就放弃了。葛嘉耕小心地试探道，你来省城，要办什么事吗。夏菲菲说，买衣服，还有看你。葛嘉耕笑道，那算什么事呀。夏菲菲忽然有些不高兴了，她说，那什么算事呢。之后，夏菲菲一直阴着脸，直到买了口红、丝巾、真皮手袋、玫瑰红的睡衣和一套雪歌时装后，脸色才开朗起来。

后山宾馆窝在一个小弄堂里，门口挤着烟摊和果摊。整个房间哪里看上去都是脏的。葛嘉耕的理由是，对夏菲菲这种小地方出来的人用不着摆谱。夏菲菲梳洗了一番，把那件玫瑰红的睡衣穿出来。玫瑰红红得有些深，原本的闹热不见了，反而生出了许多的冷。夏菲菲做出小姑娘的样子，歪着头说，好看吗。葛嘉耕说，不穿更好看。

葛嘉耕的动作忽然停住，然后坐起来抽烟。这让夏菲菲有些害怕。夏菲菲说，你对我没有感觉了。葛嘉耕说，不是，是我老了。葛嘉耕看着夏菲菲一件一件地穿好衣服。他说，你现在又是良家妇女了。他的声音温和而疏远。夏菲菲呆了片刻说，我回不去了。葛嘉耕说，就当什么事也没发生过吧。夏菲菲说，这是流氓的想法，看来你这人只能演绎一些艳遇了。葛嘉耕说，你讲得好。我这个人就是懒得想事的。而且这个世上你越指望的就越失望。夏菲菲的声音高起来，说，我指望了吗。葛嘉耕逃开话题，像忽然想起了什么，问了一句，你老公做什么的。夏菲菲说，公安。葛嘉耕说，他喜欢你吗。夏菲菲反问道，你说呢。

葛嘉耕没挨到天亮就要走，很坚决的样子。他甚至不再看夏菲菲一眼。夏菲菲注意到门很快地关上。声音不大，落在夏菲菲心里却有些尖锐。夏菲菲想，这就是结局了。她被生活嘲笑了一次。

2

陈小蝶看见葛嘉耕从雪歌专卖店里走出来，他的腰挺得很直，目光有些横，的确就是自我感觉良好的那个神态。陈小蝶吃了一惊。这么多年，陈小蝶还从来没有看到葛嘉耕这样放得开过。她突然感觉这个时候的葛嘉耕倒有点像男人了。长期以来，陈小蝶以为自己早就看透了葛嘉耕，现在看来，并不是这么一回事。他身边的女人穿着黑色小背心和红格子中裙，腿很细长，一脸的春意盎然，看得出属于热爱生活那类女人。他们一前一后地走着，走到拐弯处，一起进了出租车。陈小蝶想，真实生活原来比虚构的故事更恐怖。

楚一兰急急地赶来，陈小蝶已经开始做饭。她做了葱油鲤鱼、水煮牛肉、香菇青菜。楚一兰说，够了。陈小蝶不肯，又做了油炸茄子。那些声音很清脆。陈小蝶把菜一样一样摆好，问，听点什么音乐。楚一兰就摇摇头，说，什么时候了呀。陈小蝶答道，什么时候都不能亏待自己呀。说完，放出古典的《梁祝》，但很快换成了外国的摇滚。

楚一兰对陈小蝶说，我还是不能够相信。陈小蝶一口一口地把茄子吃下去，说，谁叫你的眼光总是那么嫩呢。男人都一样。

何丽萍短篇小说选

楚一兰说，我这个人就是天真。她停顿了一会，有些激动地说，你好不容易把一个农民改造成城里人了，这个人却不是你的了。葛嘉耕真不是东西。陈小蝶反倒笑了，说，怎么，看上去到像是你比我还恨他呢。不就是个男人吗。你知道我现在在想什么吗。楚一兰说，我还不知道你想了什么呀。难道你能和别人不一样吗。楚一兰的话弄得陈小蝶心里不舒服了，她突然失去了倾诉的欲望。

当初，陈小蝶是云城大学著名的才女，追的人很多，陈小蝶也就花了眼，横竖谁都不满意。她有一个著名的论调是，越优秀的男人，他的弱点就越让人不能忍受。后来恋爱谈多了，感觉也没了，反把自己年龄拉大，倒让葛嘉耕趁虚而入。陈小蝶的母亲反对这门婚事，她甚至不肯来参加婚礼。她说，我没有多少理由，凭的是直觉。一个母亲天生的直觉。母亲又一次对了。有句老话是，母亲反对过的婚事一般都不会有太好的结果。现在陈小蝶开始信了。

葛嘉耕第二天回到家，发现卧室里的照片悬在窗台上，被阳光弄出了许多碎影，看上去有些失真。还有一盆花也散了。那是陈小蝶养在心头的花。葛嘉耕努力做出亲热的样子，但他很快放弃了。陈小蝶的手像蛇一样冰冷。

陈小蝶盯着他，似笑非笑地说，你昨晚去了哪里。葛嘉耕说，出差了呀。陈小蝶不笑了，说，够了。我看你这个人还是演不了戏的。葛嘉耕呆了一会，就自己把什么都说了。晚上的时候，陈小蝶让葛嘉耕把故事重复了一遍。第二天，陈小蝶又让葛嘉耕把故事重复了一遍。陈小蝶说，你已经开始后悔了。葛嘉耕躲闪开目光。在陈小蝶的面前，葛嘉耕向来是虚弱的。陈小蝶这个人，最好的地方是聪明，最不好的地方也是聪明，这也是葛嘉耕不喜欢她的理由。试想，一个躺在你身边的人，把你的什么都看透了，那是睡觉都会吓出冷汗的。智慧的女子，应该是把聪明藏起来的那种。当然，聪明和智慧本来就不是一回事。当陈小蝶再一次让葛嘉耕重复故事时，葛嘉耕哭了起来。这是陈小蝶第一次看见葛嘉耕的哭。那张脸变得老而猥琐。陈小蝶一下子觉得很没意思，懒懒地说，该哭的是我呀。她接着说，我不会恨你的。

　　葛嘉耕和陈小蝶办离婚的那天，陈小蝶不小心把脚扭了，肿得比馒头高。葛嘉耕说，要不明天再去。陈小蝶已经一扭一扭地走到前头了。葛嘉耕赶上去，说，女人倒是比男人更绝情，一天都不愿等。陈小蝶想了一下，说，还不是成全你呀。葛嘉耕冷笑了一声说，到现在你还不肯说一句真话呀。陈小碟马上还口道，我还真想不通，这个世上的男人怎么都这么自信。

　　楚一兰后来才知道陈小碟离婚了。她说，这事你也太狠了些。一日夫妻百日恩呢。朋友当中，你可是最好说话的呀。陈小碟说，这和好不好说话没关系啊。楚一兰说，葛嘉耕这人其实说不上坏的。陈小碟说，这和人坏不坏也没关系啊。

3

　　葛嘉耕如约来到夏菲菲的家。一个男人慢吞吞地开了门。屋子里响着毛宁的《涛声依旧》。男人说，我等你很久了。葛嘉耕建议把灯打开，男人没有同意。他说，我喜欢坐在黑暗里。习惯了。男人泡茶水的动作很熟套，看来他说的是真话。有一会，他们都没作声。

　　房间很闷，葛嘉耕觉得有些喘不过气来。他掏出烟吸了。烟头的亮光让黑暗更深。葛嘉耕咳嗽了一声，试着说出点什么，但他没有做到。男人把身子坐得笔直，冷不丁地笑起来，说，你害怕呀。葛嘉耕老实地点了头。男人笑得更凶猛了，然后突然把笑收住。他说，我只有在黑暗里才能够感觉安全。我不想再看到什么。男人的手准确地搭在葛嘉耕的肩上，慢慢地用力，葛嘉耕感觉整个身子都变得僵硬了。男人抽回自己的手，在黑暗中做出一个射击的手势，说，听说你离婚了。葛嘉耕说，是的。男人说，那你想和夏菲菲结婚吗。葛嘉耕很快回答道，从来没想过。男人牙疼似的吸了一口气说，我不明白了。葛嘉耕说，我是为这件事离婚的，但不是为夏菲菲离婚的。男人说，这有区别吗。葛嘉耕说，当然。男人认真地想了一会，用一种肯定的语气说，你是一个病人。

男人还是把灯打开了。这是装修过的三室两厅房子，很乱，所有的东西都摆的不是地方。客厅组合柜里有两个触眼的大洞，看的得出是一次吵架后的成果。沙发套也油得起腻了。葛嘉耕注意到男人的左手里握着一把玩具手枪，右手仍然不停地做着射击的手势。男人很年轻，有一双稚气的眼睛，但皱纹很深，头发全秃了。这让他的形象有些古怪。他说，你都看见了，夏菲菲已经是个不能好好过日子的女人了。这个消息让葛嘉耕显然吃惊了，他没有想到，或者说他根本就没去想。省城分手之后，他和夏菲菲就再也没联系过。他把离婚归结为生活对他开的一个不好玩的玩笑。仅此而已。葛嘉耕，你早就知道这件事了吗。男人说，是的。去年我发现家里的毛衣都上了白花，就知道不对劲了。一个女人再懒也懒不到冬衣都不能收拾的地步。她是缺了生活的心劲了。告诉你一个经验，女人忽然改变了什么，那八成是有了外遇。比如，外向的内向了，爱吃甜的改成爱吃辣的了，等等。葛嘉耕说，夏菲菲有什么变化吗？男人说，她忽然不爱说话了。葛嘉耕哦了一声，问，夏菲菲知道你知道吗。男人说，不知道。

男人拿出一本照相本让葛嘉耕看。葛嘉耕承认照片里的夏菲菲有些漂亮。男人指着十八岁的夏菲菲说，我第一眼看见她就喜欢上了。我干她的时候她的确是处女。那次她把嘴唇都咬破了。

他把脸转向葛嘉耕，他说，你老婆是处女吗。葛嘉耕说，不是。这时候，男人的脸上浮起了一个羞怯的笑容，他的眼睛像蒙上了一层水气，这让他看上去有点像孩子。他说，女人的一生太容易毁灭了。尤其是一个老实不会装的女人。葛嘉耕想，这就是问题的症结了。这世上有一种人，是要和自己过不去的。当然还有另一种人，无论做了什么，都能够为自己找到很多的理由，甚至可以比其他女人装得更贞洁。葛嘉耕小心地问，你还爱她吗。男人反问道，你说呢。葛嘉耕说，我怎么知道。男人不肯罢休，说，你怎么会不知道呢，你怎么会不知道呢。男人的目光迅速地暗淡下去。

葛嘉耕有些坐立不安了。他把目光再一次落到男人的手上。那双手骨感而苍白。

男人说，能答应我一件事吗。

葛嘉耕说，什么？

男人说，和夏菲菲结婚。

葛嘉耕说，要是我不答应呢。

接下来，男人再次把灯关了。黑暗里，葛嘉耕听到了一个很冷的声音。那是玩具手枪发出来的。

4

陈小蝶离婚后更加无所事事了，三头两天往楚一兰家跑。她们两家原来走得就近，每个星期基本都要会上几次，聚餐，然后搓麻将。现在，陈小蝶最喜欢的事就是搓麻将。这一天，陈小蝶打爆了电话还是三缺一，急得不行，楚一兰道，我看你离了麻将就活不下去了。陈小蝶说，你这话还真说对了。你说，我不搓麻将，我干什么。楚一兰叹出一口气，便想到了葛嘉耕。楚一兰拿眼瞄陈小蝶，陈小蝶说，不就是打麻将吗。一脸无所谓的样子。楚一兰将电话打过去，葛嘉耕一口就答应了，末了，又加了一句，我带一个人来。你们别介意。

陈小蝶进了一趟洗手间，掏出口红抹了嘴唇。想了想，又把唇膏的颜色用舌头舔浅一些。

他们没有猜错，葛嘉耕带来的人就是夏菲菲。天气还不是太冷，夏菲菲已经穿上羊绒大衣了。大衣是铁灰色的，质地和做工都很优良，而且是今年刚刚流行的款式。陈小蝶略微有些意外，葛嘉耕向来很小气，这点没有人知道得比陈小蝶更清楚。他们刚结婚的时候，葛嘉耕每天早晨都替陈小蝶挤好牙膏，陈小蝶有些感动，后来，葛嘉耕自己把谜底揭了：你挤的牙膏太多，浪费呀。过日子是得算的。陈小蝶看了一眼夏菲菲，很快就将目光调开了。以后再也没看一眼。夏菲菲很漂亮，但也仅仅是漂亮而已。况且，中年女人的漂亮是最不牢靠的。陈小蝶在心里哼了一声，葛嘉耕，你还是俗了。楚一兰端来茶，葛嘉耕说，夏菲菲不爱喝茶，有纯牛奶吗。楚一兰抱歉地摇摇头。葛嘉耕便跑下楼，买了一瓶纯牛奶回来，把吸管插好递到夏菲菲手里。

楚一兰进厨房时，葛嘉耕跟了进来。葛嘉耕问，过得还好吗。葛嘉耕没让楚一兰回答，他呵呵地笑起来，说，我这是废话了。你这个人是从来都不会活不好的呀。

四个人坐定。楚一兰的老公递过一支烟，葛嘉耕摆摆手，说，戒了。楚一兰老公说，能把烟戒了的人，一定比较残忍。葛嘉耕说，那也同样证明，能把烟戒了的人，一定比较自律。他看着陈小蝶又说了一句，人自律了才会没有事。陈小蝶说，你倒是觉悟了。葛嘉耕说，我说的不是你想的那个意思。

陈小蝶的手机收到了一条短信息。陈小蝶当场念起来。女人宣言：把六十岁男人心思搞乱，把五十岁男人家产分半，把四十岁男人家庭拆散，把三十岁的男人腰骨弄断，让二十岁男人滚蛋。众人大笑。葛嘉耕说，民间出智慧。这个世上，女人就是厉害。陈小蝶想说什么，但是忍下了。

其间，夏菲菲过来看牌。她在每个人身后都站了一会。楚一兰盯着夏菲菲亲热地说，夏菲菲，你坐下打吧。葛嘉耕说，她才不会呢。哪像你们啊。陈小蝶说，我们怎么了？葛嘉耕赶紧说，没怎么。你们可从来都是优秀的知识女性呀。夏菲菲莫名其妙地笑了一下。

那天葛嘉耕的手气很背，四五圈下来还不曾开和，到是陈小蝶财气旺，牢了52个庄，还搞定了一局全字自摸。八圈完毕，葛嘉耕执意收场，他说，夏菲菲过了钟点会睡不着的。葛嘉耕掏出钱给陈小蝶，陈小蝶不要，葛嘉耕说，还是清了吧。别让我又觉得欠了你。陈小蝶说，这是两码事啊。葛嘉耕说，一码事。陈小蝶不客气了，收了钱，还找出两块零头。葛嘉耕说，错了，应该是三块。陈小蝶又递来一块，葛嘉耕接了。

陈小蝶来到阳台，看见葛嘉耕拥着夏菲菲出来。葛嘉耕的手搂住了夏菲菲的腰。这是当年葛嘉耕和陈小蝶热恋时葛嘉耕最习惯的一个动作。

楚一兰在她背后说，你发现什么了吗。陈小蝶说，我对他们已经没有兴趣了。楚一兰还是坚持说了。她说，夏菲菲是个精神病人。陈小蝶的身子动了一动。楚一兰看见，陈小蝶流出了眼泪。陈小蝶和楚一兰一起站了很久。夜幕里的城市，许多身影都变得不真切。现在，她们开始想同一个人了。

（原载《人民文学》2003 年第 11 期）

 深挖洞

1

曲家的井头，有一株老梅，几年不动，眼看冬季去了，人也不再指望。偏是阳春里，露出兆头，粉状的花骨儿堆了枝头。又隔几日，花全放了，颜色很正，竟盖过难收难管的桃花。花开得有些突兀，曲老太心里便犯嘀咕，当即梳头更衣，用一碗清水供了梅花，取出算卦的竹茭，眼睁睁地听着它落地。那卦相，几分像喜，偏偏中间又有变故，一处突出，短了纹路。曲老太琢磨半日，仍是无解。曲雨好奇，削了头往里撞，被她的母亲绿荷扯了耳朵。绿荷说，小人看不该看的，眼里会长东西。

至晌午，余老太探身进来，手里拎了一尾斤把重的草鱼，衣服也很光鲜，走人客的模样。余老太和曲老太原先是掏心窝的一对，好得过了头，土改分浮财，余老太要走了曲老太那张想了多年的铜床，以后两个人生了隙就走远了。绿荷堆了一脸的客气，起身去叫曲老太，曲老太偏是不肯出来。余老太琢磨了一下，摸进里屋。

里屋是早先下人的住所，墙面差不多剥离了，打着几张旧报纸，却依旧漏风。里头大日头天也是没有光线的，几件物什被晦暗的气色盖了。走近一看，看到了一张方凳，红木的，颜色和木

质都很正，因为与房里东西的不搭界，倒是让人一眼看出家道从旺盛转为蹇滞以及一年的不如一年。当年的痕迹，留是留了，还不如不留。有些事断了想头，反而解了。只是一个人要真正的死心，也是难的。

曲老太瘦得剩一副骨头架子，皱纹沟一般，两只手也很粗糙，上面布满深深褐色的斑点，早年的厦河村第一美人，如今怎么说也没有人肯信了。一个人家说败就败的，什么也挡不住。曲老太抬了眼皮，嘴巴匝匝两声，说，今天天开缝了。你倒是还认得我家的门呀。余老太也不回口，慢慢地低了头，说，我知道你是大人大量的。曲老太并不领情，冷冷地说，你最会说孝顺话了。我以前这么见待你的，你总不能一点滴都不肯记得的呀。这年头，人的良心都叫狗吃了。我到老才知晓，老祖宗一句老话说得好，畜生的脸摸不得，一摸就变。余老太听了，脸上的笑容就有些走样，一时坐也不是走也不是。两人忽然无话，屋里安静下来，听到耳里的是，母鸡们进出的声响。余老太撑着不理会，可曲老太的沉默很有耐心，连眼皮都不抬一下，好像屋里早就没有余老太这个人。余老太在心里狠狠地骂了一句，德性。有心想说点什么刺伤曲老太，却终是不敢，出屋时，把外头的衣服乱拍了几下，像是衣服上沾了晦气。

余老太转到堂屋，东蹭西蹭，并不想起身，绿荷知道她有话要讲，便站在一旁安静地候着。余老太盯着绿荷的脸，说，曲家讨了你，也是前世修来的福。绿荷说，是我自己脑壳笨。摊了这样的成分，还不得受罪一辈子。余老太朝里屋瞟了一眼，说，恐怕有些人还不明白呢。绿荷知道余老太的意思，却是不敢接口了，赶紧岔开话头。余老太浮出一个笑容，说，我是来替老二说亲的。老二三十好几了，还是光棍一条，是家里的一桩心事。绿荷哦了一声说，这事，可得跟我母亲讲。余老太说，我先跟你讲也是一样。绿荷心里一紧，手心里出了冷汗，说，是支书家的二红吗。余老太拍了一下巴掌，笑道，绿荷果然聪明。

夜里得空，绿荷把这事说给曲大鹏，曲大鹏闷闷的，半日不落一句话。绿荷着急了，催促道，你到底怎么想。曲大鹏叹了一口气，两眼白着天花板，说，我能怎么想。绿荷说，这可是小文一辈子的事呀。曲大鹏回嘴说，我们这种人家，还是识相点好，指望多了，还不是多点烦恼。曲大鹏也不大要看曲小文，多识几个字，就很把自己当一回事，想的那些，全是挂在天上不着地的。一个人，连自己的一张嘴都顾不了，还配说什么呢。想说给绿荷，又怕绿荷小看他，那些话，就只好烂在肚里。偶尔，也会在曲老太面前提起，曲老太就装糊涂，拿话支开。逼急了，就说，这个家还是我在当着。有我的一口，就少不了小文的那一口。曲大鹏辩道，我不是那个意思。曲老太却不放过，说，你就是那个意思。我曲老太这辈子阅人无数，还真的能做你肚里的蛔虫呢。

绿荷一夜没睡实在，天泛白才眯了一会，醒来时发现不见了曲大鹏。过了一会，听见里屋传出动静，却是曲大鹏的声息，一句高过一句。绿荷担心，去推门，不动，原来里面倒插了门梢，一时人僵在那里。绿荷心里不爽，背地里想，这么多年，曲家还是把她当外人。越想越灰心，昨晚还压在心里的要紧事，现在忽然觉得什么都和她不相干了。

2

有一日，曲老太梦到了天大旱，醒来时出了一身的汗。她掰着手指算了一番，眼睛一白，说是今年要发大水了。厦河发过十来次大水，最大的那次，是在民国初年，全村都淹了，水退的时候，剩下一地的老鼠蟑螂。这一涝，伤了元气，好几年都恢复不过来。村里因水得福，又因水得祸，也算是一报还一报，扯平了。果然，雨落到第三天，还没停歇的意思。半夜，大风来了，被风刮起的瓦片飞出好几丈远。曲雨家的三间两层的房子，正中没铺楼板，抬头就能看到屋顶开了许多的天窗。有些瓦片就砸在眼眉底下，瓦片上厚厚的尘埃被雨水冲洗出来，在泥土上洇渗成褐黄的一堆。

曲大鹏穿上蓑衣去水库。蓑衣是用棕片串成的，透着生硬的冷，曲大鹏将整个身子缩进去。刚想迈步，忽然觉得左眼皮跳了，心一下子提到嗓眼上，小腿肚打颤，神情也凄惶起来。绿荷轻轻地说，你倒是越来越担不了事了。曲大鹏想说点什么，话到嘴边，又吞下。绿荷不忍，打了一碗鸡蛋汤让他喝了。曲大鹏缓过来，说，你不知道，男人本来就比女人脆弱的。我也是苦够了才怕的呀。一句话，把绿荷说得心一软，眼眶都湿了。倒是曲老太看不下去，不耐烦地说，你也别怨气那么重。这年头，我看谁的命都值不了几个钱的。没有本事活，就去死好了，谁也不会挡你。曲大鹏不响，几句话已经往心里去了。站在屋檐头想了一会，想出一行的眼泪。

雨幕从东南方一幅一幅地拉过来，只见身边水田上密集的雨点唰唰地过去。曲大鹏一行走到水坝坝顶边上的一间小屋，准备钻到水里开阀门放水。队长的眼睛看过来，看到曲大鹏就打住了。曲大鹏也不吭声，掏出烧酒喝了，慢吞吞地将衣服脱干净，缩着头，冲到雨里。在水库边，站了一会，整个人跌进去。曲大鹏冷得不行，浮出水面，喘一口气。之后浮上来，没有出声，只是把手向上伸着。第三次，却是半天不见动静。边上看的人开始着慌了，跳下去，几个人下死力拉，才动。曲大鹏双手抱了一块大石头，紧得手指头都掰出血了。曲大鹏被人搓了好一会才醒。他说，我刚才去了一个很暖和的地方。众人跟没事人一样，都笑他说胡话了。

屋子里全漏了，绿荷一时失了主意，抱着一捆柴禾不撒手。曲老太心里哼了一声，说，到底是小女人，没经过事的。自己拿件蓑衣上楼，盖住番薯丝干桶。又招呼曲雨躲进床底。曲老太说，现在，天塌下来，也碍不着我们什么事了。曲雨有些兴奋，拉长声音叫，雨下得越大越好。绿荷大怒，赏了曲雨一个"五股栗"，骂道，你还是不是人呀。曲老太倒是笑了，她贴着曲雨的耳根说，和我想得太一样了。我们什么也没有，怕什么呢。

大水只到了墙脚，涨不动了，随后，水便一寸一寸地退下去。到午时，日头出来了，明晃晃地照着一片汪洋。江边的人越聚越多，捞一些上游冲下来的物什。胆小的，用一只圆桶，划出三四米光景，捞回男人的旧鞋、半新的草帽和几只死鸡。村里一个壮汉，打着赤膊，上了一只小船。第一趟得手的是一根圆木，第二趟得手的是一头肥羊，看得旁人都眼红起来。但第三趟，壮汉的船颠簸了几下，突然不见了。隔日，在下游五十公里处，壮汉浮出水面，却已是一具尸体。

江里的另一具尸体，是村头二娃家的媳妇。二娃积了一点钱，要给媳妇买一件新衣裳。媳妇说，要买两件。一件红，一件绿。红的穿外头，绿的穿里头。二娃说，一次穿两件，别人也是看不出的。媳妇说，那好办，把外面那件剪一个口，就看到了里面的了。二娃马上火起来，骂道，你这个败家子，簇新的衣服就剪破了，你不想过日子了。媳妇也不示弱，接口对骂。骂过之后，就动手，打得天昏地暗的。媳妇一气上来，投了河。

曲雨问曲老太，你说，是钱贵重还是命贵重。曲老太回答说，有钱的时候，命比钱贵重。没钱的时候，钱比命贵重。曲雨说，我还是不明白。曲老太宽容地说，你长大了就会明白的。曲雨惦记着菜园地里那个洞，跑过去一看，果然积满了水。

3

曲老太自言自语道，一斗穷，二斗富，三斗开裆裤，四斗酱油醋，五斗骑白马，六斗背刀枪，七斗杀爹娘，八斗管天下，九斗做太守。十斗全，中状元，十斗空，背篓空。曲雨觉得很有意思，伸长了手，让曲老太看了。曲老太乐呵呵地说，你是十斗全，读书的命。曲雨就问，我们家，谁的命最好。曲老太说，按面相来说，应该是你的二叔。嘴大，吃四方，耳垂厚，命长。曲雨想了一会二叔。在村里，二叔的笨拙和好说话都很出名。田里的活干得笨，主劳力工分是十分，他和妇女一样只拿六分，还像女人那样即便夏天也穿得严实，连汗衫也不肯脱去。整日翻来覆去地想事，想得脑袋生疼。曲雨就说，村里人都讲，二叔是个废人。曲老太一听这话，当场变脸，朝曲雨的屁股踢了一脚。曲雨平日受宠得很，那里受到了这等委屈，赖到地下，蜷曲着身子，夸张地哭叫起来。绿荷来哄，曲雨哭得更起劲。绿荷懒得理了，教训道，做人要识相，给你台阶，就得下的。

二叔曲小文进门，一家人都没认出，以为来了一个要饭的。绿荷正要拿一块番薯打发，那人并不搭理，直径走到曲老太跟前。曲老太喊了两声皇天，便什么话也说不出来了。曲老太对小文着实是心疼的，这里头，一方面是堵别人的口，不落话柄，另一方面，小文也的确让曲老太更欢喜一些，话也说得拢。小文人硬气，有文化，看得开，不像大鹏，大事情不当一回事，鸡毛蒜皮的事却叫起真，连说句话也是半句头，后面的意思得让人费力猜的。还整天沉着一个脸，从来没有一个高兴样，像是这个世上谁都欠着他。

绿荷打来水，让曲小文洗脸，洗出的是一张皱脸，绿荷叹息道，小文，你见老多了。曲小文给绿荷笑了一下，那笑里藏了许

多的凄凉和倦意，透出一种哀伤。他说，可能是我太会想事了。人想多了，就会老。绿荷的心疼了一下，小心地问，外面怎么样。曲小文答道，天下乱了。曲小文每年都要外出几次，长则一二个月光景，短则几日，然后就打转。谁也不知道他去做什么。他不说，家里的人也不敢问。这一次，曲小文带来的是笑话，说是一个人看见一顶洋帽上严严实实地遮了东西，以为是定时炸弹，大叫一声，你们闪开，我掩护，一下子扑倒在洋帽上。半天，没听到声响，却闻到了臭气，原来洋帽底下遮的是一堆屎。一家人笑得前仰后合。曲老太说，这年头，坏人越来越多，英雄也越来越多了。

晚上，曲小文和曲大鹏去曲老太的里屋，见曲老太正拿着一张照片端详。照片上是一个穿着旗袍的女子，打着整齐的刘海，眉目间透出懒散。曲小文接了照片，说，我妈，什么地方都没法和你比的。这句话说得熨帖，曲老太一时高兴，寻出自己年轻时的照片，果然是美貌。曲小文说，我妈倒是死得好。曲老太点点头说，她命好。是享福的命。我现在才知道，有些事体，人算不如天算的。

曲老爷有两个老婆，大老婆曲老太比他大三岁，小老婆是县城里的女子，比他小三岁，脸庞嫩，又会撒娇，哄得曲老爷夜夜离不了身。曲老太终于忍不下去，指使手下去城里买了麻将桌，让人陪着小老婆打。小老婆迷了麻将之后，就揽不住自己，一心扑在上头，心甘情愿将曲老爷放手了。1949年，小老婆得了一场急病，好端端地，一下子死去，曲老太做主，买了上好的棺木，找风水先生选了墓地，里里外外打点得很风光。曲老太以为可以舒坦几年，想不到，马上就解放了。曲老爷挨了枪子，接着，他们变得一无所有。好日子那么快的到头，从踌躇满志到心灰意冷，一点过渡都没有，曲老太心气再高，算计再好，也是挡不了命运的。

　　曲大鹏递了一根烟给曲小文，曲小文站起来接过，口里说了声，多谢。两兄弟因为是从两个娘肚里出来的，平时就没什么话头，这会儿都闷闷的自顾自抽烟。曲老太让曲大鹏把事情说了，曲大鹏不肯，曲老太就自己开口了。曲小文拿烟的手忽然抖了一下，烟掉到了地头，曲小文屈起身子去捡，捡了几次都掉了。曲老太说，你有什么话就说吧。曲小文艰难地笑了一下，面颊上的肌肉激烈地抽搐起来，说，妈，是你的意思吗。曲老太躲开曲小文的目光，含含糊糊地应了一句。曲小文道，妈，我明白了。既然你们都想好了，我还有什么可想。突然站起来，谁也不看，走了。一个月过去，曲小文不提这事，好像忘了一样。曲老太也不催。支书那头派余老太过来听准信，都让曲老太拿编好的话搪塞了。这件事就拖了下来。

4

　　余老太终于领了二红过来。二红打扮过了，辫子上扎了一根新的红毛线头绳，一件花色的春秋衫小了一些，上头的两个扣子扣不起，身上的肉便满出来。余老太叫她坐她就坐，两只眼只管盯着自己的手看。曲老太问个话，都是余老太抢先答了。绿荷下灶头烧点心。厦河人待客，喜欢甜点，合喜气的意思，最好的是桂园荔枝，最次的是糖开水，上头浮几粒红枣，最寻常的是糖鸡蛋，鸡蛋去壳后不打散，煮好后放糖，一般客人是两个，要紧一点，是三个。像二红这种，就是五个。二红吃得很凶，嚼动时汤汁从嘴角流下来，落到胸襟前。她用手擦了擦，就擦成了一片。她笑着说，哎呀，脏掉了。

　　六月天，按厦河的习俗，是不办喜事的，要是哪家办了，少不了有些议论，说是肯定是女的肚子遮掩不过了。支书家倒也是

知道自己女儿的，见曲小文答应了，都觉得一块搁在心头的石头落了地，满天都是菩萨了，怕是夜长梦多，顾不得规矩，催着将日子定下。支书见了曲老太，也放了架子，给了曲老太亲家的待遇，支书的老婆更是赔了不少好话进去，夸曲小文眉眼周正，看着落胃，图个眼前的踏实和欢喜。又杀了一头猪，做了几板豆腐，嫁妆备得很齐整，里头竟有一只手表。托余老太放过话来，只要十斤喜糖，四扇糖糕，把那体贴做得更贴切一些。

曲老太不敢亏欠曲小文，让绿荷去城里买了一身新，鞋子不用自己做的，选了时新的蓝色力士鞋。私底下塞给曲小文一样东西，嘱咐道，千万不要让大鹏知晓。曲小文一看，是一根金条。曲小文的脸上也看不出欢喜，看了一会，却递还给曲老太，说，我受不起的。顾自走开，转到菜园子，看曲雨挖地洞。曲小文看得很有耐心。

婚礼比一般人家的婚礼来得闹热，来的人，脸上都堆了笑，客气一番。曲大鹏的叔叔也来了，手里一床绸缎被面，一床混纺毛毯，是礼品里最厚的。见了曲老太，像是昨日才分开的，亲热地喊出一声嫂子。曲老太愣住，内心复杂，伶俐了一辈子，此刻竟想不出应答的话来。自从曲老爷死后，两家虽然隔村住着，却是没有再走动过，逢年过节也不打照面。曲老爷的弟弟分家的时候，并没有少得，家底也厚，只是他生性谨慎又吝啬，外财都兑成金条、银元，置一个牢靠的地方，连家人都不漏口风。在外头，还到处哭穷，衣服也穿得破烂，一双鞋，走到城边才肯穿上，土改时，遮了耳目，挨了个中农的成分，日子比曲老太强出不少。当即，曲老太唤人拿酒过来，先是一杯一杯地喝，尔后，换作一碗一碗地喝。喝到第五碗，绿荷感觉不对，去劝，曲老太一把推了，整个身子硬硬地立着，眼睛却是虚的，越过人头，落到外头的黑暗里。忽然，很用力地笑起来，像是要把一生世的笑都笑掉。那笑，却是让人不忍听，里头藏了挣扎和苦水。

众人散后，绿荷进新房送来两只酒盅，让两人将交杯酒喝下。又铺好被枕。那日缝被时，十分不顺，一条红线总是到不了头，绿荷心里担下事。知道曲小文的勉强，一直不敢看一眼曲小文的脸色。曲小文倒也平淡，人家叫这样就这样。解衣的时候，见二红匆匆地起来，寻出一根针，往手指头扎，心里纳闷。问二红，二红说，娘让我把血抹到裤头上。曲小文就笑了一下，也不说什么，独自抱了一个枕头朝里睡了。夜里睡不着，想起一个故事：一男一女睡在一张床上，中间画了一条线。女的说，你越过线，就是畜生。男的一夜没动静。第二天，男的说，我不是畜生吧。女的打来一个巴掌说，畜生不如。却是再也笑不出。倒是二红，有来由笑，没来由也笑。绿荷偷偷地问，曲小文待你好吗。二红说，好。曲小文不是公猪。绿荷不解，说，谁是公猪。二红说，村里很多人都是。

一个月后，曲小文到曲老太的里屋。曲老太亲手给曲小文装一袋旱烟，又点好，送上来说，我知道，你记恨娘。你肯来，娘就安心了。娘没看错你，你是看得开的人。曲小文憋了一会儿，还是说了，要是换着大鹏，你就狠不了心的。曲老太说，那也未必。只能说大鹏命生得好，命里有绿荷。这年头，还有哪家女子肯嫁到我们家的。二红的脑子，是后来得病坏的，不碍事，你好歹也要把曲家的香火续下去。再说，老婆笨点，反倒不会生事。曲小文就低了头，不接话头。过了一会，问，当初大鹏的意思，也是让我娶二红的吧。曲老太觉出这句话问得简单，却是不好回答，便说，大鹏那人，还不是什么都听绿荷的。见曲老太把事情推到绿荷身上，曲小文就又笑了一下。那种笑，是曲小文惯用的，既不忧愁，也不快乐，让人无法界定。

这年秋天，曲小文照例出去，但一直没有回转。消息倒是有，有人说他在街头流浪。也有人说他出家了。曲老太信的是第二个消息。一个人，家里待不下去，村里待不下去，恐怕也就没有一个地方待得下去了。曲老太想着曲小文的寡情，心里生出脆脆的疼。

5

早年前，水锥是个热闹的地方，磨面、杵米、练馍糍，冬天打茶油。油车的结构很复杂，分油针和油撞，是聪明人才能玩的东西。当年的曲老爷就是靠打茶油起的家。据说，打油车里头是藏了名堂的，打油的明知吃了暗亏，只是舍近求远更是不合算，只好打落牙齿自己吞了。曲老爷后来挨枪子的事，也与这相干，村里的农民，看上去是本分的，却是更会记仇。曲老太后来经常教育大鹏、小文的一句话就是，兔子不吃窝边草。

绿荷想拿些鸡蛋去集市换点零碎，却是每天少鸡蛋，知晓是二红偷吃了，并不说破。二红有蛮力，肯使劲，挑的柴禾沉过男人，绿荷都看在眼里。又见二红是个没男人疼的女人，还被女人轻看，只觉得活着的可怜，用了心小心地护着。二红走东走西，也让曲雨跟着，不离左右。有日头的时候，就打了水，让二红洗头。二红高兴起来，顶着一头湿发，笑得花枝乱颤的，满屋子都是她的气息。

二红将整个身子摊在床上，又开脚，呼呼地睡。曲大鹏看了半天，转开了。在田头做活，做了一半，又回转。这一次，他没有犹疑，连门都不关，冲到床边。事情马上就结束了，曲大鹏从二红身上下来的时候，长长的呼出一口气，像呼出他一辈子的窝囊。的确是一时兴起的事，但对于曲大鹏来说，这一时兴起的事他等待了多年。曲大鹏斜了一眼二红，二红的后背十分难看，他再看一下的欲望都没有，心里竟觉着了屈辱。二红的肚子大起来了，村里起了议论，问二红，二红就笑，伏在他们的耳边说，我只告诉你一个人，曲大鹏是头公猪。这一幕，曲小文离开家门的时候就算到了。三岁看到老，自家兄弟，有几根骨头，从小就能够看得一清二楚。曲小文还知道一句老话是，焉人出豹子。

而绿荷是曲大鹏在她面前忽然变得逆来顺受、小心翼翼时，觉出了某种深刻的变化。抱怨是曲大鹏的天性，加上日子的不透气，这么多年，曲大鹏每天少不了要说绿荷几句，出出别的地方出不了的气。绿荷一下子感觉天塌了，她狠狠地对曲大鹏说，我是落哭没眼泪啊。曲大鹏吓了一跳，但马上平静下来，说，我晓得，你是早后悔了。又逼道，现在去找别人，也是不迟。跟我一辈子，也太吃亏了。绿荷听了这话，就有些发愣，心沉到了底。夫妻这么多年，连这样的话都说得出，真的是灰了心了。眼睛盯着墙角，过半日，才动一下。她说，我真是没想到。曲大鹏突然露出忧伤的表情，他说，你应该想得到的。我已经像狗那样忍耐到现在，早就活够了。

曲大鹏被支书差人叫了去。一进门，门就关紧了。支书那里，站了一屋的人，都斜着眼看曲大鹏。支书让人把曲大鹏与一头猪一块儿绑了。支书走前一步，并不发话，只是朝曲大鹏的脸上吐了一口口水。一屋的人都照着样子做了。之后，曲大鹏回到家，打来一盆清水，打上肥皂，很仔细地洗着自己的脸。怎么洗，那脸都是一块抹布。他明白，有些污秽是永远都洗不掉的，就像他早就注定的无望的一生。曲大鹏离家的时候忽然问绿荷，曲雨在做什么呢。绿荷也不看曲大鹏，淡淡地说，挖地洞吧。除了挖地洞，他还会有什么事呢。曲大鹏就莫名其妙地笑了一下。

6

第一个发现曲大鹏尸体的是一个放牛的孩子。尸体已经不新

何丽萍短篇小说选　　043

鲜，上头有近乎干涸的黑血，脸的颜色是绿的。厦河人爱赶热闹，早已是人挤人，公安也赶到了。起初，他们怀疑曲大鹏是被人用石头砸死的，但很快排除了。因为石头上指纹是曲大鹏自己的。那就是说，曲大鹏用石头砸死了自己。公安蹲下身子，仔细地看了石头。他总共用了六块石头，一块石头一个部位，包括，头、喉、胸、脚、手和阳具。六个伤口，是六朵花，妖娆着，周围是一些蠕动的虫子。公安对支书说，我还是第一次看到这种死法。当场，有几个人呕吐起来。

在更早一些的时候，曲雨走进绿荷的屋里，看见绿荷站在窗口发愣。曲雨走近了，绿荷才发觉，尖叫了一声。曲雨说，不会有什么事的。从曲雨懂事开始，他几乎每天都能够看见父亲坐在门槛上，脑壳上贴着伤湿膏，说，我要去寻死了。这句话，让曲雨的耳朵听出了老茧。绿荷平静地说，他需要一个理由。现在有了。曲雨的心提了一下，他能够肯定，母亲刚才想了什么。而且他知道，母亲不会原谅父亲的，或者说，母亲不具备原谅父亲的能力。钉是钉，铆是铆，大致得有个区别。这是母亲经常说的话。何况，父亲自己把事情做绝了。他没有给自己留一个回旋的余地，同样，也没有给母亲留一个回旋的余地。也就是说，母亲宽容或不宽容都已变得毫无意义。

见了绿荷，人们向后挪动，将位置让给绿荷。绿荷只看了一眼。他的头颅碎了。平常，曲大鹏是个怕疼的人，有一次，手里扎进一根刺，他叫唤了好几天。他终于下了手。对自己下手，是他唯一可以选择的。绿荷做了一个摇头的动作，她的嘴动了动，但没有发出声音。几个女人上来把她拉开。其中的一个说，你哭吧，哭出来就好了。绿荷好像是什么都没听到，脸上布满空洞的表情。这个表情，曲雨以后每天都能够看到，绿荷几乎是用这个表情度过了她的余生。众人也不敢再劝，拿眼看着。绿荷还未走远，一个声音钻进来，树要皮，人要脸。脸皮都不要了，还有什么活头。

葬礼上，人们给绿荷穿上白色的布衣，系上稻草，在辫子的末端扎上五色绳。这就是说，绿荷是个寡妇了。几个歌哭的女人坐在门槛上，来一个人，哭一次。队长送来两只小公鸡，绿荷既不答谢也不惊讶地收下了。起棺了，吹鼓手吹出曲子，从此，绿荷和那个棺木中的人再无瓜葛。绿荷想起第一次见到曲老太的情景。曲老太冷淡地说，你们长不了的。那时候，他们是不会相信的。

现在，曲雨的地洞，大得能容几个人了。曲雨在树上拴一根绳子，慢慢地下去，将整个身体藏进黑暗。洞里还放了曲雨先后置的东西，一个锤子，木头手枪，几片鸟的羽毛。还有一些形状不一的石头。有时候，曲雨也带曲老太来，一起玩手板手的游戏。曲老太高兴得手舞足蹈起来，说，这下，谁都找不到我们，我们在世界最安全的地方。自从曲大鹏死后，曲老太就变得比曲雨还要小了。从洞里看出去，天空发出一种微弱的红光，树叶与树叶之间的空隙已被填满。还可以看见几只鸟。是飞着的几只鸟。外头的声音转来转去，但离真正到达还有些时间和距离。这是一个缓冲，有着短暂的温暖和幸福。

终于有一天，二红掉进了洞里。快秋天了，上头的树叶正在转黄。太阳下的很慢，欲去还留，从粉红到浅橙，忽然一变，变成欲滴的鲜红。鲜红色在天空定格了很久，然后，转为灰，再转为黑。二红甚至没有力气害怕了。没有人听到她的喊声。绿荷也没有。

（原载《小说选刊》2004 年第 10 期）

 柔 软

1

　　云城是个柔软的地方，也就是那种典型的江南古镇的样子，有一点经得起看的美丽，在时间窗里，缓缓地移动，发着自己的声音。那种声音并不嘹亮和喧哗，却是可以穿透岁月，留下来。它的另一个名字叫莲都，和这里产莲子相关。但是，和云城真正相关的，却是城门和宝剑。整个云城共有七座门，分大水门、小水门、丽阳门、通后门、镇东门、火宵门和厦河门。它们的分布很像武术里的一个秘诀。铸剑的历史，可能更长一些，可以追溯到欧冶子。城边，两处依旧完整的剑池，也依旧蓄着霸气和血性，这和周遭处女般纯粹的风景似乎有些格格不入。也许，世界上最好的东西原本就存在于完满的矛盾里。这真是一件没有办法的事情。多年后，单桥给云城找到的一个关键词是，坚硬如水。

　　现在，云城进入 1953 年的冬天。

　　天突然放晴，日头大起来，明晃晃的，看上去是暖，却是更冷一些。艾太太张罗着将几件零碎晒出去，旁边的艾草脆声喊到，是开雪眼呢。艾太太的动作停了，有些茫然地看了艾草一眼。艾草并不放过，说，妈，你真的是什么都不懂的。艾太太脸

上一僵，也不搭言，扭身站着。过了一会儿，走到窗口。那里挂着一面镜子，艾太太忍不住照了照了头发。发式是脑后很普通地挽着一个结，因为过分的熨帖，照样显出了与别人的不一样。她将一只白嫩的手，搭在窗沿上，有一下没一下地敲着。窗口对着院子。院子里没什么要看的。最好的一个院子，看多了，到最后，也是什么都不想看的。况且，这院子也早就不是以前那个院子了。原来池石相映的小花园是寻不到痕迹的了，替代它的是多种颜色和热烈的人气。这倒也好。

　　果然，天一刻就变了，起初是一阵雪米，后来，雪花多了，至午时，已是一眼眶的白。因为白，屋檐、枯枝以及灰色的天空都显出了一种鲜艳的脏。在云城，已经五年没见到雪了。五年前的那场雪，似乎更大一些。艾太太想起另一个女儿艾藤。她是那个雪天突然失踪的，事前一点痕迹都没有。也许痕迹是有的，可能是艾太太自己不怎么留心。艾太太想不通的地方是，那种衣食无忧的日子，不知有多少人想着，但单单到了艾藤这里，变成了一种压抑和不堪。她们母女之间的一些矛盾，在艾太太看来，都是没有来由的，有一次，女佣打碎了一只花瓶，艾太太责怪几句，艾藤竟好几天也不和她开口。艾藤走后，艾太太发现，她把所有的衣服首饰都留下了。对艾藤的去向，全家人的想法是相同的。也就是说，艾藤只能走那样的道路，没有任何一种力量能够阻挡得了。这没办法，艾藤从来都认为自己是对的。

　　艾草见母亲有些走样，终于不忍，目光一软，脸色也暖和了。之后，寻出一把瓜子塞过去，艾太太推了一次，第二次就顺顺当当地接了，边吃边说，你知道我刚才想什么吗。艾草正处在一个女人的多变时期，好端端地又不耐烦了，抢白道，你爱想什么就想什么吧。这世上，没有几个人像你这么空的。艾草的话一落地，整个屋子马上又恢复了死气沉沉的样子。这个样子，她们都早已习惯。对于外头那个更加陌生和隔阂的世界来说，两个彼此厌倦的人守在一起起码要安心一些。虽然这样的日子清到寡淡。她们都不想生出什么事来。

艾太太懒洋洋地跷着脚双手抱着膝盖，坐到床的角落里，她让这个姿势保持了相当的一段时间，然后取出竹筊，算了一卦，自言自语道，艾藤就要回家了。艾草没好气地应道，你心里只有一个艾藤。艾草的醋吃得没什么道理，对两个女儿，艾太太其实是都不怎么上心的。用艾先生的话来说，艾太太人不坏，只是缺乏爱的能力。这句话是艾先生背着艾太太暗地里讲给另一个女人听的。当然，艾太太完全不知道，她以为自己已经做得很好了。因为这样，她倒是常常觉得别人的没良心，待自己很薄。艾太太慢吞吞地说，难道你就不想。艾草将脸转过去，嘴里念道，这么一个心狠的人，想她作啥。声音里透出一股冷气。关于艾藤，艾草有许多事情都记不清了。唯一能够记住的是，小时候出门，父亲总是让艾藤骑在肩上，而用一只手牵着自己。这几乎注定了两个人之间的某种关系：一个人仰着头看着另一个人。

云城有一句俗语，说曹操曹操到。意思是，这个人小气，经不起背后说。果然，这一会儿，艾藤和单桥正大踏步地穿行于中山街。这是云城最主要的街道，正中立着纪念碑。多年前它当过战场。主街道岔出许多弄堂，基本上几步路就横出一支，其中最著名的是酱园弄，纵深处住着云城的一些大户人家。这个弄堂最明显的特征是，不和任何弄堂相通。大户人家多外围封闭，高高的马头墙把各户人分隔开路。因此，这里比其他地方少了一份杂乱却多出一份寂寞。

艾藤和单桥两个，横背着一只相同的黄挎包，意气风发，一下子将自己和其他人区别出来。对于一个自己离开了5年的地方，艾藤的表情显然过于平静和严肃了。相比较，单桥因为新鲜和好奇而显出了兴奋。单桥是个高个子男人，因为瘦，看上去有点不结实。而且五官长得过于精致，脸型少了棱角。小孩子的某些特征还留在他的脸上。在艾藤的想法里，她比单桥自己还要了解他。

雪下得缓了，细碎的石子路上，只落下几片湿。江南的雪，向来都是下得谨慎的，欲说还休着，让整个冬天显出暧昧。从里弄进去，七拐八弯的，到不了头的样子。两边是一些青瓦屋，一色的檐头，欲飞的姿态。窗格子里头，大都雕的是动物，也有雕四季花卉的，相同的地方是，爬虎草垂下来，占了大块的淡色的灰。艾藤转过身，笑道，你琢磨什么呀。单桥笑嘻嘻地说，我忽然明白南方的女子为什么那么复杂了。艾藤知道单桥话里头藏的意思，却不接话头了。单桥试图找话说，但艾藤回答的只是只言片语。她忽然沉浸在自己的心事里。

有一个杂货店。有一个裁缝铺。有一个瓷器庄。接着是写着江南两个字的旅社。几年前，艾藤的父亲用一根绳子将自己吊死在旅社的一只窗户上。这个城市的人，习惯于冬天上吊，夏天投水。再往前，是一块空地，因为是冬天，那上头找不到什么。然后，视线逼迫起来，有一些更有历史的房子出现了。单桥很快发现，这些建筑是清朝的。

最里头，酱园弄16号，是艾家大院，占了西面的整个角。不显眼的桐油漆木门，推开，一棵树光亮着，是南方最平常的梨树，几根老枝触到墙的外头。又垮过一道高砖门槛，里头有一口枯井和正在腐烂的一排美人靠。经过深长的廊道，然后才是开阔的正院。以暗为安，以拙藏巧，多少透出主人的老辣和世事洞明。听到声响，几个人头迭在窗棂，却是眼生，艾藤已明白几分。很多事情，艾藤想到了，想到的事情，是可以不作事情的。云城，它不可能和别的地方不同。从自己早先住的屋子经过时，艾藤站了一会。她没有想起什么，或者，是不愿意想起什么。那里头，传出的也是生疏的气味。其间，便有一人探出身，拿眼睛上下瞄了一次，也不说话，将指头朝西厢一戳。

西厢原来住着父亲的一个姨妈，从老家过来半年，好端端地突然死了，那里头，闹了多年的鬼。一家人都视之为不祥，屋子也废了多年不用。走进去，倒是寻常的过日子景象，木板床上搁着针线，屋灶旁堆了柴禾。而妹妹艾草，也粗枝大叶了不少。再细寻，却有一张精雕细刻的太师椅，黄花梨木的，是多年前的东西，透着奢侈。还有一盆养细了的兰花，亮出一点绿来。瘦死的骆驼比马大，即便只剩一个架子。

艾太太挣扎着喊了一声皇天，整个人倒过来抓紧艾藤。显然，艾藤并不像母亲那么激动，这样的亲昵，让她觉着了不适。她甚至觉得母亲动作有些做作。她忍了片刻，将一只手抽了出来。母亲穿着一件翠绿色的旗袍，是那种很新鲜的绿，一动，就是一道绿痕。腕上也有一道绿痕，却是地道的翠玉手镯，衬出几根葱般的手指头。大而空洞的眼睛，盛着许多享受过生活的痕迹。这几样东西纠缠在一起，散发着懒慵的气息。这样的气息，艾藤以前就不能够喜欢，现在更不能够喜欢了。母亲这辈子，只做了两件事，一件是，取悦父亲，一件是，研制养颜膏。所以，她是没有能力洞察父亲内心的秘密的。在艾藤眼里，母亲始终都只是父亲的一只漂亮的花瓶。艾藤以为，妇女的解放，是从性别意识真正觉醒时开始的。

艾藤一眼就看出来，母亲还是原来的样子。也许，有一种女人是注定一辈子也不会长大的。如果一个人，在无数的变故面前，依然无法成熟起来，那么，时间对她们来说是没有意义的。而母亲，甚至都没有能力完成从少女到母亲角色的过渡。

艾藤最初仅仅是想逃离母亲的视野，当然母亲自作主张地给她张罗婚姻，成了她出走最直接的理由。她想成为的那种人，她想要的那种生活，是母亲想象不了的。准确地说，她无法爱她的母亲，或者说，母亲那类人。这是她们之间的一种宿命。艾藤的反抗是彻底的，现在，她带回了单桥。

艾太太的眼睛落到艾藤的身上。艾藤穿着宽大的军棉袄，前腹微微前倾，脸上是孕妇常见的斑点。除了一头黑长发，艾太太已经找不到其它熟悉的地方。她敢肯定，艾藤经历了什么。艾藤从小就是有远见的，而这一次，只不过又一次证明了她的有远见。艾太太很快地从情绪里走出来，她再次抓牢艾藤的手，诉苦道，你走后，我们的日子，是一日不如一日了。艾藤还是又一次把手抽开，她打量着四周，说，这样，不是很好吗。语气里藏了于己无关的淡漠。艾太太倒抽了一口冷气，艾藤无疑是不世故的，但这种不世故里，是不是包藏了自私呢。艾太太说了一些事情，艾藤好像是听着，又好像并没有在听，艾藤对往事的健忘，使艾太太多年来的盼头变得可笑。她一下子涌出许多的委屈，虚弱地说，原来，你早就不把自己当成这个家里头的人了。

很显然，艾太太忽略了单桥，不论是作为男人的单桥，还是作为女婿的单桥。艾太太不可思议的视而不见，让单桥在整个晚上显得无所事事。好在单桥也不觉得难堪，只是略微地将活泼劲收起一点。这也是单桥的优点，他似乎在任何一种场合里都能够让自己放松。他注意到了艾太太的鞋。鞋是绿缎的，上头浮着几朵半开的花。鞋里面的脚，是腐旧的三寸金莲。他还注意到墙壁上挂的那件花团锦簇的夹袄。他敢肯定，那只能是艾太太才配穿的衣服。接下来，单桥注意到了梁、柱、廊、窗上的雕刻。这里雕的全部是蝙蝠，它们口含铜钱，做出飞翔的姿态。单桥想，艾家是很有些底细的。这一切，和单桥早先的对艾藤身世的猜测不一样。也可以说，艾藤已经不可能让别人看出什么了。几个女人忽然都不说话，艾太太很用力地转过身，扑进里间，消失在这个院子的最暗处。

后来，单桥说，你们云城的女人真漂亮。艾藤说，你是在说艾草吧。单桥说，不是，是你母亲。艾藤很奇怪地看了一眼单桥，自顾自在前头走了。单桥回了一次头。远的地方，是一窗摇晃的光。更远的地方，是一个最深的静。这是云城这个地方留给单桥最初的印象。

2

单桥的意思，想把家安在酱园弄，图个省力。还有一个单桥不想说出来的理由是，单桥喜欢上了艾家大院。单桥喜欢上一样东西总是异常的迅速，他遗忘一样东西也是同样。单桥认为，明清的建筑是最大气的，南方庭院细部的雕琢，完成了所有美学的想象。江南这种地方，是需要这样的房子来相配的。艾藤不肯，说，我妈可是用惯下人的人，到时候，还不知道谁服侍谁呢。单桥对艾藤的话并不意外，他尖刻地说，看来，你们母女是生分的。这和觉悟无关。艾藤倒是没想到单桥会这么说，心里有些不舒服，便将脸放下，嘴里硬道，别自以为是。我和我妈不同点是，在她眼里，人是有等级的，而在我眼里，人是没有等级的。单桥装着不理解，他并不相信艾藤说的那一套，顾自反驳道，人从来就是有等级的。只不过划分的标准不一样。旧的等级推翻后，新的等级就出现了。艾藤追问道，那么，革命的目的是什么。单桥这才举了举手，作出投降状，说，我不知道。他突然有些害怕，害怕艾藤看到他的内心深处。而有些东西，单桥自己也是不敢多想。单桥知道，艾藤对他是有所期望的，期望他成功或者和成功相近的事物。至少，他必须做一个艾藤能够忍受的人。

县委大院挨着通天路，本地人叫通后门。旁边是一条护城河，一米来宽，生出一些烂菜叶之类，漂下去。这里，过去属于云城最大的布商，是个出新闻的地方。走进去，倒也安静，只有一个粗壮的北方女人在太阳底下安静地吊着一杆烟袋。他们知道那是县长的爱人，不过，看上去更像县长的姐姐。也的确是姐姐。在北方，男人习惯娶比自己大的女人，他们相信女大三，抱金砖的说法。云城有好几个女人打过县长的主意，但最后都死心了，因为县长对所有的女人来者不拒。一个也不拒绝也就等于一个也不选择。很快地，县长成了云城第一个在阴沟里翻船的南下干部。

单桥他们的宿舍，是临时改出的单间，配备着公家的床、桌子和脸盆架，都编着号。几件衣物放在木板箱里。单桥想按一只花色的窗帘，艾藤不让，说是太资产阶级。单桥说，你越来越不像女人了。他不知道，是战争弄粗了艾藤，还是她故意做给别人看的。艾藤甚至还十分小心地绕过能照得出她身形的镜子。两个人为这事口角了几句，最后，选了折中的，将窗户钉上报纸。单桥还跑到到外头看看，是否透得进来。艾藤最不喜欢单桥敏感的样子，摇摇头，说，你防谁呀。

这个冬天，艾藤开始了对睡眠的恐惧。她总是做许多的梦。有一天，艾藤突然从床上坐起来，发出一声简短的尖叫，整个身子向外倾出去。黑暗里，单桥的手摸索到一张湿脸。从得知自己怀孕的一刻起，艾藤就表现出了一种紧张，这让单桥产生了想法。这些想法，几乎摧毁了单桥的自信。艾藤用自己才能听到的声音，小心地说，我们，还是不要这个孩子吧。显然，这句话艾藤已经想过很多遍，说完之后，她长长地叹出一口气，拉起单桥的手，把它贴到自己的脸颊。眼泪又一次汹涌起来，打湿了单桥的手。单桥的反应比艾藤想象的要平静，他有些木然地将手抽出来，朝里面卷起自己，留出相当的空间。许久，单桥说，你总是把决定告诉我，而不是理由。艾藤说，很多东西其实是没有理由的。单桥不让艾藤说下去。他说，我只想知道我应该知道的。艾藤同样不让单桥说下去。她说，你想的太多了。之后，艾藤像往常那样坐起，抱着自己的两只胳膊，将身子坐得笔直。她习惯了这种姿势。有一点，艾藤始终是相信的，那就是，这个世界没有人能够帮得了她。她说或者不说，结果都是一样的。

艾藤去医院，碰到了费丽丽。费丽丽是艾藤的战友，长得人高马大的，一件男衬衫，快将肚皮撑破了。从街那头，几大步过来，喊道，艾藤，我可是气死了。招惹得几个人转过脸。艾藤将她往静处拉，说，又广播了。费丽丽喘过一口气，说，马其来把我骗了。艾藤忍不住笑出声来。她说，这个世上，你说谁是骗子我都信，就不信老马是。费丽丽说，昨日，一个十来岁的男孩寻上门来。一看，活脱脱的一个老马。他说，俺娘还在家等着呢。艾藤这才相信是真的。她说，你也太粗心了，这么多年，一点蛛丝马迹都发现不了。费丽丽摇摇头，说，其实，我一直在等待他亲口说出来。说或不说，自己说或别人说，性质都是不一样的。艾藤说，忍了吧。你向来是大量的。费丽丽还是摇摇头，说，这和气度没关系。现在，我只觉得，这是一件很没意思的事。艾藤有些吃惊，她第一次发觉，费丽丽其实并不像看上去那么简单和没想法。

她们沿着白色走廊一起朝那个地方走去。一块白布帘，掀起，里头只有一张桌子，却藏着无数的气味。医生是个女的，面色桃红，情绪饱满，可能很年轻，也可能不很年轻。在云城，有些女人是看不出年龄的。几年前，当云城成了某个战争的大后方时，一些女人就便无选择地有了神秘莫测的身世和故事。唯一可以确定的是，她曾经是一个漂亮的女人。艾藤还注意到了她的手，那是一双骨感的手，滋润得接近透明。在艾藤整个叙述过程里，医生一直微笑着。医生说，你把事情复杂化了。艾藤摇摇头，说，最简单的事情往往最难解释的。医生试图从艾藤的脸上找到点什么。艾藤的头发又长又多，垂落在脸上，使得她的面容处在阴暗里，模糊不清。但医生仍然可以从她脸上的色素沉着确定，这个女人长期被焦虑所围困。医生想了一会，说，你要说出那个梦。艾藤很坚定地拒绝了。医生说，你已经是一个很好的母亲了。她站起来，将手放在艾藤的肚子上，然后蹲下去，将头贴着，孩子气地叫道，他动了。艾藤的眼泪流了下来。医生说，我知道，你已经改主意了。别害怕，所有的人在命运面前都是渺小的。艾藤的眼泪再一次流下来。艾藤是个很难信任别人的人，但她一下子信任了医生。

费丽丽对医生所有的问题都保持了沉默，以一个古怪的姿势空洞地看着窗外。当医生的耐心即将消失的时候，费丽丽忽然变得喋喋不休。她的陈述混乱而复杂，以至直到费丽丽重新缄口不言时医生依然无法搞清她到底想说什么。显然，在伤害之后，费丽丽变得有些捉摸不定了。信念愈强，需要的决心也就愈大，当费丽丽把决心下死的时候，她心里的某个地方也相跟着死去。一个过于忠实于自己内心的人，那也肯定是把自己往绝路里逼的人。

几个月之后，艾藤在医院生下了单东。单东一落地，艾藤一下子从床上跃起来，像个泼妇那样狰狞地扑下接生婆，夺过满身血迹的单东。艾藤闭着眼睛开始摸索单东。整个过程里，她的手一直都在颤抖着。当她能够确定下来的时候，才犹豫着睁大眼睛。眼泪滴到了单东的脸上。那是一个额头上爬满皱纹的孩子，他看上去比所有的孩子都要老。很长一段时间里，艾藤对自己的样子浑然不觉，直到过分的安静袭来，她才发现这个孩子还没有发出自己的初啼。闻讯赶来的医生，折腾了一个多小时，单东才像猫那样叫唤了一声。医生的脸色变得很难看，她颤抖着身子说，我从来没有遇到过这样的事。这孩子，可能是个很硬的命。艾藤琢磨了半宿医生的话，刚放下的一点心重又提了起来。

后来，艾藤对单桥说，现在，我可以告诉你，我梦里的那个孩子，他有六只手。我几乎每天都做这样的梦。单桥很复杂地看着艾藤。他想了许多，许多种可能。这是他没有想到的一种。他忽然有些看不起自己。单桥伸出手，抚摸着艾藤的脸，讷讷地埋怨道，你为什么不说呢。艾藤反问道，我能说吗。单桥有些冲动，他一下子抱紧了艾藤，像孩子那样把头埋在艾藤的怀里。这是艾藤喜欢的样子。

艾藤说，说真的，我都有些相信宿命了。单桥笑起来，说，我还以为你是什么都不怕的人呢。这些事你本来可以和你母亲说说的。艾藤马上把头扭到一旁，冷冷地说，我想不明白的是，你为什么总是那么高看我的母亲。

在艾藤短暂的战争生涯里，她最后打死的人，竟然是一个孕妇。战斗已接近尾声，硝烟弥漫处，一个孤单的背影，突然的僵直，然后是缓缓地倒下来。艾藤感觉到扳枪托的指头抽动了一下。女人朝天仰着，两只眼睛得很大。子弹打穿腹部，女人按在那里的双手变成一堆红。那里头还有白色的骨头、往外流着的肚肠和孩子的毛发。女人死时接近美丽，阳光让她整个身子变成金色。她有一头像艾藤一样的长发，发梢上头戴了一朵野菊花。这个山头，到处都开着这样的野菊花儿。

艾藤问自己，如果事先知道是个孕妇，那么，她还会开这一枪吗。如果不开，这个世界是否真正存在着敌人呢。正义里面，是不是注定要充满血腥与残忍呢。所有的东西都纠缠在一起，似是而非，唯一可以肯定的是，在一个真实的战争故事里，没有什么是绝对真实的。三十年以后，艾藤在睡梦里醒过来，摇醒单桥，开始把这个故事说出来。单桥说，你现在怎么想这件事。艾藤说，我说出来，是因为我不想再想它了。我已经差不多想了一辈子了。她突然怒气冲冲起来，朝单桥歇斯底里地喊道，为什么偏偏是我遇到这种事呢。

艾太太与艾草抱了一堆东西去了医院。是一堆看着漂亮但用不起来的东西。有些好像是藏了一些年头的。东西里头，竟有一个胭脂盒。照云城的习惯，这个场合，应该送些鸡蛋、红糖、老母鸡之类的。如果是比较心细的母亲，一般还会准备好发奶的鲫鱼和通心草。艾太太让艾草把孩子抱过来，很快的，病房里响起了艾太太的惊叫。艾太太说，这孩子是弱智。几天来，单桥甚至医生都不敢说出来的话，一下子被艾太太捅破了。艾藤的脸马上变得苍白，她抖着嘴唇说，你胡说。艾太太依然不知道自己说错了什么，自顾自对艾草说，你姐姐想来是什么事都看不明白了。

有一日，单桥收起了那个被艾藤扔掉的胭脂盒。盒中胭脂的颜色十分的纯粹，是那种滋润的玫瑰红。据说，这是艾太太多年前用十来种名贵花卉调制的。艾太太的意思是，女人总归是让男人看的。

费丽丽的消息是以后传出来的。她被判了三年有期徒刑。具体的说法是，费丽丽同时和几个男人上床。因为怀孕，她被保外就医。艾藤见到费丽丽的时候，她已经变成一个很邋遢的女人，拖着一双布鞋，一脸漫不经心的样子。艾藤抓住费丽丽的肩膀，痛心地说，你怎么能够这样糟蹋自己呢。费丽丽往后退了一步，动作很大地将自己的衣服往下拉了拉。也不看艾藤一眼，就像是一个陌生人对着另一个陌生人。费丽丽反感了任何的同情，她觉得所有的同情都是廉价的，那里头真正包含的是幸灾乐祸。她太知道艾藤那类人了，她们从来把情欲当作自己的头号敌人。她以前也是她们那类的，现在还是，只不过没人肯相信了。费丽丽冷淡地说，我还能够怎么样。她停顿片刻，竟然咯咯地笑起来，反问道，这件事难道很重要吗。对我来说，只要不是老马的孩子，我都可以生下来。1955年的夏天，费丽丽生下女儿费文。没有人知道费文的父亲是谁。费丽丽自己也说不知道。是真的不知道。

3

从酱园弄到通后门，走着，是十来分钟的光景。有时候，艾草一个人去，有时候和母亲艾太太一起去。她们热衷去艾藤那里，是因为她们实在没什么地方好走动的。亲戚之间是家道中落的时候就疏远掉了，从前的热闹现在想来倒像是前世的烟花，做了一场梦一般。艾太太把出门当着一件大事，收拾出光鲜的模样，让自己的年纪忽然地小了七八岁。一件长裙盖住了脚面，一扭一扭的，整个腰肢都是活的，像一个影子似地从弄堂里飘出去。艾草就在心里笑母亲，什么时候了，还那么拿自己当回事。艾草倒是一身的素，格样的地方是，外头罩了件镂空的小背心，也是素的，但却素出俏来。艾草当然知道县委大院的人要看什么样子的。不过，和五十年代的时髦比起来，艾草的装扮好像还是隔了一层。这时候最流行的是艾藤穿的那种，列宁服，翻出一只雪白的领子。

和姐姐艾藤相比，艾草个头稍微矮一些，也更丰满一些。她们都遗传了母亲的模子，弧线完美的鹅蛋脸，眉目干净，眼睛长而深，肤色白成一种嫩。但两个人都不及母亲。是气质上的不及。就是说，艾太太看上去要更妩媚一点。也许，女人的妩媚，只能来自懒庸、娇气和无所事事。还有三代以上富贵。也可能是天生的。艾藤的不够妩媚，是因为她讨厌女人的妩媚，而艾草的不够妩媚，可能来自对男人本能的警惕，还有性子上的急躁。

艾草念完高小就不想念下去了，艾太太也没怎么管她，让她在家闲着。私底里艾太太也觉得，女人是用不着读太多的书的。艾太太和艾草相同的地方是，都不怎么爱想事，或许，都只想自己的事，艾先生的忧虑，她们不懂得，也不要懂得。等到艾先生死的时候才知道，艾先生另一个家的长子几乎和艾草一般大，艾先生创办的私立电灯厂也早已负债累累。艾先生将这一切都瞒下了，他让艾太太维持着原来的生活，逃日本人时竟也坐着轿子，躲进风平浪静的乡野，而让另一个女人和他同甘共苦。很显然，艾先生对艾太太只是宠，骨子里拿她当外人的。只是这一点，艾太太是始终明白不了的。

在艾先生的葬礼上，艾太太第一次看到了那个女人。那是一个容貌平庸的女人，比艾太太想象的还要老，但那些皱纹里，却透出一种沉着的美。她身后拖了六个孩子。他们的穿着和艾太太家里的下人一样，是最简单的布衣，其中最大的那个，穿的是艾先生以前穿过的长衫。布衣并没有妨碍到什么，他们十分贵族而又十分团结地站着，目不斜视。整个葬事由女人一手料理，做得十分的熨帖，话也说得十分的熨帖，连艾太太家的亲戚们也说不了什么，有几个心肠软的，私底里甚至体谅起这个女人的不容易。艾太太穿着一袭贵气的黑裙，身后的一个丫头给她打着鹅毛扇，除了坐着哭，什么都做不了，连头上的白孝也是女人亲自给她戴妥当。艾太太有些别扭地站起来，两手自卫地交握着，将一些眼泪收回去。女人说，以后，我们要到乡下去了。城里的日子，我们是过不起的。艾太太想说点什么，终于什么也没说出来。

艾太太从小娇生惯养大的，平日百事不管，以为这样的好日子是会长到永远的，把积私房钱之类的事视为小妇人习性，不屑为之，有一个用一个，事到临头，才慌起来。头几年，靠房租勉强撑着，后来房子充了公，只好变卖首饰和收藏。倒是艾草拎得清一些，知道母亲是没得指望了，别人更是靠不住，赶紧放下小姐的身段，自作主张地回了老妈子，原先不会的粗细活也都一下子会了，人也泼辣有为起来，动不动就埋怨母亲几句。艾太太也是知道顺水推舟的，有什么事，照例缩着手，说一句，你们问艾草吧。艾太太从前喜欢无缘无故的哭，现在有缘有故了，反而不大要哭了。说到底，那种哭，还是哭给艾先生看的。

艾藤给艾草找的男人是组织部副部长马其来。她将费丽丽的故事瞒下了。这让单桥差不多愤怒了，但艾藤一句话就让单桥闭了口。艾藤说，艾草是我的妹妹，你要拎得清。不要以为我不知道你想了什么。后来，单桥出了一件不大不小的事，去找马其来。马其来习惯在单桥面前端出一个架子。其实，他并不是一个有架子的人。尤其是在底下，他维持了很好的亲民形象。他是个很知道怎么做的人。很快，马其来将打在单桥脸上那个探究和掂量的目光收回来，因为没有看到他想看到的那个表情，这让他竟然有些失落。原以为，单桥担了事后，会来求他的，他把该说的话都准备下了。他忽然知道单桥是厉害的，早早就看透了他。他的确不想帮他说话，连做一下样子的兴趣都没有。马其来有自己的为人的准则，这一点，没有任何一个人能够动摇得了。他对单桥的恨来自一句话。那是艾草和他吵架时说的一句话。艾草说，我现在才知道单桥那句话说得真准：马其来这个人很阴。单桥的确说过这句话。那时候，艾草还没有打算嫁给马其来。艾草说过这句话就忘了，艾草是个说话不过脑、也不怎么想事的人，她永远也想不到的是，马其来记住了，而且，记了一辈子。马其来本来就是不爱说话的人，多年后更是沉默寡言，以致与艾草把一天能听到他两句话当作一种运气。

　　艾藤说老马刚四十出头，但艾草看上去，这个男人比父亲还要老。艾草心里不爽，觉得艾藤总是轻看她。还有，母亲也是巴不得早一日把她嫁出去的样子，艾藤说什么她也跟着说什么，弄得艾草连个说知心话的人都没有了。想不到老马比艾草还要犹疑，几次艾藤去讨准信，老马都是含含糊糊，嫌艾草成分太高。这让艾草打击不小，索性退到底，收敛起自己的脾气，展出一些女人的心计和手段哄起老马来。女人低姿态起来，好处和味道也就有了。老马本以为自己是特殊材料做成的，但几个来回之后，还是败下阵来。老马原先的老婆来了一次，就再也没有来。后来老马对艾草说，他在和老婆第一次睡觉时，便发现老婆没有守住自己。此刻，老马正在一张床上摆弄着艾草。他继续说，没有什么东西能逃过我的眼睛的。老马研究了艾草的眉毛、乳头，最后在艾草的屁股底下放了一块雪白的毛巾。他做得一丝不苟，而且表情严肃。这个平日说每一句话都要掂量几分钟的男人，在这种时候，依然无法显示出一点活泼和生机。老马可能是个不知道如何对待床上的女人的男人，也可能是太知道如何对待床上的女人的男人。而女人对事实的判定往往来自直觉，艾草几乎在一瞬间确定了老马的年龄。事实证明了艾草的直觉很准确。马其来说，我不是早就告诉艾藤了吗。艾草有点愤怒。她感觉到自己被抛弃了。但她不能确定的是，这个故事里，到底是谁抛弃了她。

　　离了艾草，艾太太几乎没有办法将日子过下去。艾草和艾藤商量，让母亲雇个人来照顾。艾藤说，你也太不动脑子了，这还不是授人话柄。再说，新社会了，母亲也应该做一个新人了。艾藤的话是老马早就料到的，艾草便将老马教的话说出来，改造一个人，可是你最拿手的，就让母亲跟着你吧。艾藤笑了笑，说，老马倒是想得远。艾草收起了脸上的笑容，说，姐，你骗了我。艾藤马上明白了。她说，是你自己心太高了。除了老马，还有谁能给你一个好命运。艾草在心里恨恨地想，我怎么就心高了呢。

在艾藤家，艾太太像个外人，什么事都插不上手。偶尔抱一下外孙，一见拉尿，便大呼小叫起来。她对孩子没有任何兴趣，对弱智的孩子就更只有厌恶了。而且，她把厌恶表现在脸上。保姆也是个老女人，见了笑道，你真是个有福气的人。艾太太睁大眼睛说，我可是什么都不会啊。保姆又笑了笑，说，什么都不会就是福气。起初，艾藤对母亲保持着客气，这是她觉得比较妥当的疏远形式。渐渐地，艾藤就很有些看不下去。

艾藤给艾太太找的工作，是县委食堂的洗碗工。单桥觉得过分了，在里屋拦住艾藤，说，我们家也不差妈那一口的。艾藤高声道，你也太不理解我的意思了，消灭寄生虫，是我们的责任。这话吓了单桥一跳，他转身向外探探了头，将布帘拉好，小心地埋怨道，你也不怕妈听到。艾藤说，我本来就是说给她听的。艾太太听到了也当没听到，将平日的高跟鞋换作一双绣花的布鞋，有些讨好地看着艾藤，一扭一扭地跟在后头。

县委大院的人几乎都是吃食堂的，所以，食堂是个人气很旺的地方。这个时期，干部们似乎还没有过精细日子的时间、心情、条件以及勇气。尤其是北方男人，他们对云城饮食基本上是拒绝的，觉得青明果、糯米粽、卷饼、千层糕之类，都是空闲人想出的东西。他们一往情深地向往着馒头、大葱、水饺和猪肉，尤其是猪肉。当然，对猪肉的向往也包括着许多的云城人，甚至艾太太。

这一天，艾太太出现在食堂的时候，几个人都停下了手中的活。他们惊讶地看着艾太太脸上那种十分痛苦的表情。这个时候，艾太太正十分努力地控制着一次又一次冲上来的恶心，最后，她还是将那块绣着梅花的真丝手帕取出来，捂住了鼻子。手帕是洒过香水的，但依然无法抵挡这里的气味。这些气味，包括了馊饭味、死老鼠味、霉干菜上头的白毛味，以及几个蓬头垢面女人身上不怎么浓厚却绝对存在的下体的气味。坐在里头的厨头突然笑出声来，他是这里唯一的一个男人。当他走近艾太太的时候，艾太太呼吸里便只剩下一种气味，很快，艾太太确定，那是一种狐臭。男人打着赤膊，身上的每寸肥肉都在抖动，多年的炊事生涯让他留下了这个职业最明显的特征：庞大和满足。这样的男人，换作以前，艾太太是不会看上一眼的。男人盯着艾太太，用力地吸进一口气，半天只说出一个字，香。

艾太太得了一种怪病，什么气味都能让她呕吐，吐出来是一些清水甚至黄胆汁，看上去像一个刚刚怀孕的女人。几个月之后，当艾太太停止了呕吐时，她变成了一个真正的孕妇。这件事，还是单桥先发现了异样，许多方面，单桥都比艾藤来得细心。艾藤很容易地找到了她要找的那个男人。男人好像早就在等这一天，他对艾藤的指责无动于衷，依旧不紧不慢地吃着眼前的菜。那都是些好货色，猪眼睛，猪尾巴，和一根粗壮的筒骨。他扫了一眼艾藤，冷冷地说，是你妈自己送上门来的。条件是，不洗碗。他还用另一句话表达了对自己的怜悯。他说，我还从来没有碰见过像你妈这么懒这么谗的女人，我的命怎么这么苦呢。艾藤回来什么话也说不出来，十分忧伤着母亲那张因为缺少现实感而显得年轻的脸。她忽然很想哭泣一场。

单桥一般会在黄昏的时候出现在酱园弄里，他的手上通常是

一客小笼包或者是半个西瓜。这个时候，艾太太总是靠在门边，一只手指头含在嘴里，胆怯地看着他。有一次，单桥碰到了艾草。艾草在洗艾太太的那件翠绿色的旗袍。单桥就说，这样的旗袍，也只有你母亲穿得了。艾草看了一眼单桥，将一块肥皂很用力地打在旗袍背部的那块尿迹上。单桥想问问艾草过得怎么样，但他知道艾草已经什么都不会说了。单桥拐出艾家大院，在云城幽深处，缓缓地走动。

（原载《当代》2005 年第 4 期）

风过夏庄

在浙西南部地区的深处，许多村落的形成，比想象的要简单。只要有水源，十几户人，甚至几户人，都可以是一个村庄。这些村庄大都窝在两座山的空档，或大或小，操各自的方言，行各村的规矩，而且，每一个村都有一棵风水树，大都是樟树，也有枫树的。从一个村到另一个村，需要走很长的山路。其中，山岳重叠，沟壑深邃，是打仗的天然屏障。有一年夏天，一个货郎进山兜货，出山时，已经是第二年的春天。妇女干部王莲给50年代浙西南农村罗列的关键词是，美丽。贫穷。甲型肝炎。物产丰富。迷信。像狗那样卑贱而自在地活着。红色根据地。这是当年粟裕部队活动的地带。

刚刚开春，新婚的王莲将要跟随工作组去农村。喜气浓郁的屋内，年轻的丈夫扎着雪白的袖口正兴致勃勃地包着南方的小馄饨。显然，这个消息让他受了打击，他愤怒地说，你对革命比对我要有热情多了。王莲最不爱听这种话，她回答得很有力。她说，我本来就是党的人。只是，王莲还留了一手，她没有告诉他去的地方是夏庄，那里是云城最穷的地方，有许多可怕的传说，她甚至连死的准备都做好了。她不想让他担心得太多。私底里，王莲将准备的雪花膏、香皂、花露水悄悄地换成了两双草鞋。她已经很习惯自己看不出性别的那个样子了。只是她不知道，在丈夫的想法里，她好像已经变成不像女人了。丈夫的愤怒很持久，这使整个离别之夜变得空洞无物。

现在，王莲他们沿着峡谷前往夏庄。水流的很稳重，一个潭，接下去，是又一个潭。潭是小的，只是，石头落下去，却是听不到声音。两岸的绿荫，浓得抹不出更多的空隙，一群惊起的鸟冲天的片刻，几乎遮盖了所有的阳光。几只四脚动物，十分笨拙的样子，一头野牛，还有一只猴子，不慌不忙地从他们身旁走过。纵横的灌木林丛中，一座多年前搭建的木寮已经倒塌，但寮里的一只头颅、两枚正在腐烂着的手榴弹却记录下一个真实的战争事件。这可能是云城这个地方最长的一条峡谷，日后，这条命名为栖霞的峡谷因为出了一张著名的风光片而远近有名，但并没有招徕多少游客。远是一部分理由，更大的理由是，夏庄人没多少兴趣。有兴趣的人都走掉了，走到外头去，走一步也是走。留下来的，是挪不了的。或许，本来就不打算挪的。据说，夏庄只剩下一些老人了，它似乎比早年更为荒凉。来旅游的人，倒是看到了旧墙上的三十年代的几条标语，其中一条，是保卫苏维埃政府，涂得很新。

整整五个小时的路程里，他们几乎没有遇到任何一个人。记得老何好像说了这么一句话。他说，在这里，一个人的消失是件多么容易的事啊。没几天，老何果真消失了。老何在一个傍晚独自从野地往村里走，他隐隐约约感觉到后头跟着一个声音，他快，声音也快，他慢，声音也慢。原先，人快到村头时，所有的狗都会吠成一片，但这回竟是鸦雀无声，老何奇怪起来，回了一下头。但他只来得及发出一声单薄的惨叫。跟在老何后头的那个东西，村里有好几种猜测。有说虎的，也有说豺的，有说土匪的，甚至也有说鬼的。多年后老何在记忆里早已面目全非，惟独那句话，倒是谁也没法将它忘记。有一次，王莲在一个追悼会上碰见了当年的工作组组长。组长好像刚刚哭过，看上去有点脆弱。他别扭地说，在这里，一个人消失是件多么容易的事啊。他不知不觉地又一次重复了老何的话。

夏庄是个自然村，据工作组调查，全村有人家 116 户，428人，人均只有 0.17 亩耕地。全村没有一户地主，而贫农却占百分之六十一，雇农占百分之十九。成分最高的中农，家里连一床棉被都拿不出。此时，夏庄的生产还处于"刀耕火种"的原始农业阶段。这种生产方式，一般是二三月砍劈山上杂木乱草，等干燥后，从山顶点火往下烧。这种烧法叫"坐山火"，它火势旺而慢，可烧尽树枝，草木灰不大会飞扬，又可避免发生火灾。烧后一二天，等地面火气退去，就撒下种子，趁下雨前通铲一遍，把种子和泥灰翻入土中。一块地一般只种三年，产量是头年低，第二年高，第三年下降，等到第四年几乎不能收成。种植的旱稻，也只能收一季。在夏庄待了几天，他们都比较一致地想到了一个歌谣：火笼当棉袄，辣椒当油炒，火篾当灯草，番薯丝吃到老。而且，他们还发现，这个村子许多家里头，都没有女人。即使有，也是一些上了岁数的老太婆，混混沌沌的模样。王莲走在村里，背后经常是一片赤裸裸的目光。

王莲落宿的那家，比较像过日子的样子，也就是说，有一只相当勤恳的女人的手在操持着。蓑衣挂在墙角，几把锄头也都退了泥土。犁是犁，耙是耙，镰刀是镰刀。屋里的角角落落是经常收拾的，很少有鸡屎或者猪粪。主梁上头，也有几样东西晃着人眼，是一串干辣椒，两皮烟叶，几条打草鞋用的细绳，甚至还有一块发红的野猪肉。男人的衣服，打着半件的补丁，但还是能看的，因为补丁的色块很接近，针脚也细腻。女孩子的头上，扎的是四条小辫子。几只没有下油的菜，居然也能吃出味道。只是，王莲从来没有见女人正面落过脸，难得碰见了，也是头一低，匆匆而过。这个女人的背影骨瘦如柴，动作却是利落，有一次杀野猫，一刀下去，野猫整个头落在地上，一跳一跳的。那家男人，面容模糊，突着门牙，王莲问什么，只会摇头。几次下来，王莲也懒得理会了，进进出出，全当没有了这个人。

如果不是后来发生的那件事，夏庄这个地方因为工作的过分顺利而无法留下什么印象，具体地说，他们想做的事，这里的人已经事先都已经做下了，而且，做的比他们预想的好很多。整个村入初级农业生产合作社农户占了百分之九十。这是个很了得的数字。工作组估计，这个村子藏着一个高人，他摸透了政治和政策。当然，另一个原因是因为贫穷。那个叫木寮的村庄就不一样，村中还有学堂、寺庙和土医生。因为很有些底子，村里也不怎么拿工作组当一回事。说到入初级社，好多人把头都摇落了。一个胆子大的瘌痢，将袖子往上一捋，摆出一副要打架的样子，大声嚷道，好不容易，弄到一点自己的田地，还没捂热，这倒好，又成了别人的。几个动作快的，已经将耕牛、水车之类，藏到别处去了。或许，是贫穷让夏庄的人没有了任何想法。

事情出在一个晚上，王莲半夜被一阵零乱的脚步声吵醒，睁眼一看，一个女子披头散发地冲了进来。女子似乎在寻找躲藏的地方，但是已经来不及了，两个后生后脚跟进来一人抓了女子的一条胳膊，使劲地往地上压。王莲大叫松手，一个男的虎着脸，将眼睛挖过来，恶狠狠地说，谁拦着我们，我们就和谁拼命。我们什么也没有了，留着命有什么用呢。女子很是眼生，也就是说，她很有可能是被人藏着。这个村庄，用老年人的话来说，是留不住女人的。另一个却朝王莲嬉皮笑脸地说，你要放她走也是可以的。不过，你得留下来。

王莲知晓和这些蛮人是讲不了道理的，一时也没了主张。正在着急，门口闪进一个人，却是这家的女人，做了一个挥手的动作，两个男的都不作声，也不掩饰对这个女人的害怕，头往里一缩，动作很快地将手松开，马上恢复了原来那个猥琐的样子。女人走到女子的旁边，冷淡地说，这个村子里的男人都像菩萨那样的供着女人，你还要怎么样。女子也不答话，只晓得哭，什么也不说。王莲说，别怕，我会为你做主的。女人冷笑了一声，两手叉到腰上，说，在这里，谁也作不了谁的主。女子这才开口，说，你自己去问那两个东西去。女人一下子明白过来，脸拉得很长，两只手左右开弓，随即响起脆生生的巴掌。两个男人呆了一下，并不反抗，木木地张着大嘴，直愣愣地看着女人，随即，抱着头痛哭起来。女人转过来对王莲说，你可以带她走出这个村了。王莲在女人迅速平静下来的脸上看到了还没有完全退却的杀气和霸道，她可以肯定，这个女人不是村里的。女人知道王莲在想什么，她说，我是挺进师第二纵队的。我会说出我的故事。这一回，女人的脸上已经看不出任何表情了。在云城，挺进师是个多年来一直响亮着的名字。

1936年，一个叫香翠的女人在黑夜里摸进了夏庄。她从两个有着女人气息的屋子里绕过去，又从三个有着孩子气息的屋子绕过去，最后停在一个连门也没有的屋子。她听了一会鼾声，然后钻了进去。那个叫草根的男人从梦里醒来时，一支枪戳在了脑门，除了感觉到一片冰冷，草根连眼睛都不会转了。香翠说，我要做你的婆娘。没等草根反应过来，一个温暖的身躯压了过来。第二天草根起床，香翠已经将一些破衣服洗出来，挂了一树枝。她一只手叉着快要弯不下去的腰，另一只手向草根一挥，说，去打点柴禾回来。我的日子就在这几天了。

王莲在女人的屋子里看见了一支三八枪、一套灰色的服装、一条绷带、一只领章、一个大号搪瓷杯和一本苏联的小说。这些东西用一个麻袋装着，然后放进自己打的松木箱里。上头落下了很厚的灰尘。它们正好藏了二十年。王莲说，天下是我们的了，难道你不知道吗。香翠就笑了笑，说，我早就不想这些事了。香翠原来是想走的，生完儿子就走。只是没有走成。草根翻来覆去就是一句话，原先，我没有女人是可以过下去的，现在，我没有女人是过不下去了。他的确背着香翠准备下毒蛇液。要不是两只老鼠从墙洞里拖出那只瓶，事情可能是另外的样子。那只瓶子就落在香翠的脚下，这个杀人不眨眼的女人开始了她一生第一次犹疑和害怕。后来，等到草根肯放她走时，香翠自己不想走了。两年的劳作，让她彻底变成了一个老女人。王莲打开那本书，书的扉页上，是一个如雷贯耳的名字。她把书递给香翠。香翠摇摇头，说，我认不得字了。她将书翻了一下。果然，她翻的是倒头的书，那只手也是青筋毕露。王莲看了一会。两个人一时无话。王莲临走的时候，女人突然叫住了她，说，你还是想办法早点离开吧，这里太危险了。王莲说，我们没有敌人了。香翠冷漠地说，对女人来讲，最大的敌人是男人。

天灾那年，许多的村庄，包括木寮那种底子厚实的村庄，差不多有接近一半的人死于饥荒，但是，所有的夏庄人挺过了这个大难。说法有两种。一种是，香翠熬制了抗饥的草药。另一种是，香翠出山搞到了一袋救命的粮食。那是香翠第一次离开夏庄。草根以为香翠是不会再回转了，他把家里最后一只野团子偷偷地塞进香翠的包裹里。第十一天，香翠回来了。她的两个膝盖全破了，头发长短不齐披着，浑身有许多的血迹，脸瘦得只剩下眼皮了。她用非常纯粹的普通话喊着两个字，坚持。坚持。坚持。也就是说，这段艰难的历程，复活了香翠多年前的一个记忆。村里人将她抬起来的时候，有人从她的腰间摸到了一支手枪。接下来的故事变得平庸。1960年，一队人马开进了夏庄，带走了正在野地开荒的香翠的大儿子。整个过程只有简短的十分钟。等香翠扑出村口时，她只看到漫天的尘埃。

　　村里还有过知青点。三十年后，知青的窝点以及他们开辟的大寨田隐没于野草丛中。王莲最大的女儿张红，和香翠一样，七十年代在这里做了一个农民的妻子。当然，张红只做了两年。那些扎根农村一辈子的誓言现在想起来倒像一个笑话了。偶尔，王莲和张红会说起香翠。王莲说，香翠真是个不简单的女人。张红就同情地看着母亲，嘴角上浮起一个不屑的笑。她说，你总是把人往浅里想。我敢肯定，香翠的心早死了。在张红眼里，母亲从来都是一个幼稚的人。她的确不能够理解，母亲那代人，怎么会对某种东西保持那么久的热情。她自己也曾狂热过，她一直认为，她为这种狂热输掉了一生。不过，她现在已经懒得想这些事了。张红一说起农村就是一肚子的牢骚，她又老话重提。她说，我们这一代人最亏了，付出的最多，得到的最少。王莲早就习惯了张红的抱怨，对这个女儿，王莲向来是没有办法的。这时候，王莲不再年轻的丈夫忽然莫名其妙地笑起来。多年来，这个冷漠的男人，总是拿着一本书安静地待在角落里。王莲知道，他是从什么时候开始变的。这是一件没有人能够解决的事情。他甚至再也没有愤怒过一次。

　　多年后，已经是云城市妇联主席的王莲在自己的办公室里接待了香翠。香翠用一根细麻绳扎着破棉袄，脚上是一双豁口的布鞋，露出发黑的脚趾头。一手拿着一只破烂的蛇皮袋，里头是几个土豆、一捆青菜，另一个蛇皮袋比较干净，上头扎得严严实实的。她的头发全白了，因为瘦，两只眼睛骷髅一般。一块狗皮膏打在蜡黄的额头上。香翠当下就跪下去了。她说，这是我一生唯一的心愿，只有了了它，我的心才安呢。它们总得有个自己的归宿。香翠让王莲打开那只干净的蛇皮袋，里面是一堆尸骨。香翠后来一直做着的一件事是，收集战友的尸骨，她差不多走遍了当年浙南根据地的每个山头。香翠抚摸着尸骨，整个人都沉浸在回忆里。王莲听到了眼泪落在骨头上的清脆声响。很快地，香翠停止了哭泣，她用手背擦了眼睛，有些羞涩地说，这么多年，我还是第一次流眼泪。王莲走过去，紧紧地拥着香翠。她难过地说，你什么都没有得到啊。香翠给了王莲一个明亮的笑容。她指着尸骨说，他们又得到什么呢。

一个深秋的夜晚，王莲在粟裕将军的《回忆浙南三年游击战争》里，找到相关资料：1935年，革命处于低潮时期，粟裕部队移师浙南山区，开展艰苦的游击战争。次年，主力部队北上之后，挺进师第二纵队就地坚持，在力量对比悬殊的情况下，队员们浴血奋战，最后剩下的几个人穴居饮雪，挖田鼠窝找粮食充饥，战斗到生命最后一刻。除去三位同志突出重围，找到队伍，其余全部壮烈牺牲。也就是说，香翠是仅有的四个幸存者之一。其实，香翠没有走成是因为后来一个更重要的原因，几次"围剿"中，夏庄人没有一个人说出香翠的真实身份。草根害怕自己说出秘密，用剪刀割断了自己的舌头。从此，香翠知道，自己是不可能再离开夏庄一步了。

王莲开始为尸骨入烈士墓的事奔走。事情并不像王莲想的那么简单。好像一下子没有人对这些事有兴趣了。王莲从那些外交的言辞里感觉到了冷漠。她已经落伍了。或许，她从来都是一个落伍的人，只是自己不知道而已。最后，王莲去找组长。组长刚刚离休，拿着一张报纸很抱歉地看着王莲一下一下很有节奏地摇晃着脑袋。他说，谁是香翠，我一点印象都没有了。再说，几根骨头，放在哪里不一样啊。组长马上就将话头转开了。他说，你这辈子过得很不容易啊。王莲说，我没觉得。组长探究着王莲的神情，犹疑片刻，干干地笑起来，说，这样想就好。这样想就好。王莲知道组长想说什么，心里猛地疼了一下。

那堆尸骨后来王莲把它安放在自己家里，有生之年她打算守着它。她的确想记住一个人和一段历史。在这件事上，王莲很坚决，好像是第一次不那么在乎丈夫和女儿的想法了。以前，她是在乎的，在乎得几乎丧失了自我，这让许多人看不明白，为什么在单位雷厉风行的王莲在家里会是菩萨一般。现在，她忽然觉得香翠的一生其实过得很好，她自己的一生同样过得很好。在她的人生字典里，她将永远不说的两个字是，后悔。她知道自己终于可以将一个心结放下了。

那次，王莲是在工作组准备离开时突然失踪的，之前，没有任何迹象。可能，王莲的做派，让工作组的人忽略了她的性别。两天之后，工作组在一个当年打游击落下的一个山洞里找到了王莲。从昏迷中醒来的王莲语焉不详，她说，我什么都想不起来了。王莲身边的男人刚刚死去，脸上甚至还残留着没有褪尽的红晕。他喝的是毒蛇液。这是夏庄这个地方最通用的自杀方法。男人是村里很老实的光棍，平常连一句话都没有。工作组的人看见王莲用手慢慢地将男人的眼睛闭上。一行人走出山洞，天空里下起了这一年的第一场雪。在夏庄，冬天总是来得很早。

只是，故事并没有结束。2002年，一群夏庄人堵住了云城民政局的大门。人群里大多是老人，衣衫不整，神情困顿而疲惫。从夏庄到云城，他们走了整整9个小时。民政部门拒绝的理由依然是，夏庄人拿不出香翠当年当红军的证明。领头的老人已经哭了很久，这一会儿，突然激动起来，仰起了脸。他说，你们如果再不解决香翠的问题，我们只好把她抬到市府门口讨饭了。那一年，是香翠中风的第六个年头。据说，香翠已经92岁了。据说，香翠现在身无分文。

（原载《上海文学》2005年第12期）

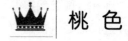 桃 色

1

1972 年的春天，也就是当两种花，桃花和梨花热烈的时候，红丫头上开始腐烂出鲜艳的颜色，是与两种花接近的颜色，红得有些粉，白得有些黄。很多天之后，红丫的母亲终于发现。她做了一会要呕吐的样子，然后认真地说，红丫，你的头上开了一朵桃花呢。

买帽子的人进进出出。红丫看见隔壁的瞎子正自顾自坐在门槛上钩一只桃花图案的帽子，她的手指舞得像春风里的柳。红丫知道，瞎子手里钩的帽子是医生的。在水镇，只有医生喜欢桃花图案的帽子。瞎子的店里有各种各样的帽子，藤的、龙须草的、细竹的、棉纱的、毛线的、尼龙的、和纸的。水镇是个流行帽子的地方，所以瞎子的日子总是很好。瞎子说，春天过去了吗。红丫像大人那样叹着气，说，我看这个春天过不去了。瞎子伸出手去摸红丫的头，红丫将头扭来扭去，瞎子就腼腆起来，把手一下子缩回来。瞎子喜欢摸别人的头，这一点，红丫老早就看出来了。红丫盯着一个很远的地方，突然说，所有的人迟早都会有一顶帽子的。瞎子马上激动地笑起来。笑得很像电影里的一个特务。瞎子的衣服是桃红色的，桃红得青春饱满。她一直是镇里比

较妖的女人。这是母亲最不要看瞎子的地方。母亲和镇里其他的女人一样，所有的衣服几乎都是灰色的。这让她们彼此相像和熟悉。

医生轻浮的身子在阳光的暗处里飘过来。他的皮肤看上去更像一张发皱的纸。医生和女人一样，是个老是觉得自己很脏的人，热爱洗澡，到后来人们才知道医生原来得的是鱼鳞病。水镇的医生总是治不了自己的病。瞎子在医生到来之前，钩出最后一朵桃花。现在，医生的头上有了一顶桃花图案的帽子，帽子让医生变得更年轻了。女人们都看不出医生的年龄，也就是说，医生像二十来岁，也像四十来岁。因为医生脸上光洁得没有一丝皱纹，但有一头精心保养着的花白头发。医生没有老婆，水镇的人都有些想不通，医生的说法是，平生最害怕的两样东西，一个是蛇，一个是女人。或许，这是他比较成熟的地方。不像水镇其他的男人，他们一般都要到七老八十的时候，才明白女人原来是可有可无的。医生问瞎子，桃花是什么颜色。瞎子生来就是瞎子，所有的色彩在她眼里都是一样的。她肯定地说，黑色。医生很高兴。他说，你的确是水镇最智慧的女人。从你帽子铺开张的那天我就知道了。医生私底里一直以为，天下的瞎子都是看破天机的人。

果然，红丫在医生的房间里找着了一枝黑色的桃花。花插在一只斜口的玻璃杯里，肥硕的花瓣在满是尘埃的桌子上打下一大片的阴影。一张多年前发脆的处方签，上头是黑桃花的一个配方：蒙尔荷一钱，青丝两根，时光一段，再加少许维生素 β、灰指甲水和蝴蝶花粉。医生在一条直线里踱着方步，两只手交叉在胸口，他自言自语道，这个实验我做了十次。每一次的结果都只有一种。红丫说，你还会做第十一次的。因为你一直都不能够相信只有一种结果。医生忽然像受到惊吓一般，手足无措，最后用手死死地抱住了头。红丫走到医生的跟前，将医生搂在怀里。这是母亲多年前教给她的唯一一个动作。

红丫心里想，桃花还有一种颜色，介于粉与黑之间的，如同她头上的脓包。但红丫没有说出来。因为医生对她头上的脓包视而不见。医生对所有的病症都缺乏直觉和敏感，他向来都不是一个好医生。这与医生的自我感觉相反。

医生的屋子很潮湿，墙壁和粗布被子都长了霉点，白花花的，烂漫着。几丛草正在茁壮。椅子也是湿的，坐几分钟就能感觉出来。窗帘是绿的，又好像是黄的，左边的角，摁了只锈了的图钉，一副想动又动不了的模样。红丫还注意到，屋里有一个镜框，上头是两个男人的合影。一个是医生，另一个是和医生很像的人。两个人都笑得很拘谨。红丫踮起脚尖看了一会照片。照片上的男人曾在红丫的梦境里反复出现。红丫知道，照片出自母亲之手。母亲是水镇红太阳照相馆的照相师，可是，她没有一张自己的照片。在她的镜头里，所有的人都显得忐忑不安，这叫她厌烦。她承认自己在镜头里也肯定只能是这个样子。红丫问医生，那个男人是谁。医生面无表情地回答，我不认识。从来就不认识。

红丫走过桃花林的时候，看见少年宝来又卧在一根粗壮的桃枝上。水镇是个盛产桃子的地方，到处都会遇到桃花林。红丫朝树上喊道，今天有可疑的人吗。宝来好像没有听到，卧在那里一动不动的。红丫等了一下，自个儿笑起来。她总是记不住这件事。宝来已经三年没有开口说话了。

2

水镇人都说，母亲长了一张克夫的脸。母亲的脸是扁平那种形状，五官模糊。这很有可能是事实。1968 年，母亲发射的一颗子弹打中了父亲的胸口。武斗发生的时候，火光照红了水镇的整个天空。母亲是革联总，父亲是丽联总。他们因为单位的不同而变成了势不两立的人。武斗的前一个晚上，父亲用暴力进入母亲的体内。父亲说，不是东风压倒西风，就是西风压倒东风。母亲在呕吐。每次这种事后，母亲都要呕吐。她将呕吐物和父亲的东西一起扔出窗口。母亲指着父亲的鼻子说，你越来越不是一个男人了。

母亲在寡妇生涯里一直热衷于请客吃饭。请客之后，母亲就变得精神抖擞，脸上飞着桃红，像个午后低烧的病人。她会做平日想不起要做的事，比如洗脚，比如给红丫扎辫子，比如喂鸡。她请客的菜单几年来一直都是统一的：酸辣土豆丝，土豆饼，红烧土豆块，和牛肉土豆汤。红丫猜测，母亲在水镇某个不为人知的地方种植了土豆。母亲请各种各样的人吃饭，有来由的和没有来由的。最主要的是瞎子和医生。那是母亲多年的朋友。

在一些午后，医生频频光临。他打扮得十分严肃，白帽子，白大褂，白手套，白手套里是一只精致的白盒子。母亲会在众目睽睽之下向医生展开一个完整的讨好的笑容，而且，这个笑容一直保持到医生离去。医生是个对吃饭没什么兴趣的人，就像他对女人没有兴趣一样。通常，医生吃饭的时候，总会心事重重，他用很长时间将筷子在土豆块或者土豆丝里拨来拨去，用很长的时间一粒一粒地吞着米饭。他总是担心吃出点什么，比如细菌，或者老鼠屎，甚至是孩子的一截指头。

母亲说，这回肯定是真的。我亲眼看到她往碗里倒了东西。是一包黄色的粉末。医生看也不看母亲，脸上不以为然的表情。他说，你每次都是这么说的。我不会再来了。母亲对这句话也很熟悉了，她说，你会来的。医生当着母亲的面打开白盒子，取出一张试纸，结果很快就出来了：碗里没有毒。母亲露出迷惑的神态，显然，面对这个结果母亲不知道是应该高兴还是应该不高兴。医生倒是有点扫兴，他冷淡地说，我经常在想，谁会是你的仇人。母亲扳着指头说，宝来的母亲是主要怀疑对象。不过，照相馆的老张，还有粮站的萧会计都有作案的动机。母亲犹豫了一下说，当然，我的婆婆也不能排除在外。医生就很古怪地笑了一下。他说，你忘记了最有可能的两个人。一个是我，一个是你自己。

比较起来，母亲更喜欢瞎子。与医生相反，瞎子热爱食物，旺盛的食欲让她吃得很专心。她连最后一口汤也不会放过的。之后，瞎子打着响亮的饱嗝，在母亲期待的目光里一扭一扭地走到墙壁，将耳朵贴上去。瞎子贴在墙上的动作像一只竖起的黑蝙蝠。这是母亲眼里最温柔的动作。瞎子能够听到最轻的声音，这在水镇早已广为流传，而且，瞎子总是有求必应。当然，瞎子还不知道，她已经成了别人的一块心病。瞎子说，宝来的母亲在洗碗。母亲说，你听到的只是一部分。你没听到她嘴巴一动一动的。她又在讲我的坏话了。瞎子心里想，这个世上，谁都在说别人的坏话。瞎子对谁说坏话没兴趣，有兴趣是谁说的那句话。母亲告诉瞎子，这次隔壁那个人说的坏话是，五岁的乳房。我一直在想它的意思。想得脑壳子都疼了。瞎子哦了一声，声音尖细得像在呻吟。母亲叹了一口气，说，讲我坏话的人越来越多了。到处都是交头接耳的人，她们总是等我就要走近的时候散开。瞎子心不在焉地说，我看见宝来走过去了。母亲朝门口看了一眼，但是，她什么也没有看到。母亲说，可能，在水镇，只有宝来一个人没说过我的坏话了。母亲这句话是专门说给瞎子听的。瞎子装着没有听懂母亲的话，继续心不在焉地说，宝来爬到桃树上了。

1969年的案件比较简单：宝来的父亲用长了六根指头的手摸了红丫五岁的乳房。事件目击证人有，群众甲，群众乙，群众丙，还有医生、瞎子和母亲。其中，医生的证词最有力，不容别人怀疑，因为他是宝来父亲的弟弟。宝来的父亲以猥亵儿童罪判处有期徒刑三年。

有一天，红丫问医生，摸奶会怀孕吗。医生说，不会。红丫松了一口气。医生警惕地看了一下四周，有些兴奋地说，谁又摸你的奶了。红丫说，我母亲。她每天晚上都在不停地摸着我的奶。

3

有一支队伍开到水镇。几十个人，沿公路齐整地扎着。红旗猎猎飞舞。他们都在说话，一个人的声音淹没在另一个人的声音里。后来声响突然没了，只剩下几十条挥舞的手。宝来跟着队伍走了三天，回来的时候，身上多出了一样东西，是一把雕刻着 m 字母的匕首。在暗淡的光线里，银质的刀锋发着深邃的光芒。宝来将中指狠狠地按下去，血溅出来，很快地，他的脸上到处都是最红的花朵了。

红丫知道，宝来经常一个人在水镇游逛。无论冬天还是夏天，他都戴着手套。这点习惯和医生相同，不同的是，医生的手套是透明的。水镇是个复杂的地方，复杂得宝来游逛多年也没弄明白这个镇到底有多少条暗道。有一次放《地道战》，水镇人看着看着全都笑起来了。1968 年在水镇留下的东西还有，一个十来米的瞭望台，紧靠山边的一排防空洞，两面战鼓，以及一枚埋在指挥部左边刚刚爆炸的地雷。宝来手头最喜欢的一样东西也是1968 年的，那是一架上海产的望远镜。

红丫说，宝来，把你那架望远镜拿出来让我看一眼。红丫还没有把话说完就后悔了。她知道，这是不可能的。她已经被拒绝了许多次。宝老从来听不到这句话，或者，听到了也装作没听到。红丫弄不明白自己为什么在水镇只想和宝来说话。她很生自己的气。

只有一次,在瞭望台,宝来让红丫摸了摸望远镜。瞭望台很小,有种私密的温暖。隔着手套,红丫还是感觉到了宝来手指的温度和灵活。宝来让红丫的头枕在他的膝盖上,用望远镜看她头上的脓包。他花了很长的一段时间。之后,他突然神秘地笑了一下。红丫不知道,宝来看到了什么。但她喜欢宝来那个样子,郑重其事,而且胸有成竹。水镇的人都说,宝来是做大事情的人,对这点,红丫深信不疑。

宝来的事迹是和望远镜连在一起的,那些事迹在水镇人人皆知。红丫的一篇作文的题目是,宝来是我学习的好榜样。而医生在自己一本最隐蔽的日记本里用了整整七页纸记载着宝来的主要事迹:3月2日,发现一个正在埋变天账的漏网地主。6月8日,找到两条反动标语,一张中间有洞的毛主席画像,一双绣花鞋。9月13日,抓住一个偷听敌台的人。10月1日,破获一起妄想颠覆无产阶级政权的暴动案。12月30日,解救了三个正在谈恋爱的女人。除此之外,宝来还做很多的好事,比如,给瞎子打柴草。又比如,送迷路的孩子回家。最后,医生用自己的一句话结束了这一天的日记。他说,宝来的眼睛是这个世界最明亮最干净最深刻的。只是,红丫意外的发现,医生的笑容每次都在宝来经过之后一寸一寸地变得僵硬。

那个下午,红丫粘在宝来的后头。他们一起在车站附近转悠。照片上的那个男人刚刚从车上下来,就被宝来盯上了。红丫看出,宝来有点兴奋,两只手握成硬邦邦的拳头。男人头上扎着一根女人用的围巾,只露出一双不怎么会转动的眼睛。起初,宝来怀疑他是异乡人,因为他的衣着和前几天逃难过来的贵州人完全相同,一根稻草绳将破棉袄松松地扎着,胸口处的骨头冻得通红。豁口的草鞋里头，几个分不出颜色的脚趾头在腐烂。但很快，宝来就发觉自己错了。男人对水镇的地形十分熟悉，有几次，宝来和红丫差一点被甩掉了。

男人从水镇的东边走到西边，又从西边走到东边，然后在一些巷弄里兜着圈，直到黑夜的来临。宝来跟着他走进了自己的家。宝来的母亲惊慌地说，宝来，你父亲回来了。宝来三年来第一次开口说话了。他深情地看着父亲的手，热烈地说，三年，我没有一分钟不在想你。他更热烈地说，我只想知道一件事，你用哪只手摸的乳房。他的声音已经很粗，像成年人。宝来的父亲明显地紧张起来，一下子将两只手伸进裤兜里。他沮丧地说了一句莫名其妙的话。他说，我是用右手给病人开刀的。

1972年的春天将要到头的时候，一个流浪汉在母亲那块土豆地里，先是翻到了一把刻着 m 的匕首，然后是翻到了一只血腥的手。流浪汉马上记住这只手，因为手掌是六根指头。流浪汉从短暂的兴奋里清醒之后，向水镇方向狂奔起来，他身后的尘埃一时间遮蔽了许多的景致。等更多的人汹涌至土豆地时，那只手已经不翼而飞。一年后，红丫在医生的家里见到了那只风干了的手。医生把它制作成了一个最优秀的标本：腥红色，六个指甲晶莹剔透。并且用同样风干了黑桃花作装饰。现在，这个标本就在有着两个男人合影的镜框下面风骚地摇摆。

宝来的父亲断手后变得游手好闲，整日在两棵桃树之间练习跳高。有一次，他跳过了一米九三。那一刻，红丫、母亲、瞎子、医生还有宝来，都以为是一只大鸟飞上天空。

多年来，红丫一直记住宝来重新开口时对她说的第一句话。他凶狠地说，你是一朵开着的桃花。

4

红丫过得很普通。除了每年春天，她的头上依旧会在相同的地方长出一个相同的脓包外，她的确看不出有什么地方与别人不一样。

红丫二十八岁那年，瞎子给她介绍了一个对象，男的是水镇肥皂厂的工人。瞎子还像以前那么自信和热情，相信自己是水镇唯一可以帮助别人的人。这是红丫第一次处对象。之前，没有别的男人找过红丫，红丫也没有找过别的男人。他们像别人那样谈着恋爱，看电影，或者一前一后散步。不咸不淡的样子。红丫不怎么说话，也不怎么和别人打交道，两只眼睛总是看着很远的地方。因为这些，工人就觉得有点摸不透红丫。工人是个谨慎而胆小的人，许多的念头只好噎在心头。

有一天，他们去看电影。散场的时候，红丫说，我的皮夹被人偷了。工人说，什么时候。红丫说，就在刚才。小偷的手抽出来时我感觉到了。工人说，你为什么不喊呢。红丫说，我想喊，可就是喊不出来。工人在黑暗里笑了一下，不再说什么。这天晚上，工人没有像往常那么老实地坐着，而是狠狠地将红丫按在了集体宿舍的那张肮脏的床上。事情的进行比工人预料得容易，红丫除了安静地颤抖，几乎没有多余的动作。工人安定下来，十分从容解开了红丫的乳罩。忽然，工人的手变得僵硬，他像牙疼似的倒吸了一口气。工人看见了红丫只有两个点的五岁的乳房。这样的情形可能令他无法想象，或者说和他想象的大相径庭。工人发了一小会呆，没有再继续下去。

工人结婚的时候，红丫把自己灌醉了，她第一次知道，醉酒后她是能够哭的。她已经好多年不会流眼泪了。新娘自然不是红丫，是水镇一个长满雀斑的女人。新娘已经担了身子，红衣服凹凸有致，没过多久就做了母亲。红丫来到医院，工人正拿着吸奶器用劲地给新娘吸奶。新娘满足地嗔怪工人，天下没有比你更笨的人了，会一下子买两个吸奶器。之后，红丫忽然热爱上了钩帽子，她的手艺远远超过了当年的瞎子。红丫单钩儿童帽子，用各种颜色的开司米绒线，只是花型还是桃花。她让自己置身于各种颜色的桃花里。红丫将帽子送给认识或不认识的人，有一段时间，水镇到处走着带着桃花图案帽子的儿童，其中的一个就是工人的女儿。

又过去了几年，红丫的单位倒了，她终于去了瞎子的桃花洗头坊。瞎子洗头坊开出来之后，原来的剃头匠都歇了生意。瞎子每天坐在店里，听洗头时水流动的声音，脸上的笑很满。她还是老不去的样子，衣服是最流行的。红丫的工作很自由，一般瞎子呼她的时候才去。红丫给男人洗头发，带回想跟她走的男人。每天平均两个，生意最好的一天，是七个。每次完事后，红丫都会点燃一支烟，让自己的脸消失在烟雾里。红丫有了许多的男人，只是她的乳房还是没有发育，到了夏天，红丫要带两个乳罩，一个是粉红色的，另一个也是粉红色的。医生建议她买个丰乳器。红丫就说医生很天真。也许，这个世上只有一样东西才能让红丫的乳房真正发育。那不是男人，也不是器具，而是爱情。不过，红丫喜欢医生的天真。的确，有些时候，错误会让生活变得简单。医生好像是越来越天真了，到了年龄一大把，反倒爱对女人动手动脚了。他刚染的黑头发，在阳光里，有一种古怪的灿烂。

红丫最后一个客人是宝来。他穿着几十块一套的那种西装，脖子斜挂着一条尼龙领带，墨镜很深。他抽劣质烟，手指关节粗大，红丫第一次发现，宝来和他父亲一样，长着六根指头。那根多余的指头苍白得找不着一丝颜色。做的时候，宝来的六根指头在红丫的身上游走得很耐心，只是迅速地跳过了五岁的乳房。两个人一句话都没说。而且都不想看对方的那张成人的脸。这一点和多年前的情景毫无二致。宝来看得出是老手，很懂行情，付钱时讨价还价了一番。红丫的目光随着宝来模糊不清的背影远去，直至完全消失。

红丫是突然决定不做的。她对瞎子说，我厌倦了。瞎子很快就明白过来，她笑笑说，你到底还是看不开的人。这个世上的事，是没有一件值得认真的。第二天，红丫离开水镇，去另外一个镇，做了一名清洁工。那是一份只需要和垃圾打交道的工作。这很安全。还会有谁有兴趣看一眼扫垃圾的那张脸呢。

多年后的一个春天，红丫去医院看母亲。母亲已经在医院待了三十年。从 1972 年那个春天开始，她再也没有走到外面的世界。她得的是狂想型精神分裂症。现在，外面世界的好坏，与母亲不相干，也与红丫越来越不相干了。水镇照旧是一个盛产桃子的地方，到处都可以遇到桃花林。在最大一片桃花林的后面，医院的气息迎面而来。从一扇铁锈斑斓的门进去，许多相似的面容一晃一晃的。几声突兀的尖叫响在时间的深处。母亲正安静地蹲在拐弯出的那个角落里，安定与舒必利已经让她那根躁动的神经完全麻木。她认真地说，红丫，你的头上开着一朵桃花呢。

这个小镇有个很小的教堂。红丫想，有一天或许我会在这里等到我想等的那些人。可能是母亲。可能是瞎子。可能是医生。也可能是宝来。那么，所有的游戏就有可能重新开始。她将两只手虔诚地合在胸口。四周花木扶疏，绿开始饱满，好像春天又要来了。

（原载《钟山》2006 年第 2 期）

清水弄

1

清水弄出桃花，最打眼的是章家那棵桃树，新枝发得旺盛，一汪粉红染了整个弄堂。因为桃花，清水弄的春天看上去总要比云城别的地方来得早。过了冬季，日子开始长了，这会儿，斜阳还不肯离散，让西边的一片天空聚满了颜色。那种颜色，也与花一样亮得张狂，凑足了一份世俗的热闹。

整个弄堂都是低低矮矮的屋子，有院墙、墙头草与老式天井。一式的青砖瓦房。原先的大户人家，院子里头还分正房和厢房，门槛高出一截，门前蹲个石狮子。再早些年头，可以看得见燕子在梁上筑窝以及青石板上的蚂蚁搬家。也出过举人和疯子。是一条有年头的旧胡同了。

弄堂口，挑出个章家小吃店，紧挨着中心街面，对着满满一路的人。做的是云城最出名的春卷和麦饼。这两样，都是章家的祖宗明朝逃难时带过来的手艺，传了几代。依赖着它，章家在云城扎下根，积起一份殷实家底。只是平日大都藏着掖着，清水弄的人一般是看不出来的。外财不露，也是生意人的守家传统。大儿子章之威结婚的时候，章老太想前想后，狠狠心咬牙拿出两根金条。那年头金器还是稀罕物，一下子镇住了大媳妇越兰。越兰爱显摆，两根金条还没捂热，就去打了各种零碎，从头到脚一身的金，晃着人眼。清水弄就传出章家发过横财的说法，越传越真。章之威来套话，章老太既不肯承认，又不肯否认，只是盯着章之威的脸，莫名其妙地笑了一下。章之威就知道母亲不会说出真话了。

现在，开店的是小儿子章书威。店还是老样子，只是改了个店名，图个新鲜。那上头是章书威自己的字，有模有样。章书威小时候机灵过人，是块读书的料，初中时害了一场病，眼睁睁地将前程耽搁了。做了二十几年的工人，又摊上下岗，日子便栖惶起来。做小吃，心头是不甘的，总觉得被人低看一眼。硬撑了几个月，眼见以后的日子悬空吊着，没一天是踏实的，心里头一日一日地添堵。和妻子采桑商量，采桑照旧是那句口头禅，你想怎么样就怎么样。等于什么也没说。而且开门七件事，样样离不了钱，到底撑不起了，最后还是按母亲的主张接过章家的老店。母亲总结说，这就是命。章书威，逃不过做春卷和麦饼的命。章老太记起章书威周岁抓周，抓的就是春卷和麦饼。

章书威折来一枝桃花，往旧瓶里插，摆弄了好大一会工夫。章书威的人好像也随着花明朗起来，透出点陌生的朝气。一旁的红妮眉开眼笑地将身子贴过来，夸张地说，春天真好。红妮穿着上倒是武装得与云城的女人差不多了，也是春季正流行着的皱纹领，只是眼神还是乡下的，喜欢直愣着把人看出一个洞。按红妮自己的说法，她第一次进云城，就不再想回去了。那点心思，一点也没有遮掩的意思。红妮是贵州人，脸上有着贵州人通常有的那种红，红得蓬勃而土气。章书威端正了身子，避开一团热烈。红妮因为被章书威摸过几次身子，就把自己当作章书威的女人了，这让章书威警惕起来，收住了心。章家在清水弄是有脸面的人家，识世故，讲究的是轻重扣得牢，提起裤子就后悔的事，是轻易不肯做的，这里头也藏着小生意人的那种算计和精明。最主要的是，章书威心头是摆着采桑的，虽然自己不大肯承认。红妮起初想不明白，后来是见几个姐妹被人弄大了肚皮却没人肯认账，才知晓了城里人许多事情是不作数的，反而觉出了章书威胆小的好。于是，便不惜乡下人的一身好力气，撑起半个店来。

说话间，采桑嘴里哼着小调走了进来，还是懒洋洋的样子，眼神散着，头发一经风，全乱了，打扮得很潦草，脚上蹬着冬天的鞋，一层的灰。那条裤子好像是几年前的式样，明显的小，将臀勒出形状。皮夹也不用，钱就塞在丝袜里，鼓出一个包。章书威知道她又准备去打麻将，没好气地看了一眼，手里的动作一下子弄出声响。采桑装着没听见，顾自拿了春卷吃起来。自从迷上麻将，采桑的脾气就出奇的好，什么都不放在心上。章书威终于忍不住了，说，采桑，看看你，还有女人的样子吗？采桑很耐心地吃完，说，我就这样子。偏偏抬起脸，讨好地冲着章书威笑。采桑是个挨了巴掌也不发作的女人，章书威拿她没办法。

每次，红妮以为他们要吵起来，结果什么事也没有，就有点失望。她算是看透城里的男人了，也就是嘴里说得狠，动不了真格的。她不害怕采桑，是因为采桑实在没东西让她害怕。柿子挑软的捏，也是常理。只是看不懂，采桑这样的人，要文化有文化，要容貌有容貌，却捏在章书威的手心里。那副软性子，怎么也扶不起。红妮搭讪说，打麻将很有意思吧。采桑说，能上瘾的东西都是有意思的。红妮显然高兴了，尖着嗓子说，打了麻将就不想做其他事情了。你也是懒人有懒福。采桑哦了一声，并不在意，笑道，这是章书威的话吧，我都听出老茧了。麻将治百病，我也就是打了麻将才睡得瓷实。隔了一下，像突然想起，喊过红妮，说，你托我的事快要有眉目了。红妮脸面一紧，眼睛落到低处。采桑又笑了一下，将两只手围在红妮的腰身上，很亲热地说，放心，我知道你不容易。一个做姐姐的，撑着一个家。红妮心里别扭起来，轻轻地挣开了身子。也就是在这种亲热里，红妮以为早已逃遁了的自卑又回来了。她依然是别人眼里那种需要怜悯的乡下人。采桑待红妮很好，好得有点没心没肺。只有章书威心里明白，采桑根本没有把红妮放在眼里，也根本没有把他放在眼里。

采桑前脚出来，章书威后脚跟了上来。他站在背后说，我有可可的消息了。采桑并不转头，走出很远，才扔过一句，说，随她吧。我的心早就凉了。还是你母亲说得好，女儿不过是眉毛，没有，觉得难看，长在那儿，其实也是没多大用场。

前年清明节章家一大家子去扫墓，章可可领了叔公家的孙子去河边玩，可可还是半大孩子，玩性大，追一只蝴蝶追远了，偏偏这会工夫那小孙子掉到河边淹死了。眼见活蹦乱跳的一个人，忽然说没就没了，叔公家的儿子按捺不住动手打落了章可可两颗门前牙。章老太当场就给小叔子一家跪下了。这件事，成了一个死结，解也解不了。直到小叔子家儿媳重新怀上，两家才开始走动。谁也没顾得上章可可。几个月后，章可可突然说不想读书了，然后是一次又一次地逃学。章可可迷上了逃学。这样来回折腾了两年，最初的那种疼也麻木了，渐渐地竟也习惯起来。章书威狠狠地喊道，你们女人的心都是这么硬的。你死在麻将桌上算了。采桑这才回转身来，安静地说，我本以为我这个人只是没有童年和青年，但现在连晚年也没有了。我想开了。人的一生，有什么，没有什么，都是注定的，何苦和自己过不去呢。

这些话，采桑好像不是第一次说，他们结婚的那个晚上，章书威就听到了。而且，章书威记得十分清的还有，采桑那张深夜灯光下迅速暗淡下来的接近中年的面容。那种忽然降临的陌生，就潜伏在章书威日后的岁月里，像个心怀叵测的人的偷窥。

晚风过来，花落了一地。章书威缩着肩膀看花，竟看出了几分空虚。

2

章书威歇了店，与红妮一前一后往弄里走。红妮说动章老太，在章家搭铺，省下的钱供后头三个弟弟上学。章老太不知红妮说的真假，还是一口应承下来。只是说，自己年纪大了，让红妮相帮着洗洗老二的衣服。老二没老婆。章书威自然也是跟着高兴。红妮是章老太找下的，图的就是她灵光，会看眼神。

章老太等在门口，老远地朝明亮处招呼，兰花指一翘一翘的。章老太戏子出身，终究脱不了戏子做派，动不动就甩出个亮相。七十多岁的人了，一身清爽，头上亮得跌得断苍蝇的腿。那个戏台上的小姐，嫁到章家，却是吃得起万般苦的女人，老章头撒手那年，章老太才三十出头，硬是将一个家死活撑着，扯大小的送走老的。又行得正，寡妇门前无是非，不落一句闲话。

弄里的算命佬曾断言章家留不住戏子，到老才承认，看走眼了章老太。拉着章老太的手不放，说是整条弄就服章老太一个人。章老太却不服算命佬。老二的名字是算命佬起的，却是什么也压不住。

章家院子是清水弄里最阔的，除了那棵桃树，还有枇杷和葡萄。房子不显眼，屋址却占得宽。八十年代末，云城的房价低得像白送，却是没有多少人敢捡，章老太掏出老钱把左右两家全吃进来。到底是老货了，看得远。章老太指着桃树说，无端地，又作起来了，看来这弄堂又有人犯桃花了。又问章书威的生肖时辰。章书威忍住笑，打了一下章老太的肩膀，说，妈，你老糊涂了。章老太想了想，自己也跟着笑起来。章老太笑完之后，又盯着红妮看，像是红妮脸上长了花。红妮将章书威拉到角落说，你妈那双眼最毒了，看人看到骨头里。章书威早就知道红妮心里想的是什么，不想理会，说，你怕她作什么。

进里间，章之威歪在沙发上看电视，神情寡寡的。章之威年轻时倒是天不怕地不怕的角色，一脸的横气，喜欢出头露面，身后头经常跟着一帮人。做红卫兵闯过了头，被一件命案扯到，在单位失了前程，从此心情就蔫了，和谁都隔得远远的。章书威扔了一支烟过去，章之威拿到手里闻了闻，又放下了。也不朝章书威看一眼。兄弟两个平常走得不勤，也没有多少话好说。章之威不怎么回家，回家一般都有事情。章之威自己不开口，章老太是不会问的。自己肚里出来的货，几斤几两有数，章老太从不过多指望什么，落个心头清静。

隔了一会，越兰人未到声先到，手里头高高地举着个礼品袋。章老太堆了笑迎过去，说，每次回来都买东西，把自己当客人了。自家人，好得过分，就显生分了。越兰说，单位开会发的，放在家里也碍眼。看到章之威白来一眼，才知道自己又说错话了。章之威说过越兰多次，别把话说得那么真的，越兰就是记不牢。章老太当场打开礼包，是一套保暖内衣，做出欢喜的样子，说，昨日去商场转来转去，就是舍不得买，这下好了。我们家，也就是媳妇贴心。说得越兰心里一阵舒服。越兰的脾气，章老太早就摸透，喜欢听好话。虽然有些俗，却是一心一意把自己当章家人的。当年越兰家反对这门亲事，越兰自己也有点摇摆，章老太只说一句，当得成媳妇是我前世修来的福分，当不成媳妇就算我捡了个女儿。反让越兰下了决心。越兰每次和章之威吵架，最后都要搬出婆婆来。在清水弄，章老太当了多年的和事佬，自然懂得如何将话说圆满。该掏心窝的时掏心窝，该打虚眼时打虚眼。拎得清清爽爽的。说出来的话，滴水不漏，掂得到分量。

越兰左看右看，发现少了采桑，转过脸对章书威说，又去打麻将去了吧，我不用猜也知道。采桑看不出，麻将瘾头那么足。听说她家老子就是云城著名的赌鬼，输光了家财。看来这种事，是会遗传的。越兰动不动就拿采桑的短处说事，弄得章书威有点不高兴，闷闷地回嘴道，你不是也打吗？越兰说，我那是娱乐。我这人就有点好，什么事都水头扣得住。越兰说话就这口气，要是搁在平常也不算什么，只是章书威这几年过得不顺，人敏感了许多，总觉得别人看不起自己，话里有话，当下沉下脸来。尤其是越兰把采桑内裤裤裆很脏一事在清水弄到处说，更让章书威记仇。对采桑，越兰其实是没什么大意见的，只不过是要显示一下自己比采桑聪明和贤惠。

章之威使了一个眼色，越兰就走过去挨着章老太坐下。章书威想走，章老太阻拦说，你又不是外人。越兰笑嘻嘻地说，很小的事，没什么大不了的。我们也不打算瞒住谁。原来是想把院里几间老屋改造成私人旅馆。章老太听了，心里突突地冒出冷气。思忖片刻，说，你们两个都是有现成工资好拿的，何必再去弄一份累受呢？章之威冷冷地接过话头说，如今几块死工资能派什么用场，我们也不是为自己划算，是为你的孙子。你可只有这么个嫡亲的孙子。

章老太冷笑一声，说，别用什么孙子压我。我活到这把年龄了，今天不知明天事，自己都顾不了了自己了，还管什么隔代的。站起身就走了。越兰想说点什么，终于没插上嘴，走出门才说，我今天总算领教了你母亲的厉害，我还一直以为她偏你这个大儿子呢。你母亲也太会做人了。章之威突然发火了，说，还轮不到你说我母亲。越兰见章之威的脸色铁青，便不敢再吭气。越兰也就是小事上敢嚷嚷，心头是怵章之威的。没走出几步，越兰想起忘拿八宝菜了。越兰就喜欢章老太做的八宝菜。正犹豫着，红妮赶上来，手里是八宝菜。越兰说，红妮倒是有心。章之威用力地看了一眼红妮。

章书威关好院门，发现母亲在抹眼泪。章书威知道，别的女人的眼泪是自然水，不值钱，母亲的眼泪可是珍珠，非常金贵。不会哭的女人，大都是这个世上没人好靠，苦就烂在自己的肚里了。一时也想不出话来劝，章老太自己收了眼泪，说，我只是担心老二，十三不靠的。说不定我一闭眼，他连个落脚的地方都没有了。你大哥那人，可是翻脸不认人的。章书威见母亲提起老二，也跟着叹气。"文化大革命"的时候，清水弄出了一条反动标语，一查查到老二头上。老二关进去不久，换了人马，案子被搁置起来，硬生生地一个人在一间小屋关了十来年，出来后就成了哑巴，不会说话了。章老太说，我也是前世欠了你们章家的，没有一件事让我省心。章书威听了，戳到自己的心事，说，不要说你，连我都觉得做人灰心得很，没有个奔头。章老太才知道自己说多了，反过来劝道，你也就是太会想了。隔壁的李奶奶，四个儿子都死在她的前头，还不照样活着。普通人家，命本来就是贱的，少不了罪受。可可不爱读书了，就不读呗，有什么大不了的。你还不如采桑。她倒是不会抱怨，也没有像你那样爱面子。

章书威想说点什么，到底还是忍下去了。当初章书威找采桑，章老太是蹦起脚反对的，不是采桑不好，是觉得采桑太好，自己的儿子配不上。这样会苦了两个人。而且，私底里总寻思里头会藏了什么。只是章书威那时不听劝。后来成家后，章老太从来没说过采桑的一句不是。而事实上，采桑远没有章老太看上去或以为的那么好。

采桑的好商量和万事不计较，是因为心没落在上头，这一点，没有人比章老太看得更清楚了。

正好，采桑打麻将回来，母子俩就将话头打住了。对媳妇，章老太不论小事、大事，都防着一手。章老太招呼道，今天和谁搭子呀。采桑看不出章老太的表情，说，李奶奶她们。章老太笑着说，李奶奶可是个麻将精，套路摸得准，打牌盯得了三家的，谁也别想从她手里赢钱。又说，我有一段时间也迷过麻将，后来被一句话点醒了。

采桑说，什么话呀。章老太卖了关子，说，我也记不清了。也可能是到了不想打的关口。人都有难的日子，打麻将分分心也好。说得采桑心里一疼。婆婆是个知冷热的人，只是采桑挨章书威拳头的时候，从没见婆婆出来拉过架，只当没听到，见了采桑身上的伤，装着没看见。也不向章书威打听什么。有几次章书威想说点什么，章老太马上拒绝了。她懒得知道她不想知道的东西。而且，章老太认为，男人一定要学会承受。同样一个事，落在这个人身上什么事也没有，落在另个人身上就是塌了天。经得起与经不起，都要看各人的造化。采桑与婆婆很客气，没红过脸，但也走不近。彼此都让着几分。当着红妮的面，章老太会说，我这个媳妇是打着灯笼找的，谁与采桑合不牢，天下也就没人合得牢了。章书威知道她是故意说给红妮听的。

隔壁的灯还亮着。二哥盘腿坐在床上一动不动。他的脸看上去像女人那样柔和。章书威在窗户外站了一会儿。那棵桃树，花苞又多了一圈，粉得有些古怪。

3

江南四月天，天漏了似的，出不了日头。角角落落都霉出水来。

章老太的关节炎重了，步也迈不开。整个人霜打了一样。就

是不肯上医院。章书威劝了几次都没劝动。告章之威，章之威在电话那头哦哦两声，反应冷淡，推说单位抽不出空。最后才说妈这个人你还不知道，主意大，一辈子都依着自己，见她听过谁的？心头像是还积着气。章书威把章之威的话学给章老太，章老太冷脸子给章书威看，怪他学嘴多话，这个岁数了，哪些话当说哪些话不当说也没个准头。这种小聪明的讨好，全是小女人的那套伎俩，男人使多了，只会将自己的心胸使狭窄，也是没出息。背过身叹出一口气。又自顾自说，现在的医院，看不起病了。钱都打水漂的。普通百姓，小病忍着，大病也就只好等死了。这里的一般人家都识草药，备个头疼脑热。若是外伤，便不出弄堂，直接寻王军医。

王军医黄埔出身，坐了二十年的牢，出来后先在自家小打小闹，后来形势松了，越做越大，竟将私人诊所开到了公家医院的对门。也有信神的，弄堂口贴个"天灵灵，地地灵"，或者提了一只公鸡去请菩萨。说到底，也就是想省下几个钱。

红妮在一边撇了一下嘴。这个动作没有逃过章老太的眼神。红妮初来时，出门都不敢，怕自己不辨东西摸不回来，说话也是半句头，后半句含在喉咙里吞回去。两年一过心大了。章老太估摸，这个小店迟早留不住红妮。

出院门，红妮慌忙扯了扯章书威的衣角说，你妈是想把钱垫棺木底呀，自己也不花，又不给别人花。抠门的紧。章书威听了好气，说，我妈能有什么钱呀。红妮说，我也不过是在弄里听了一耳朵。都这么传。又问，你结婚的时候，你妈给你什么了？章书威见红妮对他家的事如此上心，有些烦，应付道，也没什么东西的。红妮说，我早看出来了，你妈是心肝大小叶，偏心的很。会哭的孩子有糖吃，你等着好了，你大哥会来事，你妈要不得他的。说得章书威笑了起来，拍了一下她的脑袋瓜，说，你也是个聪明过头了。我妈最偏心老二。为老二，我妈连屎都是肯吃的。红妮有点意外，说，老二都那样了，废人一个，疼也是白疼。不过，好像最近不大对头，我每次从他身边走过，都看到他直直地戳在那里，笑得像个女人。章书威警惕起来，说，你离他远点。红妮莫名其妙地生气了，呛了一句，你防我什么呀？

采桑果然带了一个人了。来人知识分子模样，戴着副金丝边眼镜，衣服笔挺，脸上阴森森的，话也不说，只顾盯着红妮的眉毛看。照样一句话也没有，掉头走开了。采桑追出去。男人耸了耸肩，做出个轻佻的表情，坏笑着说，早不是什么原装货了。男人是采桑中专的老师，几年前离的婚，一心要找年轻的。采桑笑了笑，说，没想到。

老师是经过事的，离婚离得脸皮也厚了，不在乎采桑怎么看他，说，千万别相信男人，别相信感情。男人都一样，找女人就为做那件事。采桑勉强撑住笑，说，这个倒是真的。老师请采桑去喝茶，采桑不想去，老师笑着说，二十几年前你不给我面子，想不到二十几年后还不给面子呀。说句真话，你变化太大了，像个农村大妈，这个样子的女人我可是看一眼的兴趣都没有的。老师停顿了一下，还是说了，你过得不好。采桑慢吞吞地说，好不好，怎么看得出来呢？老师说，当然能。一个不想打扮的女人，肯定是没有热爱生活的热情了。你敢告诉我你的腰围是多少吗？把那么好的身材全糟蹋了。采桑脸上的笑终于冻住了，眼神飘到很远的地方，像是要看透什么。老师伸出手，搭在采桑肩膀上。采桑一动不动，忽然说，我们学校的那株桃树不知道还在不在？说完，流出眼泪。那颗眼泪很快被风吹干了，挂在眼角上。老师觉得索然无味了，把手伸回来，想了想，说，明白了。

红妮一颗心吊着，活干得丢三落四，出门张望了几次。章书威看得不舒服。他拿出一支烟，有一口没一口地抽着，觉得自己的不舒服有点没来由，有点做作。在心里自嘲道，这就是男人。章书威把不舒服小心地藏了。采桑回来，红妮讨讯，采桑吱吱呜呜半天说不出话，红妮很鄙夷地一哼，说，也不拉泡屎照照自己，脸成树皮脑袋成灯泡了。那个男人，红妮一见心就凉了，原来采桑把她看得那么的不值钱。心里头竟也有些恨起采桑来。拿眼去看章书威，章书威马上把脸转开了。这样一折腾，红妮就觉得没意思起来。

章书威转回家，听到里头传出声响，就在门口停歇了一下，犹疑着是不是进去。章老太已经将屋子收拾出来了，喊了一声章书威。章老太大概耳闻了什么，闲话也不扯，直接奔到主题，将话头拉到红妮，说，红妮一门心思要落脚云城，倒不如把她说给老二。章书威这才发现母亲对红妮的那点好，是早做了打算的。恨恨地说，老二连自己都顾不上的人，添个吃口，日子还怎么过？章老太索性把话挑明，说，红妮的那点心思明眼人谁看不出，她肯待在店里不走，还不是顾惜了对你的那点情意。只要你不拦我，事情就不是没可能的。至于老二的生活，倒是不用你操心，我活着一天，自然少不了他的一口。章书威说，红妮的心高着呢，她不会同意的。章老太这时候笑起来，说，难说。你懂什么女人？你懂什么生活？走到门口，章老太回过头又说了一句，我也是替你着想。你没看见，采桑一直生活在阴影里。一个男人，别扭着过日子，是自己没度量，怨不了谁。

章书威把母亲的意思对采桑说了，采桑没有预想里那种冷淡，从书本里抬起脸，看着章书威说，这样也好。

章书威忽然有了说话的欲望，拉拉杂杂地说了许多。这些话都是在心头藏了很久的。采桑温和地说，我知道你想了什么。我很理解。章书威从身后抱住采桑，将脸贴紧，某个结忽然松动开来，他的内心慢慢开始变得温暖。或许有一天，采桑会说出自己的故事。他有信心等到那一天。这一晚，章书威翻来覆去睡不着，就起来在院子里走了走。他看见，桃树上的所有的桃花都谢了。花也与人一样，开有开的理由，落有落的道理。章书威突兀地笑了一下。

过了两天，出事了，红妮呼天抢地地哭，就是不说出事情来。采桑问不出，章书威也问不出，两夫妻慌了，急急地说给章老太。章老太不满他们沉不住气的样子，翻了翻眼皮说，你们当我聋子呀。不说，就是什么事都没有。

果然，又过了两天，红妮好了，将自己收拾得一新，跟采桑去看打麻将。红妮像城里人那样，把手挎到采桑的胳膊里，有说有笑。到年底，章家大院开出了一家旅馆，老板娘却是红妮。章之威与越兰也来了，送来两只大花篮。都没说什么。章书威在挂旅店的牌子，叫清水旅店，上头依旧是章书威的字。采桑抬眼看，笑说，原来你的字这么好。红妮将手叉到高高的腰肚里，喊过老二，熟门熟路地招呼着客人，像个天生的老板娘。

有一天，红妮对章书威说，我嫁到章家，是为了另一个人。章书威说，我知道。红妮突然大笑起来，说，你想错了。她说出了多年前的那个秘密。章书威哦了一声，什么也没说出来。红妮仰起脸，一字一句地说，章之威才是男人。

（原载《上海文学》2007 年第 1 期）

098

 席来的天使

1

　　郝静哭泣的时候，席来窝在床的一角，闷头抽一根烟，耐心地等待着。这个女人，每次事后，都这样。无缘无故的。他不知道郝静为什么哭。也不想知道。他已经过了猜测、讨好女人的年龄。而且，他对郝静的过去向来没有多少兴趣。果然，郝静忽然不哭了，像往常一样，趿拉了一双鞋，进了卫生间。她把声响弄得很大。出来的时候，她的头发依然乱作一团，扣子散开，邋遢的样子。这个样子，也可以说，她已将自己当作了席来的女人。

　　郝静有些羞怯，说，也没什么事。就是想哭。她打开灯。是一间宾馆的标准房。刚刚经历着的一段缠绵，转眼只剩下一堆气味，托出一个巨大的空来。席来笑了一下，却没说什么。他已经穿好了白衬衣，将头歪过去，穿袜子，避开女人依旧软和的身子。袜子也是白的，而且洗得很白。席来只穿白颜色的袜子。

　　席来和女人处得很简单，只要不提婚姻，就可处着。他不想成家，也没有特别的原因，主要是怕麻烦，怕承担义务。只是女人，最终想要的还是婚姻，所以，他和女人一般都处不长。离婚后，席来有过两次无疾而终的恋情，都没有超过半年。分手后的空虚，又让席来等待下一次的出现。

郝静用手揽着他，贴在他背后问，我们，是爱情吗？席来停止了动作，一时想不出什么话来，表情有点茫然。他想不到郝静会问出这样的话。他对女人从来都搞不懂的。在席来的想法里，像郝静这样一天到晚打针的护士，想什么和不想什么能有什么区别呢？他还是转过身，模棱两可地说，别想得那么多。很多事，想不明白的。想明白了，就没意思了。

席来很快地将自己收拾得体，站在床边，看郝静。这样，就有些居高临下。他发现郝静的眼睛很亮，是沉降在爱情里的那种亮。这让他有些不安。他害怕女人对他不好，更害怕女人对他太好。他往后退了两步，离床更远些，温和地说，那么，我先走了。他手里拿着郝静送的羊毛衫，样式和颜色都不怎么对他的口味。更早些，郝静还送过衬衣，他一次也没穿。对穿着，他向来挑剔。当然，因为这些，他把她归到好女人那类。席来的经验里，好女人大约有三个标志，喝酒红脸，挨枕即睡，还有就是，能为别人掏钱。

是下午三点光景，也就是说，他们散得早了些。他和郝静相处的内容就两个，吃饭和睡觉。有一回，郝静改了内容的次序，席来马上觉得索然无味。郝静是亲戚介绍的对象，外貌普通，打扮也是大路货，属于不起眼的那种。这样的人，照理说，不会有太多的故事，但郝静却一直单身。郝静对席来没有太大的吸引力，这点，席来完全是可以肯定的。他和过去并没有太多的改变，依然在意一个女人的外表，喜欢那种直觉带来的快感。但这并不妨碍两个人继续相处。这归结于，席来是个很难拒绝别人的人。而且，他好像也说不出到底喜欢什么样的女人。至少，对郝静，他是信任的。

更大的原由是，也没什么太多的事好做。大事，想做，也轮不到做。这个世界，他早已抓不住什么了。一度，他曾靠喝酒和赌博来消遣，但很快就厌倦了。人到中年，席来发现，可以选择的生活，包括可以选择的人，已经剩下不多。

<h1 style="text-align:center">2</h1>

今天，依然是郝静约的他。电话打来的时候，他正在厨房煲鸭子。瞬间，飘过叫郝静到家吃中饭的想法，很快又放弃了。在家里，他会觉着许多的局促。他的父亲，一个轻度脑梗塞患者，总是对来人表现出过度的好奇和热情。而保姆秦阿姨，不超过五分钟，就要与别人推心置腹。席来和郝静处了一年，不咸不淡的，每次都是等郝静约他。有点无所谓的样子。看得出来，郝静是喜欢他的。被一个女人喜欢，让席来多少有些安慰，但也仅仅只是一点安慰。对生活，席来没有更多的期待。

席来在街上漫不经心地走着。有风，地上飞着一些树叶，树暗淡下去，有一种潮湿的阴冷。这个城市，季节界限越来越模糊，冬天，已经多年见不着雪花和冰棱了。中心地带，有点拥挤，显着小地方的热闹。在一个公共汽车停靠站，席来停了下来。他从风衣口袋里取出真丝方格子围巾，系在衬衣里头的脖子上，又戴上新买的墨镜。他没有跳上刚刚开过来的汽车，而是在冬风里站了一会。他的身旁，匆匆走过一些陌生的女人。他注意到，有一个穿裙子女人的腿很修长。他还注意到，有两个郝静的朋友向另一个方向走去。他没有打招呼。郝静朋友很多，不小心就会遇上。

突然，席来在人群里，看见了前妻薛小小。穿大衣、低腰马裤和长靴，一身最流行的打扮。看上去心满意足。猜得到，她对自己依然很好。只是，不再年轻。至少，不像她自己以为的那么年轻。她身旁的男人，身材高大，不是以前那个。她总是换男人。在席来看来，这是一种必然。他像了解自己那样，了解薛小小。其实，从一开始，他就知道薛小小可能成为怎么样的女性，她身上最好的地方与最坏的地方都让他迷恋与疯狂，让他离不开。他那时像大多数人男人一样，相信自己有能力改变一切。

席来已经很久没有和她联系，两年，或者三年，记不大清了。听别人说，她现在很有钱，炒房炒的。席来相信她的本领。她向来很有想法，野心不小，过不习惯平常日子。不像他，许多事，不要说做，连想都懒得想。倒是炒过股票，亏了几百元后，就清仓出来，再也不玩了。他的钱都存在银行，吃利息。

多年前，有一次席来出差回来，看见阳台上晒着床单。那张床单，席来出差前，也就是两天前刚刚洗过。他顿时起了疑心。很快，席来发现薛小小的心不在焉。平白无故的流泪，答非所问，以及做爱时眼睛不离电视的敷衍。她总是把自己弄得很忙的样子，走穴，开美容厅，推销安利产品。这样，她就有借口不待在家里。她回来得越来越晚，口里喊着累，马上就睡，看不到堆着的衣服和碗筷。席来耐心地等了三年，直到她那段感情结束。离婚时，席来用了另外的理由。他一直没有说破这件事。没有说破，保全了自己的面子，也给了薛小小退路。

或许，结婚和离婚，都只是席来一个人的悲哀。有很长一段时间，席来认为自己很失败。这个想法折磨着他，从此，他对女人的看法，开始复杂。他的痛苦转变成一种疑惧。刚离婚的头几年，席来一度想过复婚，薛小小也是愿意的，但席来在床上一次也没成功。他想起曾经对她肉体的贪恋，为此后的一去不复返叹息。薛小小说，我们回不到从前了。席来说，是我回不到从前。他承认他有了某种障碍，对女人，甚至是对生活。

席来把目光集中到天空，凝视了许久。他的脸上，露出平常经常有的那种不开心。天一下子就黑下来了。

3

现在，席来回家。准确地说，是回父母家。从布满商店的大街往西，再从水东大桥穿过瓯江，然后踏上一条石子路。往前走，有一个山坡，长着树和草。这一带，安静得有点冷清。有时，会突然看见一群蝴蝶飞过来。

是带院子的二层平房。青砖的围栏，爬山虎长势旺盛，差不多缠满整个墙面。这是母亲当年种下的。母亲还种过月季、菊花和铁树。相邻的一片格局大致相同。以前，他的父亲，曾经在这座小县城里做着不小的官。他的邻居们，也都是个个有头有脸。最热闹的，要数郭司令家，有十二个孩子，连郭司令自己都记不清孩子叫什么。洗澡时，有三个一次没洗，有一个，被捉去洗了三回。

七十年代，这里的孩子，纠成一个帮，天不怕地不怕的。经常，前呼后拥着，闹出不少著名事件，直到闹出人命，才鸟散开来。席来在那次事件后，变了一个人，原来那么活泼的性子，忽然不见了。

那是他第一次看见死亡。死的那个，是席来天天疯在一起的伙伴。有一双雪亮的眼睛，和苹果一样的脸颊。经常替他拎鞋。一根棒冰，第一口让他吃。会画春兰秋菊。而前一天，他们刚刚吵过架，席来偷偷往他的汽水瓶里吐了口水，还说了一句诅咒的话。这群孩子约定，谁游过木排，谁做老大。结果，他没游出木排。席来害怕与不安了许久，感觉自己是凶手。

也就没过多少年，时代变了。很多家，当年子女进的是吃香的大厂，开始还牛着，后来就不行了，靠山没了，自己又什么也拿不起，整个家道很快就败落下来。有些房子，空了十来年，门窗都烂了。不久前搬进来的邻居，一家收破烂，一家做泥水，看中的是这一带廉价的房租。剩下的几个南下干部的家属，像农民一样，种菜和养鸡，穿着旧棉袄蹲在墙角晒太阳。没什么人认识她们了。

他一直就生活在这里。从漂亮的儿童到开始秃顶的中年。时间在生命里显形，最为惊心。小时候，他总是比别的孩子显得聪明，通棋琴书画，所以，他那个有些心气的母亲，是怀了指望的，以为他不是一般的人。结果，他连县城也没走出去。后来，也许是因为失望，母亲对席来多了许多的不满。他读的专业、娶的女人，在别人眼里，也都是过得去的，但就是不合母亲的心。他的同学里头，他母亲向来看不上眼的，倒有高就与发财，听得母亲心里添堵。席来的婚姻，维持了五年，母亲至死也不知道离婚的原因。人心隔肚皮，这句话，放在亲生骨肉身上，照样好用。对母亲来说，看走眼自家儿子比看走眼自家男人，痛苦更大。

母亲几年前死于胃癌，发现时已是晚期。席来和姐姐席起照顾了一段时日。一天一天的轮。轮到席来时，席来带一大叠报纸来，从第一版看到中缝。第二天，他会以最快的速度离开。席来以为母亲会留下什么话，但没有。

母亲死后，席来心里难过，喊席起去喝酒。席来说，我原本可以对母亲更好些。席起淡淡地说，你知道后悔了。我敢肯定，假如从头来过，你还是一样的。席来轻微地低下头，犹豫片刻，说，是。席起说，谁都看得出来，母亲后来对生活丧失了热情。席来回答说，无论我变成什么样的人，都不是她所期待与渴望的。这没办法。他看不起母亲的那种想法，觉得很俗气，但一直没有勇气说出来。因为这些，他和母亲，已经疏远到接近陌生。席起笑着说，母亲对你很偏心。偏心无药可医。小时候，你的压岁钱是五元，我是五角。席来说，到底是女人，还记着芝麻大的事。但席来知道，席起从来不记仇，她对母亲很孝顺。

4

门口，好端端的菊花，已经残了，不过就几天的工夫。远远
地，闻到腊肉和酱鸭的香。都出自席来的手。包粽子和做米酒，
也是席来冬天里要做的事。

看见他回来，父亲还有秦阿姨，从餐桌上抬起头，露出相同
的吃惊表情。他们似乎越来越相像了。有时候，席来会觉得，这
个家，他才是外人。席来也没有不高兴，自己动手做了一碗面
条。做得很讲究。面条先过水，用排骨高汤打底，然后放上香
菇、肉片、黄瓜丝和香菜。他懂吃。他是那种把小日子过得有滋
有味的男人。

秦阿姨就在一旁赔着笑脸。她说，你真能干。谁嫁给你，谁
享福。秦阿姨是和母亲不一样的人，把父亲看得天一样大，一门
心思全在父亲身上。待了一会，终于又问，你们，怎么样了？席
来说，还就那样。她说，席来，听阿姨一句劝，成个家，要个孩
子。人要有个寄托，有个牵挂，活着才是踏实的。席来问道，你
觉得我过得不好吗。秦阿姨就看着他，不知道说什么好了。席来
知道他们的想法。唠叨过多少次，早耳朵听出老茧。席来把他们
的想法归结为老年人的想法。

秦阿姨是个农村妇女，守寡多年，自己说五十来岁，看上去
要老得多。腰有些粗，但神态很平和，懂人情世故。最初，她的
身份是护工，后来她以女人的身份留在这个家里。父亲战争里滚
出来的人，杀日本人眼都不眨，但现在，他脆弱得一刻也离不了
秦阿姨，需要秦阿姨里里外外地哄着。很多次席来看见，父亲趴
在秦阿姨宽大的怀里，像个幸福的孩子。在席来的印象里，父亲
从来都是一条硬汉，做事认真而严肃，威信很高。因为忙，父亲

不大顾家，由着母亲大包大揽。为了避免吵架，父亲经常顺从母亲。席来小时候，难得见父亲几次面。最亲热的动作，不过就是摸摸他的头。在父亲面前，席来比较温顺，但并不亲近。

对秦阿姨，席来说不上喜欢，也说不上讨厌。第一次看见父亲和秦阿姨一起时，席来有一些心寒。为母亲。为母亲以为的恩爱。席起却不这样看这件事。她的说法是，这个年龄，对父亲好，才是最重要的。她不觉得丢了什么体面，和秦阿姨处得很大方，逛街时，经常挽着她的手。

席起在这座城市很有名气，做过的事，响当当的。剪过母亲的旗袍，贴过父亲的大字报，然后是逃去插队。最后，嫁给了当地的一个农民。现在，席起的丈夫依旧是那个农民。席来有点看不起姐夫，他一直认为席起的不离不弃毫无意义。姐夫因为没有文化，做的都是体力活，像踩三轮车、泥水工之类，有几次席来看见，都避开了。

父亲饭后照例要骂一通官员腐败。这一会儿，他已经摆好姿势，等席起过来打五角钱的小麻将。骂官员与打麻将是父亲的主要生活。父亲什么事也不操心，也轮不到他操心了。席起有时候一个人来，有时候和她的丈夫一起来。席来不喜欢和席起打麻将，席起的家境一直不宽裕，输了，照付，赢了，是不好意思收钱的。席来这点分寸还是有的。可父亲喜欢。父亲曾为大字报的事，流过眼泪，但现在他巴不得和女儿多待一分钟。打麻将也不过只是借口。席来说，我不打，还有事呢。席起说，在家，你还摆架子？被席起怎么一说，席来真不打了。席来的脾气也是说来就来的，谁也拿他没办法。席起骂了一句，小男人。小时候被母亲宠过头了。席来听见了，笑了一下。

席起把席来拉到一边说，我打听到郝静的事了。几年前，她为一个男人自杀过。席来的脸色有点难看。席起说，你怎么想？

席来干巴巴地说，再看看吧。也许继续，也许算了。他想起，第一次见面，郝静说，你很像一个人。说不定，郝静一直是把他当作另外一个人。这样想着，忽然就觉得有些无趣。他掏出手机，给郝静发短信，想了半天，也没想出一句话来，就又把手机收起来。

5

席来一个人住二楼，打理得有模有样，还种了花草。席来像她母亲一样，喜欢伺候花草。卧室里，贴着暗花墙纸，窗帘是紫色的，双层，镶着做工复杂的花边。看不出这里缺女人。尤其是床上用品，锦绣的七件套，光是铺垫，都得花不少功夫。看来，席来比一般男人多了耐心。多年来，席来一直对家纺保持着热情，并且养成了一个星期换床单的习惯。他的床很干净，离婚后，他一次也没有带女人上过这张床。郝静是作过这种努力的，有一次都撑到深夜了，但席来就是不表示什么。其实，席来并不想捍卫什么，只是一个习惯。

靠西有个小房间，住过席来的童年和少年。床底的旧木箱里，搁着他的弹弓、香烟人、纪念章和破了皮的连环画。初中，他在镜子前穿过席起的小花裙。高中，他在被窝里读《青春之歌》，然后幻想长大后成为英雄。有许多次，他在睡梦里醒来，看见母亲心事重重地站在前面。

有一个书房，放着席来读书用过的教材，十来本《大众电影》，金庸的《射雕英雄传》和父亲的一些马列著作。里头的书，席来放后，再也没翻过。有一张放大的照片，上面是席来和他的三个朋友，他们曾经结拜为兄弟。其中的一个，借去席来一大笔钱，去了异乡，杳如黄鹤。一个，和薛小小小有染的，进了精神病院。席来十年前去看过一次，以后就一直没再去。还有一个，在县城开餐馆店。席来偶尔去坐坐，喝一杯茶，或抽一支烟。也带郝静来消费过，朋友没多收一分钱，也没少收一分钱。在这里，他给薛小小写过十几封情书。其中的一封，他抄了一首诗。还有一封，他写了十六页。那年他二十五岁，脸上发着青春痘，对未来抱着幻想。接下来，他三十三岁，经常独自坐在书房的黑暗里，迎接突然降临的悲伤。想过几次自杀，但没有真的去实践。

当年，薛小小是县越剧团的著名的花旦，演过祝英台和谢瑶环，有一张让人惊艳的脸。席来的确就是图了她的漂亮。他向母亲承认，他就那么点出息。为了薛小小，他辜负了同办公室的另一个女干事，他们的关系已经不浅。掐指一算，二十多年过去了。席来还待在原来的单位里，做工会干事，连底下坐着的椅子也没挪一下。桌子还是那张掉了漆的。每天抬眼看到的，也依然是女干事那张苦脸。看惯了，也无所谓了。席来早就成了那种人：他每天六点起，打杨式太极拳。七点，听天气预报。然后上班。然后下班。他从来不迟到也不早退。晚上的主要内容是看电视，喜欢韩剧，也看休闲节目。二十一点，熄灯睡觉。周末，他通常去钓鱼，带自制鱼饵、日本进口钓具和野外帐篷。他的钓龄已经超过十年。

这个晚上，席来听到窗外有笛声。打开窗，是一位少年，将笛吹得意气风发。多少年前，他也曾经像少年一样，将笛吹得意气风发。席来找了半天，在一个抽屉里，找到了一把旧笛。是名牌，母亲当年托人从上海买的。笛很脏，起了白毛，席来大概有三十年没动过它了。他试了几次，都没有吹成一个曲子。这个时候，席来忽然流下眼泪。

6

这世上的事，说变就变。当你还没回过神时，已经成了硬邦邦的事实。像春天一样。

春天里，一家公司兼并了席来的单位。从传出风声到成为现实，还不足二个月。单位换了名称，说没有就没有了。席来原以为凭自己的资历，不会有太大的问题，想不到竟然出现在第一批劝退名单上。像他这种人，打小看惯的是上门祈求的脸，做不出讨好奉承别人的事。那点傲气，藏不牢，自然也没什么人想买他的账。这一点，薛小小是早就料着了，她后来告诫她的姐妹，最不能嫁的，就是小官家里出来的男人。气场小，还揣着个自尊，玩不转的。只是对这一点，席来自己明白得有些晚。

坐吃山空这样的道理，不用别人讲，席来也知道。他才四十出头，离退休还有很多年。现在想起来，以前的日子倒像退休日子。这么多年，除了出出黑板报，组织大合唱抑或乒乓球比赛之类，就再也想不出还做了什么。如今的企业，早已不需要这些虚玩意。这期间，席来做过保险，除了父亲和席起两张保单，就没有第三份了。也下决心，到一些熟人家坐过。坐到起来告辞，话还是没说出口。另一份工作，是酒店的营销策划，没做满一个月，就被人辞退了。席来至今没搞清楚被辞退的原因。

后来，席来终于安顿下来，在家附近开了一家小超市。卖些日常零散，做的是小百姓的小生意。每天，席来在小店忙碌，见到每个人，都堆着笑脸。自己进货，搬运也是自己，做得很辛苦。小店的启动资金，一部分来自席来的积蓄，另一些，是父亲给的。一笔不菲的数字，看来，父亲动了防老的钱。起初，席来不想要。父亲说，这是秦阿姨的意思。我们老了，钱对我们来说，还有多少用处呢。你有事做着，我们的心才会安。秦阿姨一到中午，就送饭过来。很普通的家常菜，席来吃着，没觉得特别的难吃。以前，他是嫌弃的。他想，或许是自己的口味变了。他会和秦阿姨聊几句家常，发现她比一般农村妇女懂得多。

那次之后，郝静一直没有联系过席来。席来有些奇怪，后来想，这样也好，就放下了。再见面时，郝静已经有了一个漂亮的女儿。大眼睛，透明的皮肤和微卷的头发，像个天使。郝静没有说孩子的父亲是谁，席来也没有打听。郝静说，你来抱抱。席来就抱了。他闻到孩子身上浓郁的乳香，甜腻而宁静。席来有了莫名的激动，心里的某个地方，变得很柔软，眼角开始慢慢地湿润起来。他突然看见郝静笑了，笑得很像一个母亲。

　　经常，郝静抱着孩子来看席来。从那条碎石子小路走来。已经是秋天了，天空和田野都呈现出一种宽大，庄稼沉甸甸的，散发着太阳般的光芒。那种光芒映着郝静和孩子的脸，红扑扑的，看上去很温暖。席来准备了鸡蛋羹和排骨汤。再过一会儿，整个小店就热闹起来。里头有说话的气息，孩子喊闹的声响，散打酒泼出来的香味，以及相爱的味道。

（原载《钟山》2008 年第 3 期）

 障目红尘

1

锦衣巷的冬天早早地来了。巷里的桃树、梨树、桂花树，都掉了颜色，剩下一色的灰。这条老巷，出在明朝，云集了一群异地人。几个家族陆续扎根后，形成模样。李家手头宽裕，又有听戏一癖，出资建了戏台。民国27年，巷让日本人的炮轰了一个窟窿，原来的戏台散成了粉。又过了多年，李家败落，重搭戏台成了一个梦，空出的地方就种了树。有树的巷，总归是有些看头，与其他的巷不大一样。

锦葵与锦棠，看上去不大像姐妹。锦葵的一张脸，比一般人宽阔了一圈，活脱脱父亲王双喜的模子印下来，连眉毛、鼻根都不肯走一点样，五官紧得凑成了一团。那样的脸，长不开，天生叫人记不牢。锦棠却是像了母亲李兰，风吹要倒的样子，精致得有点薄，加上书读多了的那点矜持，平日端着一个架子，与谁都带点距离，别人近不了。

巷尾林家的大儿子林之路原本是踮起脚追锦棠的，结果娶到手的却是锦葵。到这时锦葵才想明白，上天让她和锦棠做姐妹，也不是无缘无故的，原来是因为这个男人。

拐弯处，一个男人，松开大衣，将一个女人裹在怀里。男人

有点老了，但表情很性感。大衣里的女人的眼睛亮成一堆火了，身体也很盛大，撑紧了那件桃红的毛衫，里面的东西就要跳出来似的。那是她们的邻居小米。在锦衣巷，小米的美貌和名气一样的响亮。

小米的发廊开得早。说发廊，也就招牌，洗头妹打扮得妖精一样，露出一片白，晃着人眼。锦葵家挨得紧，嫌闹心，原来是藏了一肚子意见的，锦葵的母亲李兰被小米拉去做了几次头发，那种下面子的话，就再也说不出来了。一条短巷总共二十来户人家，熟头熟脸的，锦棠装着没看见，将脸别过去。

锦棠原来和小米很好，好成了一个人，但是为一句闲话，说翻脸就翻了脸。女人间的那种友谊，大概是世上最不牢靠的东西。从此小米见了锦棠，都是正想堆出笑来，又觉着没意思，赶紧收起。锦葵对妹妹说："这个小米，倒是不见老，年纪在她身上没有记号。"锦棠撇撇嘴说："也只有你没眼力，看人看面。她那种吃男人饭的女人，说老就老的。"很有些不屑。锦葵想，蛇有蛇路，鳖有鳖路，不见得谁真的就比谁能够高贵几分。于是她说："小米只是个偷懒的女人"。锦棠说："她是下贱。"两个人有点说不下去。锦棠远远地走开，神情寡淡，像在想什么。锦葵从来不知道锦棠想些什么。也不想知道。在锦葵的眼里，锦棠多愁，属于饭吃生渣的那种女人，没多少来由。

小米发廊的气息泼进来，落在锦葵家的马头墙上。院门砰的一声，外头的热闹，硬邦邦地隔开。院子里已是冬天的景致，天井里的草，暗得没什么颜色。有清脆的霜降，将屋檐与门窗衬出老相。是母亲祖上的房子，满眼腐败的味道，不怎么经用了。母亲的家族原是云城的大家，到了她母亲这一代，一下子出了两个疯子，将血脉的元气伤了。

隔了一会，院子里传出了很大的动静，又隔了一会，闷闷地收住了。锦葵和锦棠探进脸，看见李兰拐着腿收拾着一地的狼籍。床上的王双喜抱着一团糟被窝在哭。这样的光景，她们看多了。锦葵没好气地说："你们也是，都一大把年纪了，还要折腾。"王双喜忽然不哭了，从床上跳跃起来，指着李兰的脸说："有本领，当着自家女儿的面，把事情说清楚。"李兰扔了扫把，豁出去的模样，说："我是个什么样的人，明眼人都看得见。这条巷，没有一个人会说我李兰一句不是。"王双喜说："那是你做给别人看的。你就喜欢做好人给别人看。"想再说下去，眼前已不见了人影。便怏然地失去兴趣，收起了一脸的悲惨。

锦葵和锦棠拉了李兰去了里间。一问，也就芝麻小的事。王双喜的乡下亲戚来城，拿了本地鸡、野生鳖、牛肝菌和一些山货，都是实打实的东西，李兰按老习惯回了一些自家淘汰下来的旧衣服。乡下亲戚这几年种乡菇发了财，那看得上，死活不要。王双喜的脸面就有点挂不住。李兰自以为是惯了，反说乡下亲戚的不是，这样，王双喜的火上来了。也是打习惯了，按捺不住性子。

李兰很委屈地说："我是受够了。为了你们，我把一辈子都搭上了。"锦棠最不爱听这种话，冷冷地说："别说得那么崇高。我们可担不起这样的罪名。"李兰听了，反倒一下子没话了。锦葵想，这句话要是换了她来讲，母亲还不知道要发作成什么样子呢。

锦葵拿出一斤饼干，一斤肋条肉，说是林之路买的。李兰一听就是假的，马上点破，说："林之路哪会想到我们。"不给锦葵留面子。锦棠就笑笑，拿出一叠报纸，那上头有锦棠的散文、诗之类。李兰看了看，说："这些，我早收集了。都贴满三大本子了。"锦棠有时候找不着自己的文章了，也来问李兰。李兰说："出书的钱，我拿。钱就要用在正事上。"脸上，已是转晴天。

锦葵知道，母亲从来也没喜欢过自己。也许没有锦葵，母亲很有可能是另一种命运。李兰 18 岁那年，让王双喜堵在弄堂的角落里上了身。第二天，满巷子都在说这事。是王双喜母亲故意张扬出去的。就一次，便怀上了。拿布勒肚子、贴狗皮膏药、喝木灰水、从树上往下跳，什么法子都用了，就是打不掉。用王双喜的话来说，李兰这女人太肥沃了。这样一来，李兰好像没有什么退路了。年纪轻轻就做了母亲，怎么说，也是一个不甘心。

　　当年，李兰和王双喜成亲的时候，身子已经沉了。王家母亲是持家的女人，看着是已到手的货，东西就准备得潦草了，能省一分是一分。将原先说好送过来撑女方面子的缝纫机赖掉，把凤凰香烟换成西湖香烟。李兰的母亲虽说低头走路多年，也不是省油的灯，说是缺了一样，就是没把他们李家看在眼里，不打算过来了。暗地里咬了李兰的耳朵，这个关节口，你让他一分，就得让他一世。王双喜来接了几次，李兰的母亲放着冷话，一点情面也不给。王双喜索性连脸也不露了。一直僵持到半夜才开席。客人还没散光，小夫妻在床上就动起了手。

　　这一打，就是二十几年，在锦衣巷打出了名气。隔三差五的，巷子里的人便有热闹看。人们看得出，王双喜是下了力往死里打的。起先，还有人相帮劝，但一劝，王双喜就更来劲。就像小孩的那种人来疯。锦葵姐妹，也早就看惯了。锦葵自顾自在一旁跳绳，把歌唱得应天响。锦棠则躲得远远的。

　　先前喜欢哭的是母亲，现在到转过来，换成了父亲。锦葵想起锦衣巷传了多年的一句话，不是东风压到西风，就是西风压倒东风。暗想，这世上的夫妻，也都逃不了这个路数。

　　冬天的风，落在脸上，生出冷。王双喜轻飘飘地跟在锦葵后头，一点声响都没有。王双喜还是高大的，但这高大却压不住一身的猥琐。即便是在女儿面前，神色也是拘谨，放不开。王双喜早年在厂里也是响当当的名字，三十一出头就焉了，整天没一句话，能弄出来的钱都换成了酒。后来，厂子不景气，又寻不到赚钱的门道，只知道死省，连电视也是算着开，心疼几个电费。也就是打老婆打得凶，对其他人是一点脾气也没有的。把居委会主任当作天大的官，走得人影都没了，还哈腰站在那不动。平常带了两种烟，好的让别人，自己抽差的。

王双喜跟了很长一段路，才开口道："我们想散了。你不知道你母亲是个什么样的女人。"李兰第一次偷人，就被王双喜发现了。这个秘密，王双喜在心里藏了二十年。到最后，被心事压垮的，不是李兰，倒是王双喜。他看李兰表演了二十年，看够了，也看怕了。一个红杏出墙的女人，竟然也可以活得那么理直气壮。这才是王双喜最恨李兰的地方。当然王双喜什么也不会说，他得给自己留足面子。锦葵说："不是一家人，不进一个门。大半辈子都过来了，还能怎么样。认命吧。"王双喜见锦葵把话说得像个七八十岁的老人，蹲下身子，又突兀地哭起来。锦葵站了一会，也不说什么，将预备好的钱塞给了父亲。锦葵知道，过不了一会，父亲肯定又用这钱买东西讨母亲的好了。外婆早说过，王双喜与李兰，是前世的一对活脱脱冤家。

锦葵正要走，被王双喜叫牢。他四处张望了一下，将嘴贴在锦葵耳根上，说："林之路走路，手心向外翻，像个鸭子。这种男人靠不住的。"锦葵赶紧抽出身子，说："这话你说了多少遍，早听出老茧了。你是不是巴不得我家弄出点什么事啊。"王双喜倒笑开了，说："好个没良心的。我是怕你被人卖了，还帮人数钱。打小，你就做不来一件聪明事。"

2

锦葵梦到牙齿掉了。梦很清晰，张开眼，是一眶的牙齿。据说，梦到牙齿，是死人的兆头。迟疑着说给林之路。林之路装着在听，一边用咳嗽掩饰着不耐烦，隔了半天才闷着头说："大清早，你能不能说点别的什么。就懂这些，到底是少了几个文化。"锦葵不会读书，见数字就犯模糊，高中也没坚持下来，早早地去站了柜台，卖的是毛线和棉布。便觉得越来越与锦葵话说不到一块，腾的一声，将身子翻转过去，无缘无故地叹出一口气，说："我老了。"锦葵见林之路提不起精神的样子，赶紧倒汲了一双拖鞋，蓬着头发去弄八宝粥。照样就弄一碗，连儿子都没份。他们家，林之路排在第一位。这点，也只有北方的女子做得到。

卫生间的门响了一声，林之路终于把自己收拾好。用了洗面奶和摩丝，一身香。锦葵看着看着笑了起来。她就喜欢林之路这种白面书生的男人，斯文，体面，身体里有种干净。林之路怎么看，也不像巷弄里出来的人。

林之路做了七八年的副科长，没动静了，就有些沉不住气。想去走动，又被那点自尊心挡住，怕被人看轻。科长是个中专生，娘娘腔十足，说话说半句头，在林之路心里，一分钱不值，实在是巴结不上去。藏着那点想法，被心细的科长一眼就看明白了，防他像防贼。同学里头，几个早不在机关混的，倒像模像样，连车都开上了。也拉过他，拉不动，怕前怕后，说到底是舍不下体制里的铁饭碗。这样，不上不下的，一颗心整天悬在半空，没有着落。在外面死劲憋着，讲究着修养，家里是强悍惯了，脾气说来就来，把什么事都怨到锦葵头上。锦葵向来拿他没办法。

对于一个自己喜欢的男人，女人是没有办法的。锦葵从小就想做林之路的女人，没来由地想。当初，也是锦葵追了林之路。是脱了鞋子的追，完全的不管不顾。用的方法也是土得掉渣，织毛衣，烧点心之类。一个月的工资，一半花在林之路的身上。舍不得给自己添点新鲜。一点一点地去热林之路的心。女追男的，连王双喜都觉得失了面子，说锦葵是天生的赔钱货。王双喜就一直没看出林之路的好。锦葵对林之路有了欲望，是那种要把自己牺牲掉的欲望。大多数女人都是死在自己的这种欲望里。女人一动感情，脑袋瓜再灵，也是不够用。根本看不清什么。林之路对锦葵不理不睬了一阵，最后没坚持住。锦葵老老实实的好，让林之路觉得很受用。林之路还记着锦棠的一句话。她说："原来你是不喜欢爱情的人。"锦棠一直认为，林之路与锦葵之间不可能有爱情。

八十年代，林之路第一个考出去，消息传到，整条巷的人堵了一屋，没有一个不说他有出息。平常也觉不出什么，这会再看相貌，竟有人看出是异相，预言将来是当大官的料。这些话原本是林之路母亲张凤放在心头经常想的。早年，张凤给林之路喂奶，被巷里的算命佬看到了奶头上的朱砂痣。算命佬盯了好久，淌着笑脸说："你有福气，这孩子长大了不得。"张凤怕话传出去失了灵验，用两张钞票封住了算命佬的口。

算来，林之路也是高中复习了四年才考上。是张凤硬逼出来的。张凤把一生的宝都押在林之路的身上，别的苦心不说，高考四个夏天，张凤就站在一旁打了四个夏天的扇子。林家老太太到这时候才知道张凤的要强与心高。林家请了三桌，排场得很，用了全鸡全鸭，还放了鞭炮。喜气得眼睛一下子长到额头上。张凤小气了一辈子，算是天开缝，头一回想得这么开。

多年前的那点得意，林之路以前动不动就要提的。只是文凭吃香的年头早过去了，林之路在事业单位拿几块死工资，听是好听，终究撑不起场面，连两块钱的麻将都是不敢上先打的。偶尔凑个脚数，几盘不和，汗都下来了。也就锦葵拿他当香饽饽，佛般供着。偶尔李兰说句林之路架子大，平常脚也不迈进门槛一步，锦葵马上就说："妈，人家是做事业的人，哪能像一般人那么得闲。"

民间的说法，七十三，八十四，阎王不叫自己去。也就是说，这两个年龄，是命里的两个坎。林之路的奶奶林老太正好虚岁八十四，这一年，没落过床，将感冒、发热、拉肚子、中暑、便秘、红眼，甚至全身龙、脚鸡眼，什么病都得了一遍。这个梦搁在锦葵的心上，便有些不安当。

在林家，也就林老太拿锦葵当自己人待，晓得问个冷暖。刚成亲的那阵，林家不认她，几次将锦葵买的东西扔出去，也是林老太的一句话撑住了锦葵。林老太说："我这辈子就认你一个大孙媳妇。"翻箱倒柜，拿出藏了多年的陪嫁：一只金戒指、一只玉手镯、一只银项链，瞒了张凤，偷偷地塞给锦葵。又揭了张凤的老底，说："当初要不是她跪下求我，我也是不会让她进家门的。"张凤五十年代嫁给南下干部，不到一年，南下干部犯事坐牢，就离了。虽然没有生养，也是矮了人一截。林之路的父亲好生生的青涩果娶回个二锅头，林老太的心里自然是犯嘀咕，怨母猪壳啃了嫩笋。当初是当初，现在是现在，几十年过去，张凤也熬出来，全没了从前畏缩讨好的样子。人是会变脸的，什么都作不了数。林老太想想都灰心。

锦葵给林老太张罗了寿衣。选的是蓝色的软缎。老裁缝做第一针，就扎了手。老裁缝叹了一口气，说："老太婆，命太硬。"锦葵记得，很小的时候看见林老太，就老态龙钟了。一头发，没有一根黑的，走路要用拐杖。现在算起，那时的林老太也不过五十刚出头。很少有人知道林老太早年是云城越剧团的红角，一个眼神，迷倒过半城的男人。

果然，刚开春，林之路的父亲林得好端端地死了。是让小偷捅了一刀。小偷开溜时，林得从外头回来撞上了。起初，林得也没在意，以为是个熟人。小偷却慌张，拔腿便跑。林得反应过来，一路喊着追出巷。追了几十米。这样，小偷起了杀心。

家里被翻了底朝天，只是少了手饰盒里的一条项链，是锦棠旅行回来送的，也就值十来块钱。张凤还是喜欢锦棠的。喜欢锦棠的缘故，是因为不喜欢锦葵。一巷的人都说林得死的怨。这也与林得的性子有关，遇事沉不住气。当年，林彪外逃事件，规定只传达到县局级。林得怀着心事，睡不瓷实，被张凤察觉，一问二问的，就说出来了。张凤也是管闲事管惯了，喜欢出头露面的，那里熬得住，第二天就去散播。结果，林得捞了个处分。据说，听传达的一百多号人，说给老婆听的，也就林得一个。林得向来什么话都对老婆说。得了教训才明白，相信女人是小嘴，就等于相信扫帚柄会长竹笋。

林家老太太病歪歪了一阵，又还原过来，照例一顿吃下两碗饭。林家四兄弟，老二武斗时挨了流弹，老四踩西瓜赶上严打判了死刑，老三救人死在洪水里，全是非命。张凤伤心过后，单单恨上了林老太，说是家里的人，都是让这老不死克的。婆媳一个灶头吃了几十年，到头来才发现，生分得很。再这样，也还是不相干的人。以前，中间横着林得，张凤也不敢太那个，这回，也不用顾忌什么了，好几天不和老太太开口，当是眼里没这人，一下子就将事做绝。

锦葵看不过，送来一些吃的，张凤嫌锦葵管宽了，当场使脸色给锦葵看。对锦葵，这几年虽说面子上过得去了，心里头的疙瘩是一辈子不想解的。张凤一直认为锦葵配不上自己儿子。在张凤的想法里，林之路这种人才，摆哪里都是一个正字，女人是要排着队让他挑的。锦葵也就给林之路洗脚的角色。只是想起当年林得也是被自己用二两黄酒灌了，稀里糊涂做下丢人的事，知晓儿子传了老子的德性，经不起女人的一点闷骚，错过了什么都拿得起的锦棠。只好哑巴吃黄连，将一口苦水咽下肚皮。

屋里没多少光线，林老太蹴在角落头，鬼鬼祟祟的样子。锦葵给林老太洗了头发，又剪了手指甲和脚趾甲。林老太笑着说，这辈子有两个人给我剪过指甲。一个是你，一个是老头子。有两个人，就算是有福气的了。笑着笑着，笑出了眼泪。

过了一会，林老太忽然喊起来，山妞，快去听戏了。山妞是奶奶的一个小姐妹，早已死去多年，锦葵明白林老太这回是真犯糊涂了。从前，林老太糊涂是装的，遇事就撒泼。装了几十年了。

锦葵想，林老太可以这么活着，是因为她是戏子。也许，只有戏子可以活在任何一个年代。

床头边，有一张老照片，照片上的女人穿戏装，一身的气质，没有人相信她就是巷弄里卖了多年棒冰的那个邋遢老太婆。林老头死后，林老太就再也没唱过一句戏。大鸣大放时，林老头被充数成右派，凑了学校的指标。林老头一直顺顺当当的，连别人的一句重话也没听过，一时想不开，就把自己吊在巷里的那棵梨树上。林老太说："你说，人是真糊涂好，还是假糊涂好。"锦葵想了一会，说："我不知道的。"林老太说："我看，一巷的人，也就你知道。"

3

锦衣巷有个天主堂，寻常平屋，两棵柳树隔出几步见方的空地。门楣青砖上头刻着十字架。里面唱诗班的歌，远远地听得到。李兰在台上唱歌的时候，喜欢穿一件黑色风衣，笔直地挺着身子，脸上的表情很丰富，像演员在演出。

云城总共四个天主堂，锦衣巷这个最有名，也最有人气。做礼拜时，一屋子的人挤人，其中有几个从几十里路的地方赶过来

听道。相传是三十年代两个德国传教士留下的。说是传教士穿白
袍，喜欢中国的功夫、书法和民间草药，尤其是越剧，唱得下整
出《楼台会》。后来死在云城那场著名的鼠疫里。救人时传染上
的。传教士原本是可以躲过死，不躲，这让锦衣巷里的人相信了
来世的天堂。

巷里头的妇女，大都信上帝，图了里面的气氛以及一顿白
吃。天主教讲平等与博爱，也对着妇女细小的理想。也有些信
佛。比如小米，大年初一摸黑去灵山寺烧香的。总之，心里有鬼
神敬着，便觉得踏实一些。张凤做了多年妇女工作，一直把这些
看作没觉悟，到老，遇事不顺，越来越想不开，偷偷摸摸信了
佛，却不想让人发觉。王双喜原本也是想信教的，见不得李兰在
台上唱歌的模样，只好作罢。李兰喜欢的东西，王双喜偏是不喜
欢。再说，王双喜觉得，自己也没什么好忏悔的，需要忏悔的，
需要上帝拯救灵魂的，是李兰。他也不懂人的什么原罪，也懒得
去想。

有一天，锦棠打来电话告诉锦葵，说是自己信教了，让她来
看洗礼。锦葵好奇地问了句为什么，只听得锦棠在电话那头一声
冷笑。锦葵赶到时，锦棠一身潮湿的从池上出来，将头仰着，表
情庄严。李兰站在一旁，眼里含满泪水，颤着声音说："到底是
我李兰的女儿。"又对别的信徒说："锦棠这孩子，那点善良，
是随了我的。我就知道，她迟早会信的。"

李兰也不搭理锦葵。她劝锦葵信教劝了几次没劝进，越来越
觉得锦葵与自己，与上帝都少了缘分。整日的忙一堆俗事，说得
出也就是哪里有便宜货卖，整个素质上不去。李兰说："我这人
跟一般人不一样，就是有点思想。我最不要看那些没思想的人。"
锦葵知道母亲将自己归在没思想的那类人，也就笑笑。锦葵不怎
么要听母亲的话。一个人信什么，不信什么，都是形式。出格，

离谱的事，有些人，是想做也做不出的。根本就做不了。这和一个人的信仰也没有太大的关系。

李兰信教也是近两年的事。是忽然热烈的。说是闭着眼，上帝就显形了。吃饭前，睡觉前，出门前，都要祷告。没多久，就成了教会里头的主心骨，每天折腾着做善事，连家都顾不上。还隔几日，跑到林老太家，唱教会的歌给她听。林老太说："我看不见上帝。"李兰耐心地说："你还没到那个份上。一个人到了那个份上，自然会信的。"林老太还没听完，就哈哈大笑起来。

下楼时，迎面碰到张凤。张凤说，就你有闲心。还真以为自己是什么，拯救得了世界。便不再搭理。说得李兰无趣。张凤的刻薄，李兰早领教过了。锦葵结婚那天，张凤送的是一只花圈。这样的事都做得出，也再没什么事做不出来了。也因为这个，李兰倒现在还气锦葵，气她的不争气。

锦葵见锦棠无缘无故的信了教，猜想里头出了什么事。看锦棠的表情照样是没表情，知道真有什么事，锦棠也不会说。锦棠从小就主意大，肚里藏得住事，不像锦葵，一根筋，对谁都掏心窝。林之路听了，莫名其妙地笑了一声。锦葵听出笑里有内容，拿眼看林之路，林之路把身子转开了。

锦棠的婚姻别人看着都觉得不好，只是锦棠自己不承认。当年锦棠匆匆忙忙地赶在锦葵的前面嫁了个做生意的，里头藏了缘故。生意人没有耐心弄爱情，连个前奏也没有，一下子把事情做到底。锦棠对林之路与生意人都说过同样一个故事，说是一男一女两个共产党员落宿一起，女的在门上插了一根草，第二天起来看，那根草还在。说完，锦棠说："我感动死了。"只是，这个故事对林之路管用，对生意人不管用。锦棠也是绝，结婚一个月将肚子里两个月的孩子做掉，事先也不和生意人商量。锦棠怕被别人算出日子，她是受不了别人的一句闲话的。不像锦葵，挺着肚子结婚，也不知道怕难为情。

林之路自打结婚后，就与锦棠拉得很远，平常碰面，两个人都冷淡，说不上几句话。锦葵也看不出什么。只是一次锦葵说了一句笨话，无意间看到他们会意的相视一笑，才发觉事情并不像他们自己说的那么干净。

这一次，锦葵猜错了锦棠。她约锦葵去了一家咖啡馆。是个高级的地方，一个女人，穿着落地长裙，在弹一首外国曲子。锦葵有些不自在，她从来没到过这样的地方。来之前，特地换上出客衣，是件翠绿色的衬衫，这会更显出了土气。锦棠坐在一个角落里，已叫了一大堆的东西，动手给锦葵弄咖啡。锦葵说："外国人也真是，想得出这么种吃的来。"锦棠说："八十块一杯。这才叫情调。"锦葵说："那我就更不想喝了。"

锦棠说了事情。是与林之路上了床。锦棠说："十年前，林之路跪在我面前求我做那件事，我没答应。昨天，他又跪下去的时候，我答应了。我这个人，有的是耐心。"锦棠说完之后，很尖利地笑起来。锦葵："只要我没亲眼看见，明明有的事情，我也会当作不存在。"锦棠说："林之路本来就是我的，是你一直在装糊涂。你不知道，我被爱折磨了多年，痛苦有多深。你会和他离婚的。"锦葵说："不会。"锦棠说："我想到了。你从来就不懂得尊严这类东西。男人靠缠，是缠不住的。知道林之路是怎么说你的吗？"锦葵说："什么？"锦棠说："乏味。"锦葵站起来，一口气喝下了咖啡，笑着说："男人都是一样的货色，我早就想明白了。"她把脸转过去，说："天真的，是你。到这个年龄了，还在弄什么爱情。"

那个晚上，锦葵在河边走来走去。秋天，河面最宽了。锦葵想起一个姐妹，就是从这里跳下去的。她还去了锦衣巷的树林。她第一次和林之路就在一棵桃树下。现在，桃花正好，妖妖的，在锦葵的眼里，像一堆的火，烧起来一样。

林之路一提出离婚，锦葵就同意了，将财产分成两份，分得很匀称。林之路想好的一些话，没用上。和林之路以为的不一样。林之路以为锦葵是离不了自己的。原来也不是。原来谁也不真见得有那么重要，离了，就会活不下去。也就这时候，林之路单位体检，查出了白血病。事情耽搁下来。

张凤一听，天都塌下来了。说是家和万事兴，把事情又怪到锦葵身上。锦葵不想解释。婆婆是一下子老掉的，锦葵看在眼里。到这种地步，也没有计较的必要了。

原来的家底也不厚，很快就掏空了。锦葵也不和父母商量，自作主张将住的房子卖了，母子俩挤到以前住过的小房子。王双喜气不过，说："除了为男人想，其他人你是从来不顾的。"气归气，也拿锦葵没办法。锦葵是死猪不怕开水烫的样子，说什么都当耳边风。

为了借钱，锦葵与好几个人翻了脸。还与李兰打了一架，逼着她拿出差几个月到期的存款。锦葵经常说："今天，你有钱好，没钱也好，都得借我。不然，我就赖在地下不走了。"一巷人，见了锦葵就躲。打麻将输了钱，也不付，让男人摸几把了事，传出去，大家都说没想到锦葵脸皮竟然那么厚。

又过了一段时间，巷里的人看见锦葵做了小米店里的洗头妹，穿一件黄色吊带衫，露出一堆松松的肥肉。锦棠说："你是在故意丢林之路的脸。"锦葵也不把这话往心里去，说："脸面，本来也就值不了几个钱。"小米心疼锦葵，说："何苦呢，犯不着的。"锦葵说："我也知道。一叠的钱，放进去，连个声响都没有。又不能眼睁睁地看着他死。我现在除了想钱，其他的，什么也想不了。"小米说："你不管他，谁也说不了你什么。"锦葵说："我这人，想不开的。"

　　锦棠来病房给林之路做祷告。锦棠说："你会得救的，我很有信心。只有爱，才会有奇迹。"锦棠说得很动感情，旁边听的人都感动哭了。林之路很虚弱，听着听着，就睡过去了。锦棠离开时，留下一本《圣经》。林之路叫住锦棠，从口袋里摸出十元钱，认真地说："这是书的钱。"

　　林之路没有活过第五年的夏天。他是那个病房里拖了最久的一个。林之路死的时候，锦葵不在身边，她正在和一个乡下男人讲价钱。接到电话后，锦葵大声地笑起来，对乡下男人说："今天白做，算你拣了便宜。"

　　林之路死后，锦葵很少去林家走动。张凤还是不冷不热的样子，没多大意思。只是偶然去看看林老太。林老太将锦葵搂到怀里，说："这次，你是真糊涂。"锦葵说："这次也还是假糊涂。"说着，忽然流出了眼泪。这个时候，锦衣巷的阳光很安静，花开了满满一树。

（原载《江南》2008 年第 1 期）

姹紫嫣红

1

云城最著名的建筑，就是卢家大院了。

院子四进，宽过三千平米，建于清初。楼房，接下来依次为仓廊、家祠、花园、步步幽深起来。木窗，有龙、凤、狮、鹤、猴、鹿、麒麟、鱼8种动物，牛腿雀替木钩件，悬清一色百余个篆体"寿"字，做足了富贵。也许是做得太足了，反觉着局促了许多，闷闷的，压着心口一般。与这些应和的，是五花马头墙上的苔藓，肥得暗了，能够揩出一把水。是楠木美人靠，陈旧的华丽里头，暗藏浮香。整个庭院寂静，听得见落叶的响动。卢家明朝时出二品官，兴旺过，只是后辈里平庸的多，慢慢地败下来，到卢先生这代，也就靠地租、利息进帐，剩个大架子。

四姨太初桃嫁进卢家的时候，还不到17岁，噭嫩的，像芽头上的一层蘸。着一件红旗袍，露出两条雪白的胳膊。清水得很。云城的方言里，讲女子长得好，通常就用这个词，清水。女子的清水，可能与水相干。云城有八百里瓯江，水到之处，一草一木都是泼辣新鲜。

整个院子，张灯结彩，上上下下都在看热闹。大太太也看了，只吐出一句话，前世作孽。二太太倒没和大太太想到一处，说，卢先生越发的由着性子，连个门第都顾不上了。又说，也就是个清水，差了一点味道的。那种人家出来，也是难怪。大太太就宽容地笑笑。卢先生讨小，像是讨出了个瘾头。大太太在心里想，果然是，说得出就做得出。二太太已打探了初桃的底细，要说给大太太。大太太说，卢先生透过底了。二太太哦了一声，脸上不自在起来，呆了半日说，我早就知道，你们不把我放在眼里的。大太太慢悠悠地说，我还巴不得能落个耳根清净呢。也不和人打声招呼，端着一个笔直的身板，头也不回地走开去。

这是节，卢家还是大户人家的做派，排场讲究到一个月里的点心不重样，有一种鸡汁小馄饨，被佣人弄出，后来成了七味馆里的招牌菜。茶单认明前龙井，相配本地梅子青瓷器。一年四季的行头，都是老泰坊的手艺，针脚经得住挑剔。每日，摆一场麻将，后头站个打扇的丫头，留声机里响着南方的小戏曲，一会儿一段打金枝，一会儿一段楼台会。大到婚丧，小到时节，脸面上的东西，更是用心，容不了别人半句闲话。

卢先生娶初桃，掏了压箱底的老钱，排场摆得阔，聘礼看热了一街人的眼。初桃的娘家，是得过一些实在的欢喜的。这里头的账，明眼人一看就算得出。二太太时不时故意把话说给初桃听，道，你们老娘，真是厉害。见过狮子张大口的，没见过狮子这么张大口的。初桃不敢应嘴，知道二太太的敌意，也就来自女人的小心眼，二太太自恃出身好，一般人看不起。初桃暗自里，一个人想前想后，流了不少的眼泪。一来，就落下话柄，心里头有些怪母亲做得出格。

初桃的确长在小户人家。家境不紧巴，但也不宽裕。父母开一爿小店，卖些零散，做的是邻里间的毫厘生意。头上的两个兄弟，一个死于战争，一个死于疾病。父亲由此受了打击，变了性子，整个心思落在酒上头，当了甩手掌柜。母亲哭归哭，照旧撑起一个家。按母亲的说法，人只要还有一口气，日子就得过下去。

　　嫁到卢家，是母亲的主张，说自己已黄泥土半截了，还不是一切都替初桃着想，这样的乱世，肚子有个着落，就算是烧了高香。那些空的东西，作不了数的。年纪大，也有年纪大的好，男人是要到了一定的年纪，才褪去火气晓得回头疼女人，做事顾得到前也顾得到后。又说自己当初眼窝子浅，看不远，落了一辈子操劳吃苦头的命，如今想来，悔青了肚肠。母亲说得堂皇，心里头的那点指望，初桃还是看明白的。但看明白，又能怎么样，她想要的，未必要得起。

　　初桃识得几个字，知晓外面世界，女子和从前不大一样了，自己可以作自己的主。也看过戏剧《楼台会》，看湿了几条手巾。想归想，想得再远，也是一个不搭界，跟眼前的日子挨不到边的。除了会几样女红，粗和细，文和武，两头都不靠，拿什么来谋生。剩嫁人一条路，赌注，也就只能押在某个男人身上。她比不上妹妹初荷，主意大，狠得下心来，说走就走，一句话也不给父母留。这种决绝，初桃做不出。也看不得父母哭天喊地的模样。初桃嫁到卢家，有点不情愿，但远没到怨恨。那点不情愿，也只是有姿色女人心比天高的不甘心。

　　回门那天，母亲把初桃拉到偏角处，说，你给我一句实话，卢先生怎么样。初桃说，你现在问，也是晚了。母亲就有些慌，拼命地看初桃的脸色。初桃说，你把我当摇钱树了。母亲知道了初桃生气的缘故，马上就放下心，说，没什么大不了，不就是几句闲话，不疼不痒的，碍得了什么呢，你也是脸皮薄。说真的，大户人家，拔根毛也比我们胳膊粗，不要也是白不要。钱给他们是糟蹋，给穷人是救命。初桃知道母亲担心的是什么事，想想到底是母亲，心也软了下来。

2

云城距省会杭州，三百来里路，不大不小的样子。够不上繁华，但与水镇相比，已是另一重天了。初桃没见过世面，自然是处处惊乍。茶庄、戏院、杂货铺、丝绸行与庙宇，都让初桃开了眼。而且，一日到晚地空闲着，寻不出事来。在乡下，即便有母亲的宠，打柴禾、拔猪草、纺纱织布也是少不得要做。初来时，早早地起，刚想摸个扫把，早就被下人挡住了。初桃说，这样下去，可是越来越懒了。卢先生说，女人的味道，打底的，一是懒，然后才是富贵与优雅。初桃一下子听进去了。她慢慢地发现，卢先生说的那种味道，也就是大太太身上的那种味道。下意识里，卢先生总是拿大太太当杆秤的。

卢先生有点男人女相，手也是女人般白而修长。而且也像女人那样爱好服装，里里外外地讲究。会保养，看不大出年龄，有说六十岁，也有说四十岁。隔几天，便会在初桃身上活泼一次。初桃人前懵懂的样子，床上并不呆板，那种风情，不用人教，自自然然就会了。有些女人，天生就是尤物。卢先生一高兴，口就有些松，说，大太太倒是样样好，就是床上太正经，少了趣味。初桃不依不饶地问，那么，二太太呢。卢先生笑起来，说，我就知道，你只拿二太太当敌人。停顿片刻，卢先生说，女人的心，也是最难摸透的。给你捅一刀的，大都是离你最近的人。初桃说，看来，你也防着我的。卢先生说，如果没看走眼的话，你应该是个嫁鸡随鸡，嫁狗随狗的人。初桃说，哪个女人不是这样的。有的吃，有的穿，犯不着去丢脸面的。卢先生突然有些不耐烦，说，不说这个了。没意思。

隔了没多久，初桃就听说了三姨太的事。是听下人说的。大太太、二太太自然是不肯提的。

卢家看去大派，细节里却处处藏了心眼。单说那扇门，吱吱作响，防的是两类人，女人和小偷。卢家三姨太，一年前出了事，跟的是烧杭帮菜的厨子，就是门坏了好事。三姨太看上去端正冷傲，出这种事，也是连做梦都没想到的。

其实，卢家倒是有个人早就看出来了，那是大太太，只是不说破。女人看女人，往往能看到骨子里。大太太不是本地人，亲戚间几乎没有任何走动，也从不提身世。平常，喜欢一个人在院子里走来走去，很有心事的样子。和其他女人不同的是，她读很多的书，文学、历史、哲学甚至军事。大太太有时也会大发神经，接下来，又突然恢复了对一切的漠然。

三姨太的事一出，众人以为不得了了，卢先生并不处置，照旧吃厨子做的菜。对三姨太，也依旧的好。一个月后，三姨太疯了，光着身子在云城大街游荡，嘴里唱着小调。有人说，是卢先生的怜悯，才让三姨太疯的。或许，对三姨太来说，怜悯是更深的压迫，更让人受不了。后来，初桃见到厨子，胖胖的，一身的油，小眼睛滴溜溜地转。就为三姨太叹出一口气。

日子一精致，初桃原先的土气，被妇人的丰腴与甜腻替代，这对着卢先生的胃口，不由地生出疼爱。一宠，初桃的手脚放开了，也会使些女人的小性子，捏着卢先生的软处，紧要关头，推三作四起来。卢先生便暗笑，天下的女子一个德性，给她一根竹竿，没有不顺着往上爬的。笑归笑，偏是这种不依，吊了卢先生的胃口，反而对初桃浓了想头，拿她没办法。也是宠过了头，初桃变得娇贵，动不动就会爬到卢先生头上捉虱子。这样做，也是初桃故意给自己争口气。

卢先生一生，很早就看开了世事，放得下男人的做官发财，这样，反倒落下不少的清闲。除了热爱女人，余下的事，就是棋琴书画，把弄瓷器石头，伺候后花园的草木以及狗、猫、鸟、蟋蟀等大小动物。兴趣来了，也会到茶馆说上一段武松打虎，或者去戏院扮一回小旦。更多的时候，是与大太太一起作诗与下围棋，偏偏两样都是大太太占着上风。有一次，初桃忍不住地问，你这么不做点正经事呢。卢先生笑了，温和地反问，什么是正经事呢。

对卢先生，初桃说不上喜欢，也说不上不喜欢。觉得他酸，又觉得这酸偏有些趣味，和女人是贴着心的，让人不讨厌。比如用十八种花朵调制养颜膏，养了一大片的凤仙花，让女人染指甲。又比如，和厨子一起，配制各种各样的药膳。这些，也不是那么最要紧的了。天性里，谁都是贪舒服的，贪着锦衣玉食。有些甜头，不知道倒也作罢，尝过了，就再也放不下了。

初桃偶尔也会在母亲面前抱怨一些烦恼，诸如梦多、买的冬虫夏草被人冲了次、佣人手重弄落了几根头发、小生日不大排场之类，母亲不要听，说，你饭吃生渣了。见初桃日子得意，反倒放不下心了，叮嘱道，行事要晓得藏着掖着一点，不然，就碍了别人的眼。留个余地，伤不了人，才伤不到己。

三年后的一个春天，初桃随卢先生去看戏。看的也是《楼台会》。初桃没有再掉眼泪。心里的那些晃晃荡荡，原来已经没有了。有时也会随手拿起一本卢先生喜欢的《浮生六记》，看不了几个字，就放下了。那种什么也用不着操心的日子，像自己生了脚，走得快。回头间，桃花梨花都开过了。

3

日本人的炮弹打进云城时，卢家大小躲进一个叫黄庄的村子。是一个山旮旯头，除了山，还是山。他们住在一户普通农民家里。天下乱着，老百姓的日子，也只能是一日一日地熬。口粮是早就断了的，只能到野地里刨食。衣着，比要饭的强不到哪里去。女人，也是老相，房东家媳妇还刚三十来岁，白发就上了头。

卢先生说，这里倒是天高皇帝远。初桃正盯着满屋的蜘蛛网左右顿脚，接口说，穷山恶水的，头上的天一点点大，生在这里的女子，也真是命苦，我可是一天也不想多待的。相比较初桃的怨气，大太太与二太太还算安耽。大太太寡淡，二太太乖巧，向来不给卢先生添事。二太太对大太太说，瞧初桃那点德性。穷人一阔，脸变得最快，还真当自己是什么金枝玉叶了。我们都呆得牢，她倒是嫌七嫌八的了。大太太冷淡地说，都国不是国，家不是家了，你还有心想这个。二太太见话说不到一块去，也不客气起来，说，天塌下来，有男人会帮我们顶着的呀。轮不到我们小女子想什么的，想了，也是白想。大太太的脸色当下阴沉下来。

初桃与大太太处得平淡，没闹过怨恨，但也很生分，总觉得大太太离自己远的很。和大太太说话也是累，说出来的每一句话，好像都是预先想好的，像个书面语。和二太太，是经常会口角的，但并不害怕，她身上有几斤几两，一眼就看得出。以前众人虽然天天聚在一道，却是各怀心思。这会儿，倒出来一点相依为命的样子。卢先生说，可能，世道真的要变了。说不定，这里，就是一个归属。初桃说，我是死也要做城里鬼的。只听得大太太突兀的冷笑起来。

临行前，大太太执意带走了房东的一个丫头，说是收养。这一举动，弄得二太太的心里不上不下起来。这事，没人可说，只得说给初桃。初桃不以为然，说，你也是喜欢疑神疑鬼的，肯定是觉得膝下冷清了吧。二太太说，不像。我是天生不能生养，原以为大太太也是同命的人，却原来不是。大太太每天都要吃一种药，说是治头疼病。后来，我留了个心眼，拿药渣一查，吓了一跳，竟然是避孕的。初桃说，为什么，没有道理的呀。二太太

说，我也是想了许多年，都没想明白。初桃说，那就是另有隐情
了。或许，她有可能恨着卢先生吧。二太太摇摇头说，更不是
了。我记得多年前卢先生一次酒后落出口风，说大太太的命是他
救下的。又嘱咐初桃，这事说不得，会出人命的。看看三姨太的
下场，想想都害怕。初桃说，说不定，卢先生早就知道了。他们
那些读书人，都深得很，我们是看不透的。

初桃一探，就探出来了，卢先生果然早就知晓的。卢先生
说，大太太不是一般的人，当年，她犯下的是杀头的罪。对她来
说，卢家大院的天地太小了。初桃哦了一声，说，真是没想到。
只是事情过去那么多年了，大太太的心结还是了不了。这么好的
日子，多少人想的，轮到她头上，竟然还是过得不开心。卢先生
说，她想的那些事，你不懂的。钱在有些人眼里，是命。在另一
些人眼里，却没太大意义。这没办法，看中什么，就被什么困住
了。说完，走到一副书法面前，站住。是大太太书写的《满江
红》，字字老辣，不像出自女流之手。卢先生看了一会，说，看
来，我想要的，都是要不来的。这样也好。无牵无挂，倒也是一
种福气。初桃听出卢先生的话不由衷，心里头就替卢先生好一阵
难过。又想，女人和女人，真的是不一样。忽然就明白过来，搁
在卢先生心上的，也就是大太太一个人。

不久，日本人投降，可战争依然持续着。卢家一折腾，伤了
元气，日子也过得马虎了。外头的消息，一个又一个，不敢相
信，又不敢不相信。

母亲也不管别人的脸色，往卢家走得勤起来。三年前，卢先生
做寿，母亲的礼送轻了，被下人取笑，弄得母亲下不了台面，平常
轻易是不踏脚的。见初桃还在那里打打麻将，一点心思都没有，私
底下咬初桃耳朵，说，世事无准头，何况人呢，由不了谁的。这么
多年，看来看去，也就是钱最牢靠。初桃说，卢家早被人掏空了。

母亲笑她老实，说，瘦死的骆驼比马大，你也别把卢先生的每句话都当真。初桃说，是你的东西，早晚少不了的，何苦难为他。母亲拉了初桃的手，说，也就你心软。好人谁不想当，只是，好心，当不了饭吃，到最后，人家也不识得你的好，只当你没有用场。别看大太太念佛吃素多年，也就是做个样子给别人看。二太太呢，见人说人话，见鬼说鬼话的，哪少得了她的好处。初桃做了几年太太，脾气见长，听不得母亲的唠叨，自顾自甩了母亲的手。母亲也是有脾气的人，当即将话硬邦邦扔过来，说，你也别看不起俗。不过是没到那一步。有你要哭没眼泪的时候。初桃不再理会，喊底下人拿了一斤糕点，两件衣料，将母亲打发走。

4

有一个凌晨，初桃醒来，卢先生正在看她。他俯得很近，脖子上，细密的皱纹，一圈又一圈。原来，他和一般的老人没有什么两样了。以前，她一直不觉得。或者，觉着，也不肯承认。卢先生会哄初桃，初桃更会哄自己，明摆的事，偏是不去相信。外头交际，替卢先生百般遮掩，更听不得别人提个老字。而男人的老，的确是从少了欲念开始的。春江水暖鸭先知，那种各样，初桃一下子就觉察到了。

初桃说，你心里压着事。卢先生说，这光景，是人，心都是乱的。初桃宽慰道，世上的道，都是人自己想绝的。不去想，也就太平了。卢先生笑了一下，笑得很沉闷，说，还是你们做女人的好。他的手，开始在初桃身上耐心的游走，蛇般柔软。整个过程很缓慢。初桃想起第一次，卢先生也是这样，扣准火候，不急不徐，用了一生的经验和温柔。她所有的拘谨与不安，放下来。人轻得像根羽毛，飞来飞去的。大凡女人的初夜，少粗暴，以后整个身体就会打开得顺畅，许多的快乐，来得容易。初桃见卢先生吃力，便说，日子长着呢。卢先生不肯，说，现在是，做一次就少一次了。还想说什么，终于什么也没说出来。恍惚之间，初桃看见，卢先生的眼角，慢慢地潮湿起来，表情里透着哀愁，像个戏台上的怨妇。是初桃从来没看到过的表情。

1950年谷雨，卢先生吊死在后花园的一棵桃树上。民间的说法，谷雨是花神的生日。这个日子，是卢先生事先选定的。大太太看出来了，一句话也不劝说，私下里替卢先生准备好了老寿。卢先生其实也没有到一定要死的地步，完全可以看一步，再走一步，但卢先生不想面对。逃离，是卢先生这种人的本能。那样的体面，容不下一点难堪。体面的本质，却是离了地面的一个虚空，经不了什么。像卢先生喜欢了一辈子的瓷器。卢先生求了多年的跳出红尘，依旧是书本里的理想。归根结底，他还是个懦弱的人。初桃没看清卢先生，其实，卢先生自己也没看清自己。他一直当自己是天下最看得开的人。

树倒猢狲散，大难临头，各人只顾得自己了。大太太第二天就失了踪迹，一点口风都没漏。二太太出逃前，发现平常用心积攒下的细软，已经被人暗地里下了手，喊了声皇天，哭也来不及了。有人看见，二太太是跟着厨子走的。初桃早上醒来，习惯喝一杯牛奶的，喊了半天，却是没人理会，才知道，好日子已经到头了。卢家，很快就散掉了。人算不如天算，原来的小算盘打得再精，也是一场空欢喜。从天上掉到地下，一点回旋的余地都没留。

初桃无奈，硬着头皮回水镇老家，也是实在想不出能去的地方。母亲开始还陪初桃落了几次泪，拿她当客人待，日子一久，也懒得再看初桃的愁眉苦脸。更何况，开门七件事，一件也跳不过去。小户人家，添张口，不像添双筷子那么简单，再说，初桃过惯了好日子，嘴巴也刁了，嫌脏嫌吵的，也是难伺候。又成了懒骨头，油瓶倒了也不知道扶，连自己的内裤都要母亲相帮洗。寻思着初桃总归会识点相，拿出私房补贴家用，一等再等，却是毫无动静。一问才知，除了几件首饰，便只剩几身衣服。母亲冷了脸，说，到底，卢先生还是把你当了外人。初桃打开另一只包裹，里头是一幅大太太的书法、一块黄蜡石、一本《浮生六记》和几瓶养颜露。母亲懒得看，没好气地说，我看你也是脑子搭住了，拎不清。这些东西，又不能当饭吃。跟卢先生那么多年，别的没学会，倒是沾了一身的酸腐。忍不住又是一顿数落。

这当口，初桃发觉身上有了异样。她原先吃多少药，偏是不成，这会儿成了，又是不上不下。或许这就是天意，是她和卢先生之间，注定了的瓜葛。初桃突然恨了卢先生，这么多年她刚刚安下心想认命的时候，转眼功夫，又什么都不是那么一回事了。没几天，母亲就看出苗头不对，问了初桃的主意，半天不吭声。原本初桃以为母亲肯定是不会答应的，会说些拖个油瓶，以后嫁人就难的话。但母亲只说，人命关天，做缺德了，天理难容的。是祸躲不过，船到桥头自会直，走一步，算一步。又说，家里再穷，也差不了小人一口的。当即从身上摸出点零钱，叫初桃去割一斤肉回来，说是包小馄饨给她吃。

有一天，初桃回转卢家大院。里头，隔出了许多家，满眼的绳子，挂满了红绿。先前的花院，种上白菜与丝瓜。旁边，一个猪栏，一个鸡圈。一院子的人语喧响，听不真切什么。初桃站了一会儿，终于碎步退出来。她将手扶在墙壁，不知不觉，流下一行清泪。

5

小小水镇城，两爿豆腐店。城外放个屁，城内听到见。说的是水镇的小。因了小，人和人一不小心，就撞了头。

 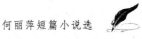

那一日，初桃赶着行日，拿了几个鸡蛋去卖。起初，初桃抹不开面子，母亲就放话过来，说，我们穷人家，是养不起懒人的。人吗，到哪个山头唱哪个调，才算是活得明白。这话，初桃听进去了，当即翻出当年做姑娘时穿过的粗布衫，换下身上的紫旗袍，将几身好衣服压到箱底。卖了几次，就上路了，价钱咬得像铁板，一厘一毫地计较。想当初，卢家要什么有什么，那把几个小钱看在眼里。初桃正想着，听到一个熟悉的声音，抬眼看时，面前站着厨子。

厨子的家安在弄堂的偏角处，总共一间平屋，堆着杂七杂八的东西。墙壁贴的报纸脱落了大半，天花板还开出个口子来。果然，二太太在。靠在床头粗被上，一手捂着胸口，脸色蜡黄，害病的样子。原先二太太没什么病的时候，整日叫这里疼那里疼的，吃各种各样的药，这会儿真的有病了，却舍不得吃药了，说是熬熬就会好去的。见了初桃，像是见了亲人，一下子泪就出来了。两个人拉着手，坐下来说话。不在一口锅里吃了，先前的隔阂，就算还在，也不关疼痒了。二太太说，你也看到了。人到这个份上，我也不怕你笑话。厨子粗俗是粗俗，倒也是拿我当心肝，知冷知热的。二太太走到这一步，初桃一点都不觉得意外。要是换作从前，初桃肯定会在心里笑死，笑二太太的浅，什么样的人都能跟。但现在，大家都是落魄的人，初桃已经没了笑话的意思。只是想起三姨太的事，总归心里别扭，一时倒不知道说点什么好。

厨子弄出两碗点心，是他拿手的鸡丝小馄饨。二太太尝了一口，说，味道不那么地道了。厨子说，那是自然。以前小馄饨里的馅，用的是上好的虾仁、笋丝、香菇、火腿肉调制的，现在到哪里去寻这些好东西。见初桃不拿正眼看他，也猜出了几分原由，说，四姨太也别把我想得那么肮脏。三姨太那件事，全是卢先生的安排。你动动脑子想想，我一个下人，吃喝全倚仗着卢先生的，借我十个胆，也不敢动主家的女人的。没料着的是，三太太那么高贵的人，竟然一点也受不了诱惑。这话二太太不爱听了，白了厨子一眼，厨子知趣地堆出笑来说，你才不是三姨太那种人，娶到你，是我前世修来的福分。初桃笑笑，知道这种话，厨子是经常说的。二太太那点脾气爱好，早就被他摸透了。二太太眉头一扬，说，卢先生使这样的阴招，连我都要小看他了。厨子接口道，有钱人，没有一个是干净的。二太太想了一会，说，大太太也不是看出来的，原来是早就知道的。初桃不答言，心里琢磨，或许，真相也不是这样的。说不定只是厨子的遁词。人心隔着肚皮，看不清的。她发现，自己已经不想去相信什么人了。

他们又说了一会大太太。厨子说，这下，倒让大太太出头了。大太太一直是想走的，只是碍着卢先生的情面，下不了决心。二太太说，我看是回不了头了，当初大太太为了保命，登报改过自新，白纸黑字，赖不掉。人家的庙大是大，也不是想进就进，想出就出的。他们说了几句，也就失去兴致。毕竟，大太太原本也和他们没有太大的相干。

大太太的消息，是后来传过来的。据说，大太太离开卢家后，就去了黄庄。不久，嫁给了村里一户最穷的人家。五年中间，生育了四个孩子。1958年，死于浮肿病。临死前，大太太只说了一句话。她说，我终于赎完了一生的罪。

初桃在水镇只呆上个把来月，又回到了云城。一个南下干部娶了她。他是妹妹初荷的战友。第一次见面，南下干部就在办公室的桌子上要了初桃。初桃按母亲的吩咐，留下了带证据的裤头。这样一来，初桃的第二次婚姻就来得容易了许多。她生下的第一个儿子是卢先生的，第二个儿子才是南下干部的种。好在，他们都随了母亲的相貌，外人是看不出来的。初桃和南下干部过得算不上好，也算不上不好。因了初桃的缘故，南下干部的前程就差了一些，但好歹也是有职位的，可以挡点风浪。不像二太太那样，动不动就要游街挨批斗。初桃对南下干部几乎百依百顺，什么事都由南下干部说了算。把整个心放在持家过日子上，不让南下干部寻着半点短处。只是害怕房事，每次都是找理由，推掉一次算一次，不大情愿的样子。

　　初桃改变了许多，以前的旧习惯大都丢开了，只保留下一个，那就是散步。从小水门，途经樟树脚、柳浪头、金山塔、火宵台至白鹭庄。是卢先生最喜欢的一段路。后来的许多年，初桃再也没有走进卢家大院。

（原载《长城》2008 年第 3 期）

水在瓶中

1

　　木葵从红喜的洗头店里晃出来，提着心，接连跑过两个三叉口，才将脚步放稳当。犹豫着转过身，后头一片乱，却是一群人正看着自己的热闹。原来木葵的白衬衣上贴着几个红唇印，着了火一般。木葵的老婆草草也夹在人堆里，拍着手，笑得嘴巴碗样大。木葵愣地记起草草的药还没买，摸索了半日口袋，连个角子也没摸到，心里头便怪了洗头妹手下得太狠。到底是做婊子的人，眼里只认得到钱。忽然就觉得有些没意思，恨自己图了一时的快活，让钱打了水漂。

　　待了半刻，还是转到老娘的门口。老娘吊着一张苦瓜脸，正眉飞色舞的与一个老头说事。八仙桌上搁着两只猪脚。按水镇的风俗，猪脚是谢大媒的。水镇人服老娘的，不是嘴上的本领，而是看人的不走眼。用老娘的话说，对象对象，就是看着有点像。老娘做了一辈子的媒，没有一对是散了的。偏是自家儿子的婚姻，老娘倒是作不了主。老娘选的，木葵横竖看不上，不是嫌嘴阔，就是嫌眼小。到最后，向老娘透了底，说水镇也就草草一个人看得上。老娘听罢，笑痛了肚子，说，"你真的是眼睛长到额头上了。"又说，"这事要是成了，老娘的姓倒着写。"想不到木葵打了十来年光棍后，还真的把草草娶到了手。老娘第一次看到草草，心里惊了一下，觉得眼神是飘的。果然，没出月子，草草就疯了。老娘说，这叫老天不开眼。

老娘家的门，平常木葵没什么事，是不怎么踏脚的。来了，也就为一件事。木葵说，"陈医生的药又见涨了。"老娘说，"我管得了你一时，管不了一世。"木葵说，"也不能就这样放手。陈医生说，还没到死心的地步。"老娘狠狠地说，"陈医生的话，十句才能听半句的。你也是脑子进水了，一条路走到黑。"草草的病，七年过去了，一点起色也没有，老娘早就不抱希望了。只是怎么说，木葵也不相信。老娘看了一眼木葵白衬衣上的红唇印，想说什么，又把话吞进肚子。儿子正当年纪，有些事拦也拦不住。也许这样，日子才过得下去。眼晃荡着，只当没看见。转过身去里屋取了钱出来，都是一些零散。木葵嫌少，站着不肯动。木葵知道老娘有钱。除了做媒，老娘谋生的活路还有补鞋、缝寿衣、剃满月头、卖纸钱蜡烛。都是来钱的行当。说到底，老娘是操劳的苦命。老娘说，"你就是想把我这把老骨头榨干了。我早就看明白了，这世上靠儿靠女都是一个空，也就钱是靠得住的。"嘴里这么说，还是挪开脚从枕头底下又取出一些。木葵得了钱，鞋底上像抹了油，一溜烟没了人影，跑得兔子一般快。

陈医生的诊所开在水镇的新街，店铺三间，比公家的卫生院还像样子。陈医生靠卖蛇药起的家，后来又推出祖传的肝药，广告从街头巷弄一直打到电视里，这样折腾了几年，家底就殷实起来。陈医生有了几个钱，也会散出一些，有一年南方发大水，陈医生捐了五万元，宣传车在水镇来回响了一整天。

推开门，陈医生正和红喜压着嗓子说话。红喜是水镇有名的药罐子。红喜说，"来看脸。"果然，红喜的脸上一脸的暗，看上去有点脏。红喜的好，是掂得自己几斤几两，在人前从不藏着掖着，这样，反倒让人说不了什么话。不像另外女人，婊子要做，碑坊要立。陈医生也不避木葵，对红喜说，"这种病，得断了一些念头，才能根治。"红喜大大咧咧地说，"我早想到了。这叫报应。"又说，"我们吃这碗饭的人，原本就不该有指望的。"说着，扭着腰身走了。木葵盯了一会红喜的后背影，说，"老了。"当年，红喜在南方被人唤做小张瑜，很出名。逢年过节回家，是从深圳直接打的到水镇的，皮箱里装的是一整箱的钱。据说，红喜故意领司机去银行去钱，让摄影镜头留下司机的影，这样，就防了司机。九十年代初，有一帮子人走了红喜的路，淘下第一桶金。在水镇，盖得起新房的，都是养了女儿的主。人们习惯把红喜之类叫做南下干部。

木葵木瞪瞪地看着陈医生，总想看出点什么。在木葵的眼里，陈医生是和水镇其他人不一样的人。陈医生没有女人，而且不要女人。他也没有什么任何嗜好。木葵就担心，陈医生的钱是不是多得发霉了。陈医生对木葵说，"草草的病，我还剩最后一个偏方。就是差一个药引。"木葵问，"药引是什么。"陈医生说，"同一时辰，一百个人的眼泪水。而且必须在水镇，其他地方恐怕就不那么灵验了。"木葵说，"这倒真的有些为难。"陈医生温和地笑起来，说，"在水镇的历史上，这样的事件已经出现过三次。一次是天火后，一次是洪灾后，一次是武斗后。有第三次就会有第四次的。人算不如天算呢。"说完，陈医生的手照例在木葵的脸上摸了一把。陈医生的手很像女人，细长而白嫩，翘着兰花指儿。

2

日子到了四月，人和植物都活过来了，生出了招惹事情的精神气。菜园地里的油冬菜，才几天的工夫，忽地成了菜稍，头上

142

挂着花朵儿，一片厚重的黄。看多了，心里就有些慌张。红喜和陈医生都闹了眼病，木葵看见，两个人戴着宽大的墨镜，在水镇的街头游荡。有一点他们很相像，就是对桃花过敏。而水镇的桃花，这几年却是越发妖娆了。

这时节，草草在家闹得厉害，没有一刻安耽，木葵只好放她出去。到天黑，再打发儿子穗儿去寻。每次，穗儿都能找到草草。有一回，草草沿水边走，被一群蝴蝶引着，一直走到了云城。多年前，草草在云城念过高中。草草是水镇最会读书的，一直读到大学，后来说不读就不读了。三天三夜后，穗儿牵着草草的手回来，两个人都微笑着，很安静的样子。木葵说，"到底是母子连心。"穗儿说，"我的眼睛又没长到后脑去。"穗儿七岁，说出的话经常会吓木葵一跳。穗儿从来不把草草当疯子，他对木葵说，"妈妈只是想当一个小孩，你就让她当好了。"

木葵的营生，是推销一种水床。他先是到陈医生那里要了一张名单，那上头的名字让木葵好一阵兴奋。木葵说，"真是想不到。"陈医生说，"这年头，有病的人越来越多。"木葵忽然明白水镇人为什么要讨厌陈医生了。是陈医生知道得太多了。在陈医生眼里，除了他自己，他看每个人都有病。水镇最有名的算命人，不久前就无缘无故地瞎了两只眼。

第一个买木葵水床的是镇长的老婆。她早已经是庞大的样子。据说，减肥是她的全部生活。卧室，到处是女人的气味。只是，镂空睡衣与蕾丝文胸看上去更像一种摆设。这让木葵想起镇里人说镇长的一句话：家里的饭基本不吃，家里的床基本不睡，工资基本不动，老婆基本不用。替镇长老婆掏钱的是另一个女子，刚刚和镇长的老婆认了姐妹。女子说，"我什么都没有，就是有钱了。"女子是做美容的，所以那张脸上看不出年龄。在以后的一年里，水镇人都一律把女子叫作小姑娘。陈医生私下对红喜说，"小姑娘很有可能超过四十岁了。"红喜说，"你从哪里看出来。"陈医生说，"手。她以前肯定做过粗活。"

小姑娘在水镇开了两家店，一家美容，一家诊所。开始，小姑娘和红喜、陈医生关系有点紧张，但很快就好成一个人了。小姑娘的本领是，让别人没办法不喜欢她。到了晚上，小姑娘就把镇长老婆、红喜和陈医生叫起来打麻将，每次都要输一些。原来小姑娘每盘都在做大牌，要不清一色，要不七对子。说是打惯了一百块一个子的大麻将，十元一个子的小麻将就是打发时间了。输了，还不要别人找零钱。这样，大家看起来就很像朋友了。一个月或者两个月，小姑娘会在水镇消失几天，到外地去照应生意。据说，小姑娘外头的生意做得很大。到了夏天，从镇长老婆嘴里透出的消息是，小姑娘拍得了云城最好一块地皮。镇长老婆带头集资，接着是红喜和陈医生。二分息，一个季度付一次。起初，小姑娘摆出架子，一般的小钱看不上眼。水镇不少人，还托了镇长老婆的人情。到最后，想集资的人在小姑娘门口排成了队。这种狂热，重现了六十年代的某个情景。那个年代，水镇曾经因为迷恋武斗而闻名。

老娘想了一夜，叫来了木葵和穗儿。床上放着几本存折，还有大小三四捆钱，都扎着橡皮筋。老娘说，"我所有的家私都在这里了。"老娘说出一个数字，木葵听了，以为自己听错了。就在心里笑，老娘装了一辈子的穷，也真是不容易。木葵说，"要不，再等等。"老娘说，"万一水烧开了，猪跑了，就不划算了。"木葵说，"小姑娘这人，倒是人人都说好。"老娘说，"好是装的，胆子大却是真的。这年头，胆小的饿死，胆大的撑死，也只有小姑娘这样的人才发得起财。"这样说着，看到穗儿的脸上忽然起了一个古怪的表情。老娘早就怀疑穗儿不是木葵的种，木葵自己不说，老娘也只好装糊涂。打穗儿一生下来，老娘见了就有些害怕。穗儿长得太灵通了，老娘担心这个家养不了。老娘问穗儿，"你在想什么。"穗儿像老人般叹了一口气，说，"你们的眼睛都掉到铜钱眼里了。"

3

有一段时间，木葵水床生意很火，有一天竟然卖出了六张。也就是说，水镇有钱的人和失眠的人突然多了。木葵几次去找老娘，老娘都闲着，吃着葵花籽，和邻居有一搭没一搭说着话，看太阳一点点的下去。没过几日，红喜和陈医生也相约去海南旅游了，店放手给了伙计。回来时，陈医生穿了件新衣服。这么多年，木葵还是第一次看到陈医生穿新衣服。走在水镇的街头，木葵听到最多的一句话是，脚跷起来也有得吃了。一眼看去，许多人围成一圈打牌，都是相同的懒散模样。

又过了一段时间，小姑娘案发了。是诈骗。后来的小道消息很多，在水镇流传最广的一个说法是，小姑娘的案件，云城公安两年前就布控了，只是一批头面人物也陷进去了，只好让小姑娘拆西墙补东墙。等一部分人的集资收回来了，才收网。水镇只是小姑娘的一个点。栽进这个案子最损的，就是镇长的老婆。她从小姑娘那里得三分息，然后放给别人两分息，从中赚息差。事发后，镇长依然做镇长，老婆却换成了年轻的妇女干部。等了多年，这下，镇长终于有了换老婆的理由。木葵好几次看到那个胖女人在大街上打滚，平日很文气的一个人，一下子就成了泼妇。

陈医生在事件末端，抽出了钱。那是一笔可以花几辈子的钱。小姑娘没想到第一个抽钱的会是陈医生，她一直以为自己很了解陈医生，她看不出陈医生有和别人不一样的地方。在小姑娘眼里，人只分两种，爱钱的和不爱钱的。分到最后，很有可能就剩下一种人了。只要这样想着，这世上的事是没有一件不可以办到的。小姑娘说，"看来，你是信不过我了。"陈医生说，"我知道自己的钱是这么来的。所以，我没有办法不担心。"小姑娘的表情有点复杂，渐渐地收起笑容。那张小脸冰冷的，发出寒光。陈医生第一次发现小姑娘笑与不笑的样子差别很大。小姑娘说，"你的确是水镇最聪明的人。"陈医生说，"应该说，我是水镇最胆小的人。"后来木葵问陈医生，"你是从哪里看出小姑娘的破绽的。"陈医生说，"一句话。小姑娘说，我还是处女。"木葵就有些不明白。陈医生说，"你不懂女人。这样的女人，会对世界充满仇恨的。"木葵想了一会，说，"你为什么不告诉红喜呢。"陈医生笑起来，反问，"红喜是我什么人呢?"陈医生接着说，"没有了钱，对红喜来说，未必就是坏事。世上的事说不定的。"他看木葵还是不明白的样子，就摇摇头，自言自语道，"水在瓶中，都是没办法的事。"

木葵让穗儿去收集眼泪水。还不到半个时辰，穗儿已经收集到了九十九个人的眼泪，有男，有女。都说男的眼泪金贵，有个男的，在水镇开超市的，却一下子流出了一大碗。穗儿要走，他还不肯放他走。他说，"我的眼泪，看来一辈子也流不完了。"

穗儿去找红喜。红喜的洗发店很冷清，几个洗头妹东倒西歪着，正在打瞌睡。问起红喜，一个说，"好几天没打照面了。"另一个说，"昨天倒是看到她从店里经过，眼朝天，喊她，也不理，照直走了。"穗儿又找到红喜的家。一幢四层楼房，住着红喜的父母和三个哥哥。当年，这幢房子，是水镇最高级的。红喜家里的人，已经和红喜多年没来往了。几个哥哥早就放出话来，不认这个妹妹了。几个嫂嫂其实都很平常，没什么本领，但在家里都很强悍，压着哥哥们一个头。穗儿什么也没打听到。穗儿走到门口，听到一句话，说，"这种女人，死了也没人收尸的。"

最后，穗儿在一片桃树林找到了红喜。她正蹲在树脚上晒太

阳，身上穿了件水镇许多女人都想穿的那种衣服，很无聊地看着一群蚂蚁搬家。还是戴着宽大的墨镜。红喜说，"我没有眼泪了。我的眼泪很多年前就流干了。"穗儿不相信。他说，"你想一些事吧。"红喜说，"我没什么事可以想的了。"穗儿等了三天三夜，果然，红喜没有流出一滴泪。

4

小姑娘被判了死刑。这个消息传到水镇，好像也没有人觉得特别的高兴。有些人还说，"判得重了。"甚至有人说，"有可能是杀人灭口。"和以前相比，水镇又多了些干活的人，像挖沙子、泥水工、保姆、收废品这些水镇人原来看不上的活，现在也不肯让给外地人做了。女人们聚到一块，还是会经常提到小姑娘的。她们说得最多的一个话题是，小姑娘为什么没有男人。说到最后，就一起笑起来，笑得没心没肺的样子。看得出，她们已经不那么恨小姑娘了。

草草清醒转来的那天，抱着衣服，去河边洗澡。她换上了多年前的衣服，一件背心裙，一件绣花的棉布衬衣，还有方口皮鞋和白袜子。看上去，有点像中学生。她没有戴上眼镜，这样，木葵、穗儿和家，在她眼里都是虚的，看不大真实。接下来，草草去割了肉，还打来一瓶酒，做着许多水镇媳妇们平常要做的事。到了晚上，草草取出最新的被子，然后安静地躺到木葵的身边。木葵没有做那件事。木葵说，"等到你喜欢上我的那天再做吧。我已经等了那么多年，不在乎一年半载了。反正，我们有的是时间。"隔了许久，草草突然笑了。这一觉，木葵睡得很踏实，连梦也没有一个。醒来时，发现草草已经死了。她留下了一封信。是写给一个叫方军的男人的。

三个月后，木葵在南方一座大城市找到了那个叫方军的男人。像所有成功的男人一样，方军有着地位、财产和名声。那张保养良好的面容上，写着自信和满足。在方军的别墅里，木葵见到了他气质高雅的妻子和鲜花般的女儿，女儿还表演了钢琴和舞蹈。方军客气而随和，对木葵彬彬有礼，那里头藏着居高临下的怜悯。有一会，方军与妻子用英语说着话，然后相视而笑，很恩爱的样子。木葵就是在这个时候，将一把水果刀插进了方军的前胸。木葵后来对陈医生说，"我本来只想去看一眼方军，因为好奇。我杀方军的理由只有一个：他过得太好了。我不杀他，就不是一个男人了。"案子判下来的时候，木葵没有上诉。

老娘昨晚还能吃下半个猪脚，到了第二天忽然就不行了。陈医生看了半天，也看不出是什么病。从老娘的钱被小姑娘骗走的那天开始，老娘就知道自己活不长了。老娘守寡多年，一直把名声做得那么好，没在水镇落下一句闲话，主要的原因是，老娘在夜里迷恋上了一种游戏，那就是数钱。每个晚上，老娘都要把钱数过一遍。有几次竟然数到天亮。这是老娘的一帖药。

老娘差穗儿唤来了红喜。在水镇，没说过红喜闲话的，只有老娘。不是老娘口德好，是老娘看得远。老娘对红喜说，"我要把穗儿交给你。"红喜说，"我这样的女人，是不配做穗儿母亲的。再说，我现在什么也没有了。"老娘温和地看着红喜，看得红喜突然手脚发软，慢慢地流出了眼泪。她知道，当她不能再生养时，她最想做的其实就是母亲。她把这样的心思藏得很深，藏到自己都不去想的地步。老娘的确洞悉了一个秘密。老娘用力地说，"我不会看错，你肯定会是水镇最好的一个母亲。我已经替穗儿找了许多年了。"

红喜答应下来后，做的第一件事就是关了理发店。这以后，她做过保险、快餐店服务员，最后，她成了一个卖菜的妇女，卖着黄瓜、西红柿和小白菜。每天，红喜挑着一担菜去云城卖，来回三十里。她挑菜的样子一度在水镇被传为笑话。三年后，在一次水镇挑啤酒比赛里，红喜获得了冠军。她成了水镇走得最快的人。和其他水镇母亲一样的是，红喜给穗儿买吃的和穿的，和其他水镇母亲不一样的是，红喜还给穗儿买书，并且把穗儿送到云城上学。像红喜希望的那样，多年后，穗儿成了水镇最能读书的人，一直读到了博士。

有一次，陈医生在路上碰见红喜，竟然没有认出来。红喜的脸很干净，而且她已多年不吃陈医生的药了。红喜走路的姿势和说话的声音都变了，水镇人都说，穗儿长得越来越像红喜了。

（原载《收获》2008 年第 6 期）

暗夜行舟

1

那个时刻，央蝶和眉兰正坐在咖啡馆喝咖啡。这是秋天的午后，太阳挑得很高，有着喜洋洋的温暖。她们两个，都是衣着光鲜的样子，脸上的妆很精致，而且，看得出，她们经常来。如果没有什么别的要紧事，她们一般一周聚上一次。这一天的安排基本是固定的，先是去桃园做头发，那里最好的理发师是从上海请来的，价钱要高出一半，但对她们来说，也还不是太过分。然后是购物，所有的东西，她们会认定三四个牌子，不会更多的了。央蝶比眉兰更极端一点，她的内衣、鞋子、羊绒衣、拎包和化妆品向来都只认一种牌子。在买衣服方面，央蝶从来很有主张，不大要听别人的话。虽然她的衣着品味，也不像她自己以为的那么好。

午饭就在咖啡馆开，除了咖啡，再每人要上一碟炸鸡翅，一份三明治，一个水果拼盘。这之后，她们会聊一会天。这个中午讨论的是某部正走红的电影片子，她们一致认为女主角身上的唐朝服装很有女人味。通常，眉兰还会点上一支烟。对眉兰的这点小小出格，央蝶会用微笑表示着宽容。她从来不碰麻将、抽烟、喝酒还有上网聊天这类事情，并把这些通通归类为人品不正与行为不端。她唯一的消遣是看电视，最喜欢韩剧，经常会被一些爱情感动得泪流满面。但眉兰显然不那样看，她认为打麻将和看电视没有什么区别。都是娱乐。更与品质无关。

到了四点，她们就散伙。一个朝东，一个朝西。她们都开那种小越野式汽车。偶尔几次，聚会的人会多出几个，都是眉兰的朋友，各色各样的，央蝶呢，就坐在角落里，不怎么搭腔，脸也沉下来。接下来的一次，就又是她们两个人了。央蝶说："和不喜欢的人在一起，没什么意思。"央蝶朋友很少，平常来往的也多是丈夫雨来的朋友，眉兰是房地产老板夫人中唯一走动着的。

在眉兰眼里，没有比央蝶更命好的女人了。长在那种官员家庭，独养，父母眼里眼外就她一个人。不怎么会读书，但还是很容易地找到了好单位。雨来是她父亲的秘书，没出两年，就提了副科。后来下海，捞了第一桶金。九十年代中期，涉足房地产，如今已是云城人人知晓的人物。雨来宠她是出了名的，央蝶的几声咳嗽，都会着急，拿它当大事。央蝶上那种经常不去的班，家里雇着保姆，唯一要做的事是，一个星期带女儿去学两次钢琴。央蝶对自己最满意的地方是，一直保持着纯洁和快乐。不像她，高中时就与一个有妇之夫有瓜葛，其后谈了连她自己都认为有点多的恋爱，最后嫁的也还是有妇之夫，而且年龄快要赶上她父亲了。这样，她的生活就比央蝶显得复杂一些：一方面享受着金钱带来的某种舒服，另一方面，忍受着丈夫前妻和女儿对她的仇恨，以及婆婆的偏见，她从一开始就把她归类为不安分的女人，至今仍然没有转变的迹象。那种隐疼，像玻璃碎末蛰伏在身体内部，动不动，就发作一下。也正因为这样，她看上去要平和一些，对各类事物都抱着理解，并具备着对生活足够的耐心。

眉兰经常说："央蝶，上天对你太好了。什么都给你最好的。"每当眉兰这么说的时候，央蝶就会认真地说："哪里，我的皮肤，要是有你一半好，我就知足了。"一年中的很多时候，央蝶都在为皮肤的事烦恼。那是她日常生活的重要部分。眉兰听了，总会在心里笑起来。她笑央蝶太幸福。因为幸福，或者说不缺少什么，该有的都有，央蝶从来也用不着撒谎和掩饰，她差不多是一个透明的人，而且想说什么就说什么。女人的那些小毛病，比如唠叨、贪小便宜、说三道四、无事生非、疑心病、虚荣诸类，她一样也没有，这同样让她身上生出了许多与年龄不相称的天真。她习惯像孩子那样的不独立，为雨来有时没有陪她散步而伤心。有时侯，眉兰自己也承认，她的确有些嫉妒央蝶，嫉妒她的率性、胸无城府以及完美无缺。她认为央蝶人很好，但并不十分喜欢她。

后来，眉兰回忆那天在咖啡馆情景的时候，她没有想起央碟有任何异常的表情，她甚至一句也没提到她丈夫。三点钟或许多一点，也就是雨来出事的时间，央蝶正用牙签挑起一块哈密瓜左看右看，然后放下了。她嫌哈密瓜熟过头了。

她们赶到出事地点时，天已近黄昏。是一起交通事故：滑波的石头击中汽车，接着，汽车跌入瓯江。先打捞上来的是一个女子，灰色带帽毛衣、短裙以及高帮靴，是她们熟悉的牌子。偶然，央蝶也会穿成这副模样。央蝶敢肯定，从来没见过这个女子。她已经死了。女子的身份日后查明，是云城学院大二学生，父母都是农民。雨来抢救过来后成了植物人。

接下来的许多天，央蝶除了围着一条羊毛大批肩，靠在床上哭与发呆，什么事也做不了。连吃一口饭也得哄。眉兰知道她很软弱，但没想到她软弱成这副模样。倒是眉兰忙里忙外，做了所有央蝶该做的事：联系家人和公司，与医生商谈雨来救治方案，安排女学生后事。

眉兰按着自己的经验，很容易地设想了故事。如果不是这样，那只能是一种意外。她太知道男人了。真实的生活远比想象的可怕。她对丈夫老米说："想不到央蝶的生活也会是破绽百出。"老米总结说："这一点正好说明你对生活还了解得不够。所以，你也用不着抱怨什么了。说不出的苦，才叫苦。说不定央蝶早就知道了。"眉兰不相信。她说："像央蝶这样简单的人，怎么可能看不到生活真相呢。"老米犹豫了一下，还是说了："云城学院学生被男人包养早就不是新闻了，一到周末，学校门口停满外地老板的车。据说很便宜，一个月才 500 元。"眉兰听了，冷笑了一声，回击道："你一天到晚就关心这些。"过了一会，眉兰换了一副表情，温柔地说："我给你熬了参汤。"她作出小鸟依人状，很快就收兵不战。老米满足地喝着参汤，说："你也就这点好，懂人情世故。不像央蝶，一本书拿起来自顾自读。"眉兰很快地看了老米一眼，他的白头发和起了斑点的手，还是让眉兰觉着了老。有一点，眉兰心里很清楚，她犯不着较劲了，男人到了这个年龄，就永远属于她了。

作为房产业的同行，老米对雨来颇有微词。他说："云城房地产老板里头，雨来是最会作秀的，一天到晚弄一些捐款之类的名堂，把自己扮成儒商的样子。我最不要看的就是你们这些知识分子，羞羞答答的，一边做着，一边又去忏悔，也不知道累不累。"眉兰说："谁像你，眼睛里只认得钱，一身的铜臭味。脑子里头除了数钱，其他什么事都想不了。"老米也不让步，讥讽道："你不正喜欢这种味道吗。"老米是云城城郊的农民，靠当村长起的家，他的绿谷房产公司是典型的家族公司。老米听从母训，与兄弟有福同享，同时享受着某种权威带来的满足感。在眉兰眼里，老米对兄弟们的好，已经到了接近愚蠢的程度。当然，有些话，眉兰自然是不会说的。他最听不得别人说他家人的不好。老米除了把母亲的话当真理，其他人的话向来当耳边风。从小到大，他也就在和眉兰的事上唯一一次违背了母亲。令眉兰更为担忧的是，云城房产业目前资金来源均来自民间融资，每月付息 1.5 到 2 分不等，一旦经济危机来临，资金链断开，后果可想而知。显然，老米并没有看得那么远，他朝眉兰很勉强地笑了一下，漫不经心地说："你们女人就喜欢杞人忧天。"

2

央蝶去车站接婆婆。一个瘦小的老人，驼着背，穿一件农村妇女通常穿的老式棉袄，僵硬地站在风口。见到央蝶，婆婆流出了眼泪，但脸上没有更多的表情。她差不多把家里最好的东西都搬来了：老母鸡，茶油，蜂蜜，还有一些古怪的瓶瓶罐罐。婆婆说，"事情到了这个地步，也只好走一步再看一步了。天灾人祸，算不到的。"她是经过事的女人，雨来父亲死于肺病的时候，她还不到三十岁。她一个人扯大四个孩子，像男人那样干活，最难的时候，拄着打狗棍，挨村挨户讨过饭。她没有像村里其他的寡妇那样，送掉自己的孩子，而是让她所有的孩子都在她的眼皮底下好胳膊好腿的活了下去。雨来是家里的老大，靠读书改变了命运。所以，这让成年后的雨来一直保持着农民式的谨慎和努力以及知识分子式的敏感。如今云城占着大大小小位置的人，似乎都有着这样相同的成长背景。他们具备着改变生活的天然热情和准备了多年的能力。当然，这同样是一种遏制。他们的软肋和缺陷也大都来源于童年经历。他们是苦怕了。

现在，婆婆仍然独自生活在雨来的出生地：岱后村。那是一个盛产毛竹的村庄，有一群制作茶灯的民间艺人，村口长着一棵红豆杉和一棵玉兰。还是革命根据地。她的父亲，也就是雨来的外公，曾是云城第一个地下党员，但革命并没有给他的身份带来变化：革命前他是个地道的农民，革命后他仍然是地道的农民。婆婆的老屋，住过一些历史人物，他们的照片现在张贴在正堂的墙上。但这些，和岱后村以及婆婆已经没有太大的关系。婆婆过着岱后村所有老年妇女都正过着的日子：养鸡，种菜，收拾桔园，戴着老花镜做那种农村老布鞋，去几十里的地方赶集，买廉价的日常用品与农具。雨来的钱，她没有花出一分。她过习惯了这样的日子。她没有觉得这样的日子有什么不好。

这是云城医院最高档的病房，处处显现着体面和舒服。央蝶雇的两个保姆着装并不寒酸，一看就是职业的，堆着老于世故的笑，具备着职业保姆的那种看人说话的本领，很得央蝶的欢喜和信任，似乎她们说什么，央蝶就信什么。日常里的事，都由她们说了算。雨来是睡着的样子，他的四周摆着央蝶最喜欢的百合花。婆婆还注意到，央蝶每次给雨来洗完脸后，都要护理一次她的手。她的手很嫩，的确是不怎么做事的手。很快婆婆就发现，除了洗脸，其他的活，央蝶就再也插不上手了。她也不怎么说话，手里拿着一本书，或者捧着一只镶着金边的咖啡杯，安静地坐在角落里。对来探望雨来的人，央蝶也看自己的情绪，有时热情得不得了，有时又爱理不理的，连个笑容都没有。

接下来的一天，婆婆守在雨来的床边喊着他的小名。央蝶还是第一次知道雨来的小名。她对他的过去了解很少，雨来自己不喜欢说，她也没有太大的兴趣去了解。这么多年，她努力做着的一件事就是把他改造成自己认可的那种男人：禁止他穿母亲做的布鞋和吃饭喝汤时不发出声响，纠正他的饮食习惯与发音，茶改为咖啡，在固定的时间里散步或者打网球。雨来很少带她回老家，会找一些合适的借口，而央蝶呢，也正好顺水推舟。她其实没有嫌弃乡下的意思，只是害怕那里的蚊子和脏。她的皮肤打小开始就爱过敏。对雨来的家人，央蝶并不小气，总会兴致勃勃的买来一大堆东西，诸如高档营养品、防晒霜、真丝围巾、真皮钱包、装饰框架之类，还给婆婆买过貂皮大衣。雨来看了，也不说她什么，自己又去买另外一些东西。她不知道他的家人需要什么。

对央蝶这个媳妇，婆婆离得有些远。彼此都很客气。从一开始，双方都没有取悦对方的意思。央蝶是天生的不会，婆婆是不想。亲家那边，开始几年还走得勤点，后来就几乎不怎么来往了。一个缘由是婆婆受不了央蝶父母那种居高临下的怜悯。他们总是给她很多淘汰的旧衣服、过期的营养品和一些雨来如何命好的话。婆婆苦了多年，她已经不再需要怜悯。而且，她也是有心气的人，在家里甚至后岱村，她的话是有分量的。她这辈子最服气的人是她的父亲，什么也没有，但从不抱怨。活得那样的有尊严。当他是一个普通农民时，他努力地使自己变成不那么普通的农民，当他已经是不普通的农民时，他仍然把自己看成最普通的农民。还有一个缘由是，她也看出，雨来并不喜欢她和央蝶一家打交道。她是一个明白人，她知道雨来在小心翼翼地维护着自尊。

最近几年，雨来一个人回家的次数多了，有时还待上一段时间。在小时候打柴或放牛的地方坐着。他说，母亲老了，他想在她身边多陪陪。这是个很说得过去的理由。但婆婆还是看得出，雨来心里压着事，他活得并不快乐。虽然人前人后，他是那样的风光。婆婆的担心是有道理的：雨来后来的日子过得太顺了。民间的说法，人是不能太顺的。同样，她的担心也是多余的：她的认知能力远远抵达不了现代社会的复杂和诡秘。她不知道雨来在想什么。毕竟，他们是两代人了。她的确感觉到了雨来身上的越来越多的陌生。或者说，他似乎和所有人的关系都是远的。她甚至害怕他对她的过于温和与孝顺。与其他几个孩子不一样，雨来打小开始，就把自己的心思藏得很深。只有一次，她听到雨来说："妈妈，我真不想再做下去。很累，很没意思。"

几天后的一个下午，央蝶带婆婆回家。结婚之后，他们换了三次房，从二室一厅到四室二厅到别墅。央蝶的意思，眉兰那种

 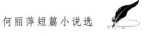

带游泳池的别墅更合她的口味。婆婆还是第一次来，但没有表现出惊讶。雨来的别墅，与她的生活毫不相干。央蝶从鞋柜里取出一双新拖鞋，想了想，把自己脚上旧拖鞋换给婆婆，自己穿上新的。客厅很大，大得有些空洞。婆婆看了一眼央蝶。她换了一身衣服，小碎花棉袍，腰部打着宽松的结。保姆送上两杯咖啡。央蝶吩咐道："空调再打高一点，这段时间总是觉得冷。"

婆婆说："你打算怎么办。"央蝶很茫然的样子，说，"我也不知道，过一天算一天。我打算去信佛或着信天主教了。人有信仰才撑得住。"婆婆就叹了一口气说："那都是书本里的话，你还没有尝过日子艰难的滋味。"她并不怀疑央蝶的人品，但她知道央蝶缺乏生活能力。人吗，都是一样的，苦日子过后再过好日子容易，好日子过后再过苦日子就难了。央蝶说："你说，雨来是那种人吗？我不相信，这么多年他对我的好，都是假的。"婆婆就低下头，不知道说什么好。关于雨来车祸的传闻，婆婆也早就听到了。儿子离开身边已经多年，也不知道他究竟变成了那种人，她在央蝶跟前又能保证什么呢。况且夫妻之间的事，也没有更多的对错，一件事既然发生了，总会有发生的道理。婆婆突然想起，儿子结婚那天，好像也不像她以为的那样高兴。他的结婚礼服，明显地大了一号，看上去有点别扭。

回老家前，婆婆给央蝶一个信封，那里面装着雨来多年来寄回的钱。她说："都这样子了，作为母亲，我也没什么话可说。你任何时候都可以放弃。人只能活一次，想过什么样的生活，都是你自己的事。你有这个权利。有些东西，知道或不知道，都是一样的。"她执意不让央蝶送，走得有些踉跄。

3

眉兰随央蝶来到雨来的书房。书房很大，贴着一般人不会喜欢的紫色暗花墙纸，带了点冷漠的气味。里面藏着雨来多年来收集来的好东西：鸡血石、明代的青花瓶和一些名家的字画。他一直没有忘记附庸风雅。书很杂，什么书都有，政治的，经济的，文学的，历史的，哲学的，宗教的，甚至还有医学的。眉兰翻了翻搁在书桌上的书，是黄仁宇的《万历十五年》。还在布沙发的靠垫下，找到一本翻得起卷了的佛教书。央蝶坦白说："我有很多年不读书了。这里的书，我也看不懂。"她正用一木梳子打理着她的长发。眉兰觉得她这个动作很多余。她们刚刚从桃园做了头发回来，央蝶身上的羊绒短装也是新添置的。这是雨来出事后的第三个月，央蝶没有让自己的生活发生一丝一毫的变化。雨来留在她卡里的钱还可支撑相当长的一段时间。她不想想得那么远。

按央蝶的说法，除了正常的应酬，雨来基本上是个喜欢待在家里的人。过问一下女儿的作业，再陪央蝶看一会电视，然后再去书房。他一般要呆到十二点，近一两年要更晚一些。有时候就索性睡在书房里。眉兰刻意地问："你们那方面多少天一次。"央蝶马上像少女那样红了脸，吱吱呜呜地说："一个月，有时会更长一些。"眉兰听了，说："你从来就没担心过什么吗。"央蝶说："我怎么会懂这些乱七八糟的事。再说，我也没你那么了解男人。你知道的，我总共就谈了一次恋爱，雨来经常说我是这个世上最纯洁的女人。"眉兰并不理会，继续说："或许在书房里面，会藏着雨来的某些秘密。"央蝶露出迟疑的表情。她说："出事后，我一次也没进来过。"她补充道："平常，雨来不让我们动书房的东西，连卫生也是自己动手。"

她们差不多翻了一天，将书房里外到腾出来，没有寻找到任何可以称为秘密的东西。电脑设计了密码。但有一样东西还是让央蝶觉得很意外。那是一瓶忧郁症的药。她一直不知道雨来在吃这种药。央蝶看着药瓶很快地哭了起来，她说："我现在才知

158

道，他什么事都瞒着我。根本就把我当外人。"眉兰就笑笑，让自己置身其外。她讨厌喜欢哭给别人看的女人。她很多年前就已经学会将泪水往自己肚里咽。十七岁那年，当她那个平常喊叔叔的邻居，用两首爱情诗将她哄上床的那一刻，她就开始老了。

对于雨来的谨慎，眉兰似乎比央蝶更有体会。在眉兰次数众多的恋爱故事中，与雨来是其中的一个。这个故事的结局虽然也与其他的故事没有不同，但过程相对有点特别，那就是除了当事人，再没有知情者，也就是说他们成功地瞒过了所有的人。他们的故事结束在床上。那是他们的第一次。事后，雨来说："你不是处女。"眉兰承认了。雨来说；"对不起，我不想要你了。"眉兰愤怒地说："很可惜，你在思想意识上还停留在一个农民的认知水平。"雨来接受了眉兰的谴责，说："我本来就是一个农民。"好在这件事也没有给眉兰造成更大的伤害，他们当时正将面临毕业分配，她对雨来未来的前景并不看好。还有一件让眉兰耿耿于怀的事是，她有一次偶然嘲笑了他的穷，他竟然给了她一巴掌。多年后，当眉兰以云城另一个房地产老板夫人的身份与雨来一家再次走近的时候，雨来对她说的第一句话是："我相信你不是嘴巴多的那种女人。很多事，烂在心里才是安全的。"

后来，他们还在一起喝过一次茶。接到雨来电话的时候，眉兰有些想不到。她忍不住问了一句："是真的吗。"他不是那种能够藕断丝连的，眉兰自己也不是。恋爱结束后，他们相互之间再也没有联系。这是他们共同喜欢的方式。他们都是往前面赶路的人，而且目光坚定，从来不会有片刻的犹疑。他们的想法里，在这样的年代，怀旧是一件多么幼稚的事情。

雨来选了一个偏僻的地方，戴着一顶帽子，脸上是不大热情的笑。他的大部分已经从他的过去里脱胎出来，但小部分还留着。主要包括前倾的走路姿势和宽大手指骨骼，那是小时候生活留下的痕迹。也许这小部分才是他的根本。雨来问："你过得好吗?"眉兰马上笑了起来，说："这不是你有兴趣的事呀。我嫁给老米的理由，和你娶央蝶的理由，不会有太大的区别。"雨来也笑起来，说："我最喜欢的就是你的聪明。"眉兰道："难道央蝶不聪明吗?"雨来听了，依然保持着他的笑，说："你呀，到底还是女人。"眉兰就说："那就问一个典型的女人问题，你爱央蝶那一点。"雨来回答道："爱不爱，是你们女人想的事。"

他们东拉西扯了一些话题。眉兰说："云城的房价已经越过了一万了，好得让人害怕。"雨来说："这种话，你要说给老米听。"眉兰说："有些人，不见棺材不落泪的。"雨来说："最近，云城的鸡都在说，绿谷房产迟早要倒的。"眉兰哦了一声，反倒笑了。雨来说："看来，你早就想好了退路。"眉兰说："女人的那点小伎俩，无非是为自己的口袋多捞几个小钱，毕竟，这个世界还是钱靠得住一些。"雨来说："还是你们做女人的好。我们男人，是没有退路的。"眉兰警觉到了什么，想了一下，说："你好像有什么事。"雨来反问道："我能有什么事呢。"分手的时候，雨来还是说了一句："我得到我梦寐以求的东西后，却发现，并不是我想要的。可是，我付出的代价太大了：我出卖是我的自尊。"他猛地抓住眉兰的手，但很快就松开了。他接着说："老米的钱是怎么赚来的，我的肯定也是怎么赚来的。在云城，没有可能有意外的事情。有一点，你自己心里有数就好，万一房价涨不动，所有云城的房地产都只有破产一条路。"

在书房，眉兰还找到一张女孩子的照片，夹在一本医药书里头。眉兰知道雨来有这种习惯。她认出这个女孩就是死去的那个云城学院的大二学生。女孩长着一张瓜子脸，眼睛很大。眉兰记得雨来从前说过喜欢眼睛大的女人。这之后的某一天，眉兰找到了那孩子的几个同学，她们住在同一个宿舍。几个同学都很老练，像成熟女人那样卷着头发，衣服也是半露的样子。其中的两个，还抽着烟。她们对眉兰说："我们早就看开了。"一点也没有想掩饰的意思。她们都认识雨来。那个自称和女孩子关系最好的告诉眉兰："女孩子早就想离开雨来了，她觉得雨来有些不正常。他给她很多钱，但一次也没碰过她。"眉兰听了，突然笑了一下。这是她没有想到的。她没有告诉央蝶这种真相。

雨来说的那一天，比眉兰预料的要早一些来到。绿谷房产是第一个倒的，它差不多已经是一个空壳，融资来的钱早被老米的兄弟挥霍干净。一部分坐吃利息的云城人，好像做了一场梦，一下子从天堂到了地狱。哭过闹过之后，生活又继续下去。这个冬天，云城显得有些冷清，连逛街、夜宵的人也少去一些。卖服装的、开餐馆的都喊苦连天，说生意难做，原来生意最好的桃园美发厅也关闭了。

眉兰很久没有和央蝶联系，她听别人说，雨来的房产公司问题更大，说不定也要吃官司。她没有心情操心别人的事，因为一堆事等着她：带老米的母亲去看病，厚着脸面替老米托人情跑关系，与出租房的户主讨价还价，最要紧的，是得找一份工作，超市的收银员与快餐店的服务员都在考虑范围里。还有，她还得赶紧去买菜，以前，她张张嘴就可以了，但现在不行了。开门七样事，样样都离不开一个钱字。再怎么样，人总要吃饭的。在城西菜场门口，眉兰看见了她的父母。他们在卖青菜、萝卜和毛芋。这个行当，他们已经做了三十年。阳光下，父母的脸都很平静。

又过了一段时间，传来消息，央蝶自杀了。眉兰听了，只是轻轻地哦了一声。这个结局，她早就想到了。

（原载《江南》2009 年第 4 期）

乡村事件

1

进黄庄的山路，往宽里算，也有五十里。山头长满了东西，是一些常见的南方植物，比如蕨、车前子、山石榴树和叫不大出名字的杂木之类。除了映山红开的季节，蕨的绿是能把什么都压住的。几个灾年，黄庄人都是靠了蕨才讨到一条活路。蕨后来成了一种著名的野菜，进入城市的宴会，但在黄庄人的眼里，也依然是贱。因为漫山遍野的那种多。什么东西多了，都显贱。山路的第一个岭有九百九十个台阶，第二个岭更陡更长些，村里至今还没人数清过。挑担的后生，上岭时得咬着牙不敢松一口气的。而外头的人，这样的岭，爬一次就断了再爬第二次的念头。

黄子龙的媳妇林蓉第一次轿子抬进山时，穿的是旗袍。是一件有着梅花图案的粉色软缎旗袍，面料和做工都是地道的上海货。一村子的人跑出来看热闹。一个胆子大的媳妇上前摸了旗袍，摸到了一手的柔顺，还有外面世界的气味。那个气味是高贵的，陌生的，和黄庄隔着距离。老一辈人都说，"黄庄养不了这样的女人。"这一天，全村人看上去都有点兴奋。他们都是第一次看到上海女人。看得眼睛突然疼起来。

第二天，林蓉就将旗袍压到了箱底，换上了婆婆的布衫，跟着黄子龙下地了。之前，黄子龙没提起过黄庄，黄子龙不提，是因为林蓉从来没有问过。说到底，林蓉是铁了心跟黄子龙的，有种不管不顾的大量，那里面就藏了许多的傻气。有一日，一个货郎进村，林蓉用一箱的好衣服换了针针脑脑还有油布伞、麻绳、棉花毯之类。单留了那件旗袍。每年六月六晒霉的日子，就把旗袍晾到院子，晾完后依旧收回箱子里。这件事，林蓉做得很认真。

林蓉带着的孩子叫布朗。布朗长得花骨朵般，容貌比女孩子还要秀气，一条西装背带裤，小分头油亮，明眼人一眼看出不是黄子龙的种。婆婆更是怀疑，几次想问，都被黄子龙的眼色镇住。黄子龙的狠与硬气，在村子里早就出名了，八岁那年，他把一只兔子的头扭下来，眼睛都不眨一下。还和日本鬼子面对面拼过刺刀。并且他认准的理，九条水牛也拉不回来。好在没过几年，女人就把黄子龙的孩子一个一个地生下来，那的确都是黄子龙的版本：背额、厚唇，小眼睛愣着看人。之后出的牙也是黄黄的，林蓉用了盐水，还是无用。而林蓉自己，也和黄庄的其他妇女相像起来。

布朗一进黄庄就开始呕吐开来，说这里不是人待的地方。有一段时间，他甚至拒绝吃饭。布朗对村里的孩子说，"这个世界最好吃的东西是红房子的西餐。"孩子们不相信，有的说，"有鸡蛋糕那么好吃吗。"有的说，"有猪耳朵那么好吃吗。"布朗就什么也懒得再跟他们搭腔了。有三次，布朗计划逃离村子，但每次都被黄子龙寻了回来。布朗长到十岁就不再往上长了，最后，连最小的妹妹也赶上了他的个头。他的脸长得比年龄快，难得一笑，笑出一堆皱纹，老人模样，把人吓一跳。林蓉叹自己命苦，怎么逃也逃不出她的过去。每次和黄子龙做爱，眼里都会飘过布朗的面容，觉得那张脸又老了几分。婆婆的话就有些戳心，说，

"一定是作了什么孽的。"倒是黄子龙疼布朗胜过其他几个孩子，让林蓉心里受用了许多。

而村里流传的一种说法是，布朗可能被黄子龙的母亲下了咒。这个老太婆在村里很没人缘，所以人们把不好的事都想到她的头上也很自然，因为老太婆向来是心里容不下一点东西的。媳妇是外人，而布朗就是外人的外人了。老太婆倒认为，布朗的异样，是因为根不在黄庄。自从黄子龙回来，老太婆的怨气一天也没散开过，只要有人围在一起说什么，就疑心是说她家的坏话。有人看见，老太婆经常冲着村里人的后背影吐唾沫，嘴里振振有词。老太婆守了一辈子的寡，也为黄子龙担了一辈子的惊，好不容易熬到解放，原以为苦日子终于出头了，没想到到头来还依然是个没指望。她把账都算到林蓉的头上。有一点，老太婆没想到，林蓉是什么苦都吃得起的女人。她现在也和黄子龙一样，蹲在土墙上，将一碗掺了番薯丝的粥喝得一片响。老太婆生前使劲法子，也没有让林蓉离开黄庄半步。

布郎二十出头后的一阵子，每天都嚷着要讨老婆，嚷得林蓉一听到布朗的声音头就大起来。黄子龙厚着脸面，一家一家地求，有一次，竟然跪下去了，但还是讨不来一个准信。他们说，我们的闺女，还没有到没人要的地步。话说到这个份上，后路都不留了。后来布朗就不提这话头了，而且连其他话也不再说一句。两年后，布朗变成了一个真正的哑巴。哑巴布朗喜欢一个人深夜在村子里乱走，许多次走到了黄支书家的房顶。他的听力越来越好，什么声音都逃不过。

2

有一年阴历年正月十五，云城县文工团来演样板戏。戏班子就落在黄子龙的家。十几个人，道具摆了满地，有一盏灯，很显贵，竟是用布里外包裹着。女演员都很漂亮，脸上抹了雪花膏。其中演李铁梅的，人才更出挑些，一张粉脸嫩出水来，走路也是一扭一扭，扭出来的都是风情。李铁梅是知道自己魅力的人，叉着腰，把几个男演员使唤得团团转。其他的女演员看不下去，忽然就好成一团。几个人大声商量着去看风景，偏是不叫上李铁梅。搁下李铁梅一个人，孤零零地站着屋底下。

李铁梅独自在村里转了一圈，很快就发现这个村子和其他的村子有点不同。那就是所有的人家都种了同一种花。那种花是李铁梅认识的，俗名敲碗花，说是摘了它家里就会敲饭碗的，所以这一带地方的人都有点忌讳。而且那花色也太亮了些，看上去有点假，假得让人不安。花是有气味的，几步路外就能闻到，却不是一般花的气味，有点古怪。闻多了人会犯晕。李铁梅想不明白，这个村里的人怎么会养这种花呢。李铁梅顺手摘了一枝，扔在地上。花在她脚底下立刻碎成一团。

李铁梅每天用水洗出许多声音，她的裤头是白底带小碎花的，挂在树杈上有些扎眼。李铁梅收裤头时，发现上头有许多的手印，裤裆也被弄得皱皱的。李铁梅留了心眼，第二天果然撞着布朗正抽着鼻子闻内裤的气味。李铁梅大嚷起来，并且当了众人的面，扬了布朗一个巴掌，布朗的脸马上起了五个透红的印子。众人劝道，犯不着和一个乡下人计较。李铁梅还是不肯罢休，指头戳到布朗的脸上，又吐去一口唾沫，说，"你这种废人，恶心死了，活在世上就是丢人现眼。"这个事，一下子传开。人一圈圈地围拢。林蓉要打布朗，被黄子龙拦下，说，"孩子已经够可怜了。"这句话说得林蓉伤心起来，躺在地下癫。黄子龙等林蓉癫完才说，"忍吧。忍下就好。"林蓉慢慢地走到李铁梅面前，很凄凉地笑了一下。

过了两天，黄庄人在一条水沟里发现了李铁梅的尸体。她的下身插着一把尖刀。尖刀插得很深，想得出杀人的人是下了死力的。李铁梅的死相很难看，脸肿得像团发面。又过了两天，布朗变得痴呆了，两只眼睛血一样红。按黄庄老年人的说法，是撞了邪。尖刀是黄子龙一次战役里的获利品。这一点，黄庄人无人不晓。公安局派人来调查，很快真相大白：黄子龙杀了李铁梅。黄子龙对事实供认不讳。目击证人有两个，一个是黄支书，一个是高中生黄金贵。他们都按了手印。黄支书嫌第一个手印不够红，又按了一个。

　　几个女演员都哭了一会儿，说人到底硬不过命，风头霉头两隔壁，一个人一生吃多少饭，上天早算好了，李铁梅平日里的那些要强，到头来还不同样是个空。哭过之后，就拉起了另外的闲话。有一个竟把话题扯到尼克松来中国吃什么头上。几个女演员回到县城，把李铁梅的事当故事讲了，一个人一个版本。所有的版本里都藏了相同的意思，人算不如天算，报应无处不在。

　　黄子龙被判了死罪。临刑前，林蓉来了，她特意穿上了那件粉色软缎旗袍，还梳了精致的爱司鬈。这是黄子龙初次在上海见到她时的打扮。那个时候，她还是一个逃走的国民党军官的太太，甚至正过着一段卖淫为生的日子。他被她落魄的美丽所俘虏。也因为她是他的第一个女人。之前，他从来没有碰过女人。为了娶她，他把自己的前程丢了。是他心甘情愿丢的，日后也从来没有后悔过。那个时候黄子龙的名字叫黄安。黄安在上海的情形是黄庄人想象不出的。而黄子龙和林蓉在黄庄，也从来闭口不提往事。他们的嘴巴都像贴了封条。多年后，云城地方志里有一段黄安的简短介绍：黄安，云城早期共产党领导人之一，1935年随挺进师北上抗日，后参加解放上海战役。1952年离开上海回村。后情况不详。

　　林蓉说，"你是布朗真正的父亲。"黄子龙什么话也没说，他粗暴地拉过林蓉，把她旗袍上的一个扣子解开又系上。他认真而绝望地做着这辈子最后一个动作，做得柔情似水。黄子龙留给林蓉最后一句话是，"把孩子养大。你是我信得过的女人。"林蓉悲哀地说，"我们再怎么与世无争，命运还是不肯放过我们。"黄子龙死后，布朗也失踪了。一直都没有他的消息。最后，连林蓉也相信他肯定死了。

3

戏台就搭在村头的那座庙里。庙里原先供着关公，每月初一、十五香火极盛，村里能来的人都来了，大多是求平安。"文革"时，关公像被当作四旧砸烂，庙就有些阴森。这一次的热闹，是冷落后的一次回光返照，看上去就有些突兀。样板戏《红灯记》在庙里连演了三场，场场都是人挤人。要走时，又被黄支书用好话留下来。黄支书是个戏迷，早年最喜欢才子佳人戏，每次都会哭湿一条手绢。

黄庄有请戏班演戏的传统。最好越剧，其次是莲花落，最不济也得本地的四人说唱。这几年都找不着了。文工团的做派，让他们很开眼。文工团的人不解，说，"样板戏，外面早演烂了。你们，好像不是这个世界的人。"

黄庄百来户人家，半数以上姓黄。这个地方有个习俗，不肯将女儿嫁出村。这样过了几代，村里每家每户几乎都沾亲带故了。黄村人好面子，遇事抹不开脸的特点，和这不无关系。黄支书是村里做得最久的支书，打解放那年就开始做起，他最大的本事是和每一任上级都处得来。他有六指头，村里隔上几年，就会生出个六指头。黄支书一般用东西摆平。小的到十斤细粮、一件的确良衬衫，大的到改成份、改工分。黄支书得手太容易，加上村民的恭顺和巴结，就生出了许多的自信和霸道。这个几乎足不出户的人，以为天下就黄庄那么大。就差一点把自己当领袖人物了。除了林蓉，黄支书把村里的女人都不放在眼里。黄支书不敢碰林蓉，一是林蓉傲气，从来不拿正眼看他，二是心里怵黄子龙。黄子龙是个疾恶如仇的人，眼睛里容不下一粒沙子，这一点，没有人比黄支书更清楚了。

黄子龙和黄支书是表兄弟，一起长大，好到一块番薯，一支烟，也都是你一口我一口分着吃。闹革命时，黄子龙和黄支书商量好投奔队伍，都立下毒誓，但黄支书惦记刚娶的媳妇，临阵退缩了。从此，黄子龙的心里就再也没有了黄支书这个人。而黄子龙在黄支书心里，是敌人。这是黄支书多年的秘密。本来黄支书已经懒得想起黄子龙，他在外头再这么风光，也妨害不了他什么，可现在黄子龙就在他的眼皮底下，他就不能不想。黄庄是他的地盘，他已习惯了他的权威。但在很长一段时间里，黄支书和黄子龙都相安无事。其中的缘由是，黄子龙很安心地做着农民，对世事不闻不问。他们很少说话。黄子龙的眼神，总是落在很远的地方，每次都让黄支书的笑容慢慢僵硬。这让黄支书有些失落。一个连死都不怕的人，你能拿他有什么办法呢。

李铁梅的出现，马上让黄支书兴奋起来。城里的女人就是不一样。黄支书的几个相好，差不多都是一个套路，连撒娇都不会，头发里还爬着虱子，动不动就乱挠一通，实在提不起劲。还有一个更重要的缘故是，李铁梅很像林蓉。按照黄支书的逻辑，睡了李铁梅就是睡了林蓉。而李铁梅，走路腿都夹不紧的，黄支书敢肯定她早就不是什么黄花闺女了。

现在，黄支书把李铁梅请进了自己的屋子。黄支书的屋子和乡下人的屋子没什么不同，到处结着蜘蛛网，床上没有一样东西是干净的。黄支书身上的气味也是乡下人那种不怎么洗澡的气味。在黄庄这个地盘，黄支书向来是自己想做什么事就做什么事的，还从来没有什么事让他做不成过。所以，他几乎连话都没说，就把李铁梅按在床上做了那件事。他做得很粗暴，甚至动用了皮带。这是从来没有过的事，黄支书在床上对自己的几个相好都很温柔，有时候还会躲在女人的怀里撒娇，像个孩子。

本来，李铁梅也没有把这种事当一回事，但黄支书的粗暴，让李铁梅生出了仇恨。李铁梅也不慌张，从口袋里的取出草纸，把自己擦干净。黄支书说了条件。李铁梅听了之后，让黄支书又说了一遍。李铁梅笑起来，笑了很长一段时间，然后把笑收住，一字一句地说，"你的眼肯定被屎罩住了，才会以为天下就黄庄那么大。我要告你，告你强奸。牢你是坐定了。"李铁梅说完这句话，将手里的草纸狠狠地扔向黄支书，并且习惯地扬起了手掌。这个巴掌并没有打下去。李铁梅忽然尖叫起来，恐怖地用手捂住脸。她看到了黄支书脸上平静的笑容。当李铁梅意识到她的一句话招来了杀身之祸时，已经晚了。

这个时候他们同时听到了一个声音。房顶上一张瓦片掉了下来。碎得惊心动魄。哑巴布朗坐在月光下，面容木然。

4

黄金贵是黄支书的朋友。有时候是，有时候不是。黄支书之所以看得上黄金贵，是因为黄金贵到县城读过高中，有头脑，会琢磨事和人。而黄金贵聪明的地方是，知道黄支书喜欢听什么话。私底里，黄金贵对黄支书的评价是：井底之蛙。小溪里的石斑鱼。有一次，黄金贵喝醉了酒把这句话溜出口，吓出了一身的冷汗。幸好听到的人是老娘。黄金贵的口气，安慰了老娘。老娘知道，黄金贵做梦都想离开黄庄。

黄金贵读书把眼睛读坏了，没读出个结果，倒读出了脾气和娇气，很拿自己当一回事，连田都不肯种了。老爹叫他到菜园割一株菜，他把脸一偏，双手拢进袖口，嚷起来，道，"你也不看看，我是做这种事的人吗。"整日游手好闲不说，还挑家里人的不是，吃饭的时候，嫌碗筷脏，拿开水泡了才肯吃。老爹忍不住要骂，都被老娘护住。老娘说，"读书人都是这样的。"反怪老爹眼窝子浅。老娘眼里，黄金贵是贵人落难，诸葛亮卧隆中，早晚是会飞黄腾达的。

这一日天一摸黑，黄金贵就抄着手大摇大摆地走进了黄支书的家。黄金贵是个乖巧的人，以前每次来，都不敢空手，不是一刀咸肉，就是一尾鱼，这次老娘叫他带他也不带，说是用不着了，听得老娘一头雾水的。一进家门，黄金贵就听到了那种声音。过了一会，一个女人走出来，是村里二狗家的媳妇，见了他也不避，大大咧咧地一笑，扭腰走了。黄支书出来时，中山装穿得好好的，脸上一点表情也没有。黄金贵发现自己想错了。

黄金贵害怕起来，过了好久，才把那句要说的话说出来。他不能不说。他把一生都压在这句话上了。他说，"我看见你杀了李铁梅。"黄支书说，"是的。"黄金贵又看了一眼黄支书，他还是一点表情都没有。黄金贵忽然怀疑自己几个小时前看到的一幕只是自己的幻觉。他在心里想，看来眼睛和耳朵都靠不住了。这个时候，他终于相信，这个世上的确有一种人是可以不把任何事情放在心上的。他不明白，黄支书是心理素质过人，还是根本就不知道自己犯了罪。黄支书走到他面前，居高临下地看着他，然后宽容地说，"我知道你会说，我看见李铁梅是布朗杀的。他有杀她的理由。"黄金贵闷着头连着抽下两支烟，才让自己放开一点。他试着开了一句玩笑，说，"支书，你是天生做间谍的料。"第二年，村里有个当兵的名额，黄支书就给了黄金贵。

黄金贵在部队表现不错，提了干，转业时去了县城工作。他每月按时给老娘寄钱，只是脚没再踏进黄庄一步。村里的人都讲黄金贵的老娘福气好，养了一个吃公家饭的儿子，黄金贵的老娘这时倒是气得一句话也说不出来了。连面都照不着，那种孝顺，像天上的月亮，摸不着的。二十五岁那年，黄金贵和城里供销社的一个姑娘结了婚。黄金贵没有朋友，上班之外，基本都待在家里。他做很多家务，也知道疼女人。妻子除了感觉黄金贵这个人有点没意思，倒也找不出其他大毛病。有一日，妻子说，"你昨夜说梦话了。"黄金贵听了，呆了一下。没过多久，黄金贵提出了离婚。婚没有离成，因为黄金贵的妻子有了身孕。生下的是个儿子，长得花骨朵般，容貌比女孩子还要秀气，黄金贵越看越像一个人。

黄支书还在当支书，黄庄还是那个样子。村民们都没什么想法，一日这么过，一辈子也就这么过了。他们的表情很相像，脸上的神态，初看是温和，看久了，竟像呆滞。只是他们谁也不觉得，几个识得两个字的，谈古论今起来，韬晦的样子，口气大得冲天，当自己是治理天下的人。而这几个人，其中的两个连黄庄的门都没出过，走得最远的那个，到过水镇。时间走到二十世纪八十年代初，他们以为管天下的还是毛主席。

黄支书六十岁那年，死了老婆。一点心思也没费，就娶了林蓉。没过多久，开始后悔了，林蓉比村里一般的老太婆还要小气，菜做得咸得发苦，连买一盒火柴的钱都抠着，整日穿一件打补丁的衣服，新衣服放着旧。黄支书用一块香皂，她便像讨饭人倒了粥，坐在门槛上骂上一个星期。头发半来年才洗一次，洗出来的水是黑的。两只手，锉刀一样，都是老茧。那件旗袍做了老鼠窝。有一次酒后，黄支书松了口，说，"李铁梅是我杀的。我本来只想让布朗死，但黄子龙自己想死，我也没办法了。谁让他不怕死呢。"林蓉听了，只看了黄支书一眼，又埋头自顾自啃着一块肉骨头。林蓉不知道这时候，她原先的丈夫，她的姐妹兄弟，正在满世界找她。

黄金贵精神失常后，被单位送回老家。他每天要做的一件事是，摘一朵敲碗花送到黄支书的手里。很快的，黄庄就再也找不着敲碗花了。

（原载《钟山》2010 年第 2 期）

在远处眺望

1

红浣和若木约了地点，是绿谷茶馆。它在云城的一条巷弄里。走近了，便闻得许多沉静的气味，慢慢地聚集，连风似乎也停顿下来。门口是云城最常见的樟树，只是这棵要苍老一些，也茂盛一些，夏天的时候，会看见一些鸟的影子出没，叶子也看起来新鲜而肥大。茶馆用青砖和雕花门窗修得很旧。门窗与青砖，看上去像老货，据说是主人从乡下淘上来的。只种了兰花，都是一些好品质，端庄的样子，有一种最干净的香。开间不大，但很舒适。从窗户看出去，能够看到云城最有景色那部分。这一切，很合红浣的口味。

在红浣的记忆里，绿谷茶馆已经开了多年，有着开了多年那种可以信赖的家常景致。这里的晚上，更像一面镜子，映着许多相似的表情，和某段岁月留下的痕迹。那里面，还盛着秘不可宣的温情。经常，红浣会坐在这家茶馆的某个角落。有时一个人，有时很多人。她爱茶的癖好持续了多年，而且沉溺茶道，这让她身上多少显示出某种小资情调。

若木提早到了。有一瞬间，红浣没有认出来。但他认出来了，很快地站起来，朝她微笑着。他们好像已经三年没有见过面了，或许更久。虽然在同一个城市。现在，若木的确已经是标准的中年人：体态臃肿，神色平淡。而且，开始谢顶了。支撑他的那股底气好像塌了。红浣说，"看来，烦心事不少。"若木是云城文艺电视制片人，近来也拍电视剧。有着小名人的忙和谨慎。用红浣的话来总结，是无数的小成功堆成一个人生大失败。若木依然微笑着，红浣注意到他的笑容一直保持着。或许他已经具备了那种对女人的耐心。或者说，对生活的耐心。

若木些夸张地叹了一口气，说，"男人嘛，不忙也要说忙的。不然，你就要成为无用的代名词了。"他略微停顿了一下，将目光落在红浣的脸上，他看出她没有化妆，而且他敢肯定，这么多年她依然没有学会化妆。她还是保持着她的童花头。他说，"你倒好，看上去越来越滋润了。"他原以为会有点紧张，但实际上却发现自己十分的平静。这一切终于都过去了。红浣说，"无爱一身轻呀。除了偶尔对自己负点责任，很多时候，我还真想不起要做些什么。"若木说，"我不知道该说什么好。"红浣说，"别自作多情了。这一切和你没关系。放心吧。"若木说，"我发现你还和以前一样。"红浣说，"这是一句让人别扭的真话。"若木说，"我最高兴的是，你没有成为怨妇。"红浣内心划过一丝伤感，但很快就消失了，她说，"那也是你最期望的。这样，你就脱了干系。"若木说，"别把我想成那样的人。"红浣说，"那么，你是什么样的人呢?"若木说，"我也不喜欢我自己，行了吧。"两个人一起笑起来。在漫长的岁月里，她不能够确定是从那天开始不爱了。但现在，她能够确定，已经不再爱他了。

十年前，若木和红浣恋爱末期，两个人待在一起的时间越来越少。最后一次做爱，因为对彼此都变得过分小心，竟然只能在中途搁浅。而之前，他们从中学就开始的漫长恋爱曾经在云城很出名。所有的人都觉得他们很般配，结婚成家是顺理成章的事，但他们最终还是没能走到一起。表面上的原因是因为若木的生活里出现了另外的女人，而其实不是。红浣一直坚持认为不是。她说，"是时间磨损了感情，另一个人出现是必然的。那其实只能算是一次失败。所以，对他的宽容，其实就是对自己的宽容。"这也是若木高看红浣的地方。

有一会，他们没有说话。红浣看见若木在看墙上的一幅画。暗红的细木框边，里头是蓝绿色的云城街头。那是红浣少女时期的美术作品。红浣似乎可以肯定，若木已经多年没有来过这里了，而且，许多事情早已遗忘。男人都是善于遗忘的，这没办法。她还记得，在他们狂热的青春期，她和若木经常来这里，有时甚至消磨了整个晚上。那只是一段历史。那时他们不会想到，若干年后他们会成为一对陌路人。

红浣替若木要了惠明茶。茶有些淡。真正好的东西都是淡的。她还是和以前一样，喜欢替别人决定事情。若木没有表示异议，尽管现在他已经改喝咖啡了。他好像更习惯新的东西，从不怀疑自己与时俱进的那种能力。他的世故，得力于牢记生活给他的一个提示：不要随便去纠正和指责什么。也是多年婚姻生活留下的经验。他的妻子，在别人眼里，从相貌到学识，似乎远远不及红浣，但她给予他的许多东西，包括那种愉悦、放松和快乐，是他做另一个人恋人时无法想象的。而且，爱娟是个脚踏实地过日子的女人。这也是他深思熟虑后的选择，所以，他从来不去设想另一种生活。红浣说，"看得出，你对你的生活心满意足。"若木小心地说，"你总是永远都是对的。"红浣马上说，"你只是想说，我们都没错。"他们又一次笑起来。红浣还戴着那只若木从水镇买来的银戒子。那时候他们都是十六岁。这就是命运。

红浣写了一部小说，叫《寻找鹦鹉》，写的是张玉娘的故事。若木打算把它拍成电视剧。红浣说，"对这个，我不抱什么期望。"若木说，"我也是觉得特别浮躁，想抓住点东西。"红浣嘲笑道，"没有人比我更了解你。你看上去是那么的离经叛道，愤世嫉俗，但事实上，你人生的每一步都合乎潮流。"若木反击道，"你之所以得出这样的结论，是因为你一直生活在书本里。而生活，就是让你学会忍让和妥协。"为了证明红浣对他的指责有失公允，他用伤感的语气强调说，"你总是希望我成为你所希望的那种人，而她只是希望我成为自己。这就是你们两个人的不同。当你成为一个真正女人时，你就能够理解男人的不容易了。"红浣看了他一眼，没有说话。

红浣见过若木的妻子，年轻时就发胖的那类女人，很温和。她叫爱娟。云城里有许多女人叫爱娟。奇怪的是，红浣从来没有嫉妒过她。红浣把她归类为人很好但毫无吸引力的那类女人。一度，红浣还和爱娟保持了相当客气的关系，会去吃她做的菜，直到若木重又表现出某种暧昧才放弃。这之后，红浣很快地结婚又很快地离婚。然后，一直一个人。用红浣的话来说，她身上有种可怕的东西，就是不安分。不仅是对婚姻的不安分，而是对整个生活的不安分。她太知道自己了。马上，若木懊悔了自己的挑衅，他做出投降的姿势。他检讨说，"和你在一起，我总是缺乏幽默感，不大像男人。"他笑得很得体。

这个晚上，红浣收到了两份若木给的礼物。一份是《寻找鹦鹉》的电视剧本，另一份是一只红嘴鹦鹉。《寻找鹦鹉》是一个埋在历史尘埃里的老旧故事，红浣不知道若木喜欢它的理由。这个男人和十年前的那个男人已经有了很大的区别。他的脸圆润而光滑，指甲修剪的很整洁，而且还佩戴着一块上好的玉。短袖和鞋都是名牌。他原来的生硬和粗糙没有了，原来的狂妄自大也没有了，代替它的是和他年龄相配的成熟和乏味。这让红浣感觉到某种实在的陌生。临走时，他说，"在云城，许多你想做的事做不了，你能做的事都没什么意思。"他适度地表达着自己的不得意和疲惫，表情里有种欲说还休的困顿。

2

红浣生长在水镇，离云城 50 公里的一个小地方。七十年代，那里称得上真正的山清水秀。一条石子街，两边的屋都很矮。靠岸那边，种了不少的杨柳，风总是把它们弄得很飘摇的样子。有一个诊所，一个邮局，一个供销社，一个电影院，集中在街的另一边。水镇旁着瓯江。瓯江顺流而下，在这里打了一个弯，地势缓和下来，形成了埠头。埠头上泊着来来往往的船只和排筏。方圆几十里，水镇算得上是个热闹的地方。据说水镇是有过历史的，只是在很长一段时间人们对它讳莫如深。清晨或黄昏，瓯江展现着比绿更清的那种颜色，开阔而宁静。那也是少年红浣经常眺望的景致。

学校在山脚，上学时，要穿过一片桑地。水镇的几个疯子喜欢待在那里晒太阳，他们空洞的躯体看起来比正常人更健康，而且笑起来纯洁无比，其中一个是红浣的父亲。他穿着白颜色的衣服，手里拿着二块或三块手帕，它们都绣着花朵。每次，红浣都会用最快的速度经过父亲，然后在远处看着父亲孤零零的身子。他正在变成红浣害怕的那种人：对什么都漠不关心。

红浣至今保持着老家的口音。与云城口音的柔软、甜腻不同，水镇口音明显带着生硬和固执。他们家四口人，除了父母，红浣还有一个只大一岁的哥哥，他很腼腆，一说话就脸红。红浣比哥哥更像男孩子，爱冒险，她很小就学会了爬树、游泳和骑车。而他的哥哥，对任何新生的事物都带着一种本能的害怕和不信任。他们住在生长着苹果树和桃树的邮电局大院里，他们的父亲曾经是一名邮递员。水镇人记得，父亲那身绿衣服里头每天都翻着雪白的假领子。

因为恋爱和梦想成为诗人，红浣没有考上大学。之后，她在水镇随母亲学裁缝。一年里，她的手艺超过了母亲以及镇里所有的裁缝，甚至会做母亲一直没有学会的最复杂的旗袍。这也让母亲裁缝店迎来了最红火时期。但她很快厌倦了。这不是她想要的生活。红浣告诉母亲，她还是要去读书。母亲在心里想，"红浣的心很大。女孩子心大，一生就很难平安了。"但她没有办法把话说出来。她看着红浣，有些不知所措。当初，当她听到红浣恋爱的消息时，也是这样的不知所措。更早的时候，她对自己的命运同样的不知所措。她在农村长大，能够关心的是鸡、兔的吃食和太阳、雨水对庄稼的影响。她对未来从来不抱太大的期望。

母亲在家里逆来顺受，一张尖长的苦瓜脸上通常是复杂的表情。她打一开始就害怕父亲，唯父亲是从，眼里只有父亲。这些好东西，猪头肉，炸得金黄的花生米，用绿豆、莲子、芝麻磨的三合粉，都是父亲的名分，连孩子也不让碰。她是父亲插队那个村农民的女儿。红浣的父亲因为母亲的缘故一辈子留在了水镇。他是唯一留下的上海知青，留长发穿花衬衣，做派和习惯都保持着城市人的自以为是，与水镇人格格不入。从红浣懂事开始，她就发现父亲没有一天是开心的。他理所当然地认为，这个世界亏欠了他，倒霉的事都落在他头上。父亲偶尔也会发表一些豆腐干作品，称自己是天下最不幸的人。经常会听到水镇人说，"那个上海人，又在打老婆了。"这种情形一直延续到父亲突然发病。父亲患的是忧郁症。母亲把父亲照顾得很周到，那种好，全水镇人都能看得到。和以前相比，她一向僵硬的神色轻松了许多。看得出，她更喜欢现在这个样子。

红浣很容易地考上了大学。后来，在云城郊外的一所中学教美术。那是一所很一般的学校，周围有旺盛的庄稼和蔬菜。那时候，她和若木的爱情还在继续，但已经减低了不少的热情。红浣会有好几天想不到若木这个人。可能，若木也是。他们都没有在意。他们都以为有的是时间，都以为自己是对方的如来佛手掌心。这期间，若木从一个老师变成云城报的编辑，又从编辑变成电视台的记者。他喜欢折腾，处处体现出雄心勃勃。和若木相反，红浣变得越来越无所事事，并且自由散漫。她有时会一个人去电影院，看一部她已经看过三、四次的片子。他们都只是走在自己的道路上。

红浣不是一个好老师，面对学生，她经常不知道该说什么好，有时说着说着，忽然就停顿下来，很茫然的样子。有好几次，她的学生看见她的眼里平白无故的含着泪水。她也不喜欢学校里的那个女领导，心机很深，因为和她保持着距离，就把她当敌人，动不动给她穿小鞋。而且，不知不觉里别被孤立起来。女人之间的嫉妒，有时是毫无来由的。那种不快，很像鱼刺卡在喉咙里。她是一个有自己原则的人，这注定让她走向边缘。有一段时间，她曾经热衷于打麻将。她的牌技出乎意外的好。但她也很快厌倦了。她觉得自己内心被什么蛀空了，只剩下轻飘飘的空壳。她不知道用什么来反抗越来越深厚的麻木。她把这些说给若木，还没说完，若木就不想听了，若木说，"你吃得太空了，尽想些不着调的。"很有些不以为然。后来，红浣就不再提这样的话头。

多年来，红浣的自行车在那条公路上穿行而过。在她身后，尘土飞扬，还有一些她看着已不再有感觉的风景。她的哥哥就死在那条路上。一次很意外的车祸。她的哥哥只是突然想去看看她，这是他唯一一次进城。死后的哥哥变得更小了，他的脸已经完全是一个小老头。尽管他从小看上去就是一个小老头。这个未婚先孕儿及母亲婚姻的筹码，现在不需要再害怕父亲梦游一样的神色了。哥哥的性格很好，红浣每次回家，都来接，早早地等在那里。他将红浣所有的东西都拿着，沉默地走后面。对父母还有生活，他从来不抱怨什么。除了不肯结婚，他什么都听母亲的，包括不抽烟、不喝酒以及留什么样的发型。他一直穿母亲做的那种早已过时的衣服，夏天是套头汗衫，冬天是可以两面穿的羽绒衣。他和父亲一样，是水镇的邮递员，很早以前就开始过着那种不紧不慢的、上了年纪的生活。

那个夏天，红浣告诉哥哥，她不想要这份工作了。这里的生活让她觉得窒息。她想在她还不是很老的时候，做一点自己喜欢做的事。她还说，"我需要一份简单的生活，住在水边的生活。"哥哥点点头，从小到大，红浣的一切在哥哥眼里几乎都是完美的，他没有理由的崇拜和信任她。哥哥说，"别担心。有我在呢。"他脸朝向红浣，笑得有些羞涩。他从来不善于表达。然后他开始咬他的手指头，这是他的习惯。出于某种原因，他紧张和激动时就是这样。这个时候离哥哥的死还有两个月。以后的日子，红浣一直认为，是哥哥替换了她的命运。哥哥留给她一笔积蓄，他们由许多张银行存单组成。这很像一个预谋。

若干年后，在一次做爱的中间，那个男人说，"红浣，你肯定经历了一个不同寻常的过去。因为，在这种时刻，你脸上的表情仍然是悲伤的。"红浣突然流出了眼泪。她已经很多年没有在男人面前流过眼泪了。那个男人停下来，将她搂进怀里。他的动作很温柔。他在她耳边轻轻地说，"那只是命运。放松点，有我在呢。"她伸出手，与他十指相扣。他的确就在身旁，带着兄长的气味。她一直喜欢有着兄长气味的男人。她想，她很有可能爱上这个男人了。为了这样的相遇，她已经洁身自好了多年。她甚至庆幸她有过让她懂得感恩的命运。她一下子说了许多。有些话，她从来没打算告诉谁。

3

云城是个有故事的县城，大都来自民间，口头世代相传，灿烂如山花。据地方志记载，云城建城于隋朝。之后，它开始了漫长的历史，期间，积淀了属于云城的青瓷文化、宝剑文化和石雕文化。在流芳百世的名人里，张玉娘是其中之一。她的生平很简单：生于1250年，卒于1277年，字若琼，号一贞居士。自幼饱读诗书，诗作内容广博，以风花雪月为主，也涉及金戈铁马，存世诗117首，词16阕，结集为《兰雪集》。在云城，流传更多的是张玉娘与沈佺的爱情故事，她用死让爱活过七百年。她死后，她的侍女霜娥因悲痛"忧死，"另一侍女紫娥也"自颈而殒，"连养的鹦鹉也"悲鸣而降。"家人将沈佺、玉娘合葬，霜娥、紫娥葬在墓左，鹦鹉葬在墓右，云城人把墓群称为鹦鹉冢。

现在，红浣和若木站在张玉娘的故居前。它只是一片菜地，挤在越来越密集的民居的角落里。没什么标志，如果不是特意的寻找，会很容易地忽略过去。鹦鹉冢也已经小得不能再小了。它们正处在被历史尘埃淹没和遗忘的边缘，很快地，这里将被房产商重新规划。红浣知道，这个年代，怀旧是多么的不合时宜。她把那只红嘴鹦鹉放生了，它同样不属于这个年代。而她，也仅仅是完成了一次对传统的致敬。

他们开始谈论张玉娘。多年前他们好像也谈论过，但若木怎么也想不起来了。这个名牌大学的高材生，几乎已经没有时间和心情读书了。他把这些归根于潮流的逼迫。这的确是一个浮躁的年代。红浣正在读库切的《耻》。若木翻了翻，马上放下了。他承认，他已经早就看不进这类书了。红浣说，"那是因为你永远有比读书更重要的事要做，"她接着自嘲道，"这只不过是忙碌着与空闲着、主流人和边缘人之间的区别。"

若木问红浣，"你觉得张玉娘哪首诗最好？"红浣说，"应该是这首：月光微，帘影晓。庭院深沉，宝鼎余香袅。浓睡不堪闻语鸟。情逐梨云，梦入青春杳。海棠阴，杨柳杪。疏雨寒烟，似我愁多少？谁唱竹枝声缭绕。欲语临风，自诉东风早。"若木接着问，"你如何看她。"红浣的评价很客观，她说，"忠贞的典范，但依然是悲剧。当然，张玉娘的局限只是时代的局限。"若木不依不饶地问，"那么，张玉娘打动你的是什么？"红浣说，"自由，随时为爱而死的自由。"若木笑了一下。红浣说，"你肯定不这么想。你们男人的想法都是一样的。"若木没理会红浣的话，他说，"你是不是又开始写诗了？"红浣明白过来，她说，"我让你害怕吗。"若木说，"不是。我只是担心。这样，你的生活会越来越自闭。"红浣说，"可是，我的内心正变得开阔。"若木讥笑道，"你不知道别人是怎么看你的。"红浣说，"你认为，这重要吗？"她突然就不高兴了，自顾自往前走。她还和从前一样，喜欢做一些突然的举止。

　　扮演张玉娘的演员叫林娜，有着和年龄不相匹配的成熟和风韵。她是若木选下的，他有这个权利。林娜说，"幸好没有生活在张玉娘那个年代。我们这代人，早就不相信爱情了。"她穿的很时髦，估计是云城今年刚刚流行的服饰。红浣一眼看出，这些服饰不适合她。她和红浣心目里张玉娘大相径庭。在红浣的想法里，张玉娘至少应该是端庄的，有着沉稳的书卷气。若木坚持不换演员，他的说法是，"在云城，没有那个演员能够符合你的要求。除非你自己。我只能在我有限的条件里做事。"若木为这个片子的确付出不少，他有理由抱怨。在云城要做成一件事，比红浣想象中要困难与复杂很多，而且，有许多的潜规则。这方面，她向来不懂，以至被不少人认定为幼稚。幸好，她不需要懂。她已从以前的生活圈里淡出，不必与太多的人打交道。她喜欢独处，以及独处带来的那份自在和安静。

片子拍到中途，红浣发现了若木和林娜的那种关系。他们并没有太多的掩饰。若木很平常的样子，没几天，就对林娜露出某种厌烦的神色。有几次，若木还故意躲在她房间。红浣完全可以肯定，林娜不是若木婚姻外的第一个女人。他早就是老手了。也许，这才是他婚姻固如金汤的真正原因。几年来，云城流行这样的语录：外面彩旗飘飘，里面红旗不倒。它的实践者按比例的高低归类为：腐败官僚、暴发户和讲情调的知识分子。这似乎成了另一种时尚。若木从来是不会落伍的人。红浣看着若木的那张脸，即便人到中年，它还是依然可以称得上英俊。这个在母亲溺爱长大的男孩，对自己的长相一直有着充满虚荣的自信，并让这种自信延伸到女人面前。他越来越懂女人，而且似乎适合各种类型的女人。

这天，若木和红浣去郊外散步。若木用一种努力克制的平静解释道，"男人就是这样，很多的时候，仅仅是本能的需要。接下来的就是，沮丧和乏味。"在红浣面前，若木敢于坦白自己隐藏最深的想法，以及那些令自己也害怕的属于男人的阴暗念头。当然，不坦白，红浣也能看透，她的确比其他的女人多了尖锐和深刻，这也是若木不喜欢她的理由。红浣说，"我连片刻的吃惊都没有。"他们都很平静，表情温和，比任何时候都更像朋友。当然，也可以完全确认，他们已经变得毫无关系。红浣说，"可是，任何事物都是一把双刃剑。在你得到的同时，许多更宝贵的东西正在丧失。"她还没有宽容到能够放过说教的地步。

若木看了一眼红浣，说，"我发现，你心里有了男人。"他说出他的根据：内心有爱的女人有两大特征，一是不为诱惑所动，二是身材苗条。当然，更重要的原因是他熟悉她。他嗅到了她被爱沐浴的气息。他还是保持着他原来的聪明和对女人的那种天生的敏感。红浣笑起来，她没有承认也没有否认。感情，有时就是一种毒药。她和那个男人很容易就建立了亲密感。或者说，迅速地进入状态。他对她的第一个动作很性感，带着因为自信而有的霸气，甚至是粗鲁。她被这种霸气俘虏了。她把这归属与男子气。那一刻，她对他还一无所知。至今，她依然不能确定他是否也爱着她。但她并不后悔。或许，真正的爱情都是一场冒险。在他没有出现的时候，她并不觉得她的生活缺少了什么。但在他出现之后，她才知道，没有爱情的日子，是那么难以忍受。和他相处，她只是从一个女人变成了一个小女孩。这也是他宠她的结果。若木犹豫了一会，问道，"你依然相信爱情吗？"红浣激动地说，"为什么不呢？"她一直认为，她只是走向自己的定数。

她提到了爱娟。那是一个经常让她想起的女子。她肯定更胖了。如果有来生，红浣更愿意自己成为爱娟那样的女人：简单，快乐，不为思想所伤。她说，"幸好，你娶的是爱娟。"若木说，"有一点你们是一样的：你们都是让这个世界少了不少事情的女人。"他们都没看不起林娜，但也不替她担心。她用不着担心。因为，对生活，她早就具备了那种游刃有余的能力。很快，她的身边就会出现另外的男人，那些没有道德感但很有活力的男人。这个世界是属于他们的。

《寻找鹦鹉》制作完毕后，红浣没有再联系若木，若木也没有再联系红浣。他们好像已经成了朋友。对曾经是一对恋人来说，朋友关系是最轻松的，也是最疏远的。

4

红浣结婚的时候二十九岁。按云城的标准，红浣已经是老姑娘了。她的丈夫是同事介绍的，大学毕业，在一家银行任职员。事先，红浣就告诉了他自己的恋爱经历，说自己已经不是处女。

丈夫经过考虑，答应可以接受。他们的婚姻生活很平淡，不怎么亲热，也从不吵架。只是，每次红浣出差回来，丈夫都要找一个理由，检查她的下体。他摘下眼镜，将身子笨拙地弯成一张弓，像一只警惕的警犬。这让红浣觉得两个人都很可怜。也都太累。丈夫一直不想要孩子。离婚是红浣提出来，丈夫也没有反对。他们分得很友好，财产什么都按丈夫的意思处理，他一样一样的罗列出来，很公平。他还特意提醒她带走那盆她最喜欢的兰花，他向来是个细心的人，对任何事都像对自己手里正在数的钱那样小心翼翼。最后一个晚上，他们在一起喝了一点酒。离开前，丈夫突然像孩子那样，拉着她的手哭了起来。这是他第一次在她面前哭。她没有哭，只是用手摸了摸他的头。

不久之后，丈夫又另外组织了家庭，而且很快有了一个女儿。红浣有时会碰到他，拎着大包小包，很积极生活的样子。看得出，他把小日子经营得有滋有味。他依然不怎么多话，但看上去好像比以前开朗了很多，不再心事重重。对丈夫，红浣很理解，并且从心里心疼他，她向来认定他是个善良的人，只是还不够强大和自信。毕竟，能看开这类事，能越过这种障碍，仅有勇气和善良是不够的，仅有同情是不够的，它更需要的是一个人对另一个人的那种真正的怜惜和爱。红浣也知道，他们分开是早晚的事。他们不是同一路人，在一起的时候，从来没有太多的话可以说，或者能够说。他对红浣任何一种思想都毫无兴趣，而红浣也不知道而且不想知道他一天到晚想些什么。她大部分时间都和自己待在一起。所以，红浣把婚姻失败的更大原因归根于自己对生活的不满足，她也不知道自己到底需要哪种生活。或者说，哪种生活是有质量的生活。

终于，在一年的冬天，红浣辞去了工作，她成了一名自由职业者。她在杭州读了一年的书，然后北上。那个北方大城市曾经是她向往的，有着她喜欢的四合院和大气的皇家气度。她需要打开自己的视野。她很不甘就那么过一辈子。在那里，她走近一些男人，又离开一些男人。她的足迹留在城市的喧嚣里。她庆幸，许多东西转眼间就变成了回忆。她喜欢这样的解脱感。她还很满意自己的清醒，所有的激情，都具备着某种昙花一现的品质，这好像已经是一种宿命。所以，她从不对任何事物抱着奢望，这让她拥有着她需要的自尊、骄傲和自由。她必须为那一天的到来作好准备：必要的紧张、羞涩和激情，以及必要的干净。这些，只有凭借节制才能达到。老人们早就说了，很多东西，少吃多滋味，多了，反没感觉了。民间的道理永远都是对的。

后来，红浣在云城买下了一所农民的老房子。它就在水边。她给它起了个名字叫篱苑。红浣在它四周种下了桂花、芭蕉、青枣、海棠以及许多玫瑰和兰花。在远一点的地方，种下了黄瓜、四季豆、西红柿和茄子。在更远一点地方，种下一棵樟树。云城到处是樟树。除了家乡，她没有找到更适合自己生活的地方。她不止一次地想到了落叶归根这个词。或许，她真的已经老了。

她的生活很朴素，这里，只允许过朴素的生活，好在对物质她向来要求不高。她的一些朋友，会在周末过来，开着各种款式的车，带来昂贵的牛排、基围虾和一些新鲜的名词。她们的眼光好，看得远，嫁的丈夫都很有本事，其中的两个，已经住上了别墅，另外两个，也正在努力。她们是云城最早过上高尚日子的人。当然，这只是她们自己的认定，红浣并不这样看。她们一般不会在这里过夜，说是太脏太吵，美容院保养出来的皮肤嫩得什么也经不起了。她们只是满足一下自己的乡村情结。她们预言：她肯定待不久的。她只是一时的心血来潮。因为所有的人都在随波逐流，往好日子奔跑。

红浣把母亲接到了篱苑。母亲很适应这里的生活，她原本就是农民的女儿。很快，她就和村子里的人打成一片。有一次，红浣问母亲，"你恨父亲吗？"母亲很吃惊地看着红浣，像看着一个陌生人。停顿了许久，母亲才说，"为什么要恨呢？如果没有他，我这辈子将会是多么的乏味呀。"母亲年轻时容貌出众，如果她不是嫁给父亲，而是村里和她一样的人，她肯定会幸福得多。红浣说，"父亲那么自私，有什么好呢。"这一次母亲回答得很快，她扑在红浣的耳边轻轻地说，"你父亲身上的气味很好闻，那是只有城市人才有的气味。村里的那些男人身上都很臭。"说完，她像小姑娘那样羞涩地笑起来。

离群索居的日子，红浣写下《在云城》《别亡兄》《某天》《野渡口》等一系列的诗。她差不多已经有十年没有写诗了。因为写诗，她重又变成有点神经质的样子，抽烟，喝酒，发呆，失眠以及无端的哭泣。在河边走来走去，用一个下午的时间看蝴蝶在花草里舞蹈。更多的时候，红浣读书，她的脸在夕阳下呈现出淡淡的潮红。她读很多的书。她需要一种力量来支撑内心，保持精神和人格的独立，来对抗不时袭来的孤独和寂寞，以及被生活所遗弃的那种悲哀。她的诗后来集结出版，开始被人们传诵。

隔上一个星期或者更久，她会给那个男人发条信息。她说，"想你呢。"对她的选择，那个男人从来不说什么，她能够体会到那种仁慈。她很喜欢现在的状态：若即若离。这是个恰当的距离。通过思念，她重现他并复活他，在她的体内，在她的思想里，在她生活里每一个角落。只要心是近的，那么，就没有什么是远的，对此，她深信不疑。她也不想过早地去描述这段感情，它还在进行中。她害怕描述了之后，它会产生变化，甚至失去发展的可能。这世上，有太多的东西稍纵即逝。她知道它在她生命里的意义，但并不期待什么。有时候，某一天，某个时间，决定了一生。也许，红浣会在快要老的时候，会为自己的某一天而害羞。当然，也许是相反。这一切，都要等到生命的最后一刻才能准确的定义。有一天，红浣读到了关于幸福的某个解释：晚年，在故乡，吃故乡的菜，和心爱的人在一起。她突然笑了。

这个下午，红浣扛着一把锄头朝河岸边走去。她在夏天新拥有了一块菜园子，那是一块别人废弃的园子。现在的农村，到处是荒芜的田地，很少有年轻人能安心待在农村了。每天，她都会抽出一些时间，松土、施肥或浇水，她渐渐地喜欢上这样了的劳作，有着简单的快乐。母亲是种菜好手，园子里已经果实累累，还有一些淡黄色的花正在开着。红浣注意到，有一艘船过来了。后来，那个男人看到了菜园里的红浣：她穿着宽大的布衣服，带着草帽，一双赤着的脚很舒服地站在泥土上。她看上去有点像乡下女人，而且丰满了许多。

（原载《大家》2010 年第 3 期）

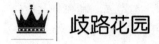 歧路花园

1

　　魏老师磨蹭着，东张张，西望望，小心地往一堆人群靠。他们在下棋。早年魏老师是水镇体面的棋手，手下败将无数。这让他自恃很高，一般人入不了他的眼。魏老师的棋力是突然退的，后来就越下越臭，直到有一天开始自己吃自己的棋子，弄得魏老师再这么讨好也没人肯跟他下。这样，魏老师剩下的就是看棋。他看得很有耐心，有时候人都走光了，他还孤零零地站着，将脖子伸得鸭般长。

　　这天，魏老师的脸上写着事，明眼人都看得出来。果然，魏老师犹疑了片刻，开口道："我要出远门了。"大家听了，一起笑起来。其中的一个忍不住，说："这话你讲了10年。"大家都晓得，魏老师10年里头，双脚没有踏出水镇一步。魏老师着急，脸涨成黑紫，说："你们从来不相信我的话。"话音未落，声调已经走样，哭得像个孩子。对魏老师的哭，大家都很习惯，谁也懒得多劝一句，魏老师是个比女人还喜欢哭的男人，经常是无缘无故就哭起来。水镇人私底下议论，水镇的天，难得见日头，是让魏老师哭的。就有人给魏老师起了个外号叫水泡眼。现在，水镇已经没有人知道魏老师的真实姓名了。

和往常不一样，魏老师只哭了一小会儿，很快地收住，而且，还浮出一个居高临下的笑容。之后，他将头仰着，把水镇从头到脚走了一遍。这当中，他在一个杂草横生的院子面前站了一会。一阵风吹过，墙脚的泥土散出一些，门旧得失了颜色。魏老师第一次发现院子的冷清。原来种的兰花、菊和紫藤都不见了。原来种的桃树、桂花树、枣树也都不见了。魏老师断定，这个院子肯定已经很久没人登门。以前，这里很热闹，水镇人喜欢听陈医生讲古。很多水镇人都有一个相同的脾性，爱好故事。虽然水镇是个小地方，但茶余饭后的谈资，总还是有的。只要有人的地方，就会有故事。一个故事传过头了，很快就会有新的故事出来，所以，水镇人的耳朵是闲不了的。况且，什么人没有猎奇的需要呢。

　　魏老师推开虚掩着的门。他看见陈医生和李医生并排坐在门槛上，咬着耳朵说话，很警惕的表情。他们向来如此，每句话都好像藏了秘密，生怕别人听去。一个穿着卡其中山装，一个穿着的确良衬衣，都出自多年前水镇哑巴裁缝的手。魏老师说："我要出远门了。"他和他们10年没开口了。他说的声音有点抖，飘在空荡荡的院子，连他自己听起来都觉得有点陌生。后来，魏老师才想明白过来，他最想告诉的人，其实就是陈医生和李医生。

　　也就几步路的光景，魏老师就晃到家。彭老师在擦窗户，魏老师喊了她一声，没有答应。彭老师擦窗户的时候，目光专注，一般什么也不会听见。除了擦窗户，彭老师对其他事情基本没什么兴趣，过一天算一天。买什么也是手头很大，有时候是整只猪，有时候是一车西瓜，吃就吃进一个洞。他们家的钱全都花在吃上。魏老师妈活着的时候，来魏老师家待的时间从来没有超过一天，缘由是彭老师一天到晚一句话也不说。有人还统计过，彭老师平均一天说话不到三句。彭老师先前喜欢唱越剧，嘴从不空着，按水镇人的说法，一个人一辈子说多少话都是规定好的，彭老师肯定是前半辈子嘴用得太多了。这些年，魏老师和彭老师都按自己的习惯过着日子：一个整天在外游逛，一个几乎足不出户。

出远门的行李彭老师已经收拾出来，搁在那张吃饭桌上。麻袋里头装了夏天的汗衫和冬天的棉袄。黑人造革包里有魏老师离不了的烟、棋和彭老师离不了的圣经。还有一只布袋，放了一只光头娃娃，一个桃心木盒。娃娃是女儿魏红小时候的玩具，她玩东西没常性，什么都玩不长久。气球呀，纸飞机呀，音乐盒呀，玩着玩着就没兴趣了。那时候，魏老师最想知道的是，这个世上到底有什么能够吸引她。魏红是彭老师和她前夫的女儿。彭老师和魏老师结婚后又怀了一个，但魏老师执意让彭老师打掉。魏老师说："那样，我们家搞不好的。是人，就会偏心眼。"在水镇，魏老师宠女儿是出了名的，含在嘴里怕化了那种，连天上的星星都想爬上去摘。一宠，就把女儿的心宠大了。魏老师把东西又认真看了一遍，很满意。到现在，魏老师才觉得，他和彭老师是一对真正的夫妻。

吃饭的时候，魏老师突然放下饭碗，说："我想起陈敏那句话了。他说的是，我要出远门了。"陈敏是魏老师的女婿，也和他的父亲一样做着医生。彭老师哦了一声。魏老师天真地笑起来，说："我想了10年都没想起来，今天放下这事了，倒想起来了。"彭老师又哦了一声。她在心里想，魏老师只想起了其中的一句，陈敏那天说的另一句话是："你们见过三条腿的蛤蟆吗？"彭老师还记着，那天陈敏吃了一个鸡腿，一条鱼，两碗米饭，胃口很好。虽然水镇人都说女儿和女婿是天仙配，但彭老师从来不这么看。因为反对过这门婚事，一度，彭老师和李医生的关系很紧张。彭老师那时也说不出多少反对的理由，只说是一个母亲的直觉。事后，魏老师说："到底，你是她的母亲。"彭老师流着眼泪说："一个女人要平安，就得管好自己。"魏老师也跟着哭起来，说："我知道你后悔了。"

彭老师很同情地看了一眼魏老师，没有说话。他是个敢作敢当的男人，一直都是。她并没有看错人。到了晚上，彭老师翻来覆去睡不着，就起床了。她手里拿了一个脸盆、一条抹布。魏老师说："不是刚擦过吗。"彭老师没有搭理。魏老师的声音高起来，彭老师终于说，"又有灰尘了。你这人就一点不好，总是看不到灰尘。"

第二天，魏老师和彭老师去旅行。大包小包的，倒有点像搬家。魏老师带着彭老师七绕八绕离开水镇。临上车前，魏老师说要去寄一封信。彭老师想不起这个世上，还有他们的什么亲人。这么多年，他们家从来没有寄出一封信，也从来没有收到一封信。自打四十年前他们结婚后，魏老师的家人就和他们很少来往，而彭老师连她父母的死讯都不知道。她父母早就放下狠话，说是就当没生过她这个女儿。但彭老师没有问，她更习惯沉默。彭老师看着魏老师的背影，忽然发现魏老师不知什么时候变得和她的前夫相像起来。彭老师的前夫已经死了很多年，他活着的时候彭老师不大想得着他，倒是他死后，彭老师心里面动不动就想起。在这个世上，他是彭老师最不想伤害的人，到最后，她还是伤害了她最不想伤害的人。归根到底，她是一个自私的人。做那种事，总要付出代价。

他们第一站到了山东枣庄。那是彭老师前夫的老家。也是他们多年前旅行的唯一目的地。他们瞒过了所有的水镇人。彭老师前夫的母亲生前认魏老师做了儿子。她是他们遇到的人里最看得开的。那些年，魏老师他们把省下的钱都扔到路上了。但他们觉得很值得。在他们心里，枣庄是个很温暖的地方。彭老师曾经的婆婆每次都在村头翘首，面容慈祥。

2

魏老师离开后，陈医生发了一通呆。在水镇，只有魏老师和陈医生棋力相当，两个人待在一起的时间比和自己老婆待在一起的时间还多。只是，两个人都没想到，10年前的那盘棋，会是他们最后一盘棋。那时魏老师和陈医生都是五十出头，一个是水镇中学的校长，一个是水镇卫生院的院长，他们的事业正蒸蒸日上。而且，面子很大，说出来的话，响当当的，一句算一句。

李医生猜出了陈医生的心事，说："要不，我们也出远门吧。天下那么大。"陈医生说："等我的病好了就去。我一直在等那一天。我们会有那一天的。"李医生听了，马上怒气冲冲，说："我知道，你又在骗人。你的病好不了的，谁看见过拉着自己的头发离开地面的人呢。我算是看透你了。"陈医生有一天去上班，看到家门口围了一圈的人，菜场门口围了一圈的人，电影院院门口也围了一圈的人，说得口水满天飞。他走到半道回来，说是自己生病了，后来就一直生病，就一直没上班。李医生没看出陈医生到底得了什么病，但陈医生一定要说自己有病，李医生就由着他去了。心再怎么硬，也不能和一个病人过不去呀。李医生也想装病，想不到被陈医生抢了先。他从来就是这样一个人，遇事就装病。

听到门口有响动，陈医生来了一点精神。李医生没好气地说："还不又是马警察。"陈医生扑到门口，又缩回头，说："你真聪明，什么事都算得着。"在陈医生眼里，李医生有可能是水镇最聪明的女人。当然，李医生自己也一直这么认为。来人的确是马警察，他现在来得越来越少了。1999年，马警察还只是未长开的小伙子，有棱有角，说话口气很大，10后，马警察成了水镇最温和的人，连三岁孩子也敢摸他的头。马警察说得最多的一句话是："有事情明天再说吧。"给自己，给别人，都留了余地。马警察在水镇派出所工作很积极，当过好几年的先进工作者，但一直没有能够提拔。理由也是水镇人都知道的，就是马警察恋爱谈得太多了，光马警察自己承认的就有八次，影响不大好。连马警察自己也不清楚，每次到了快结婚的时候节骨眼，他就会变得喜怒无常，像换了一个人。有两次，竟然在婚礼上逃走了。马警察说也不是不喜欢女人，只是怕女人。这样一来，马警察只好一直单身着。

陈医生的家很干净，干净得好像没有住着人。而且，大白天也开着灯。陈医生给马警察端来一杯水，马警察不想喝，陈医生就一直将水端着，可怜巴巴地说："水没有毒的。水没有毒的。"马警察只好将水喝了。对陈医生，马警察是没有办法的。10年来，陈医生每次都做同一件事。和陈医生相比，李医生变了很多。起初，李医生的眼睛一分钟也不离开马警察，因为紧张、焦虑和恐惧，李医生的脸总是显得复杂和生动。但现在，李医生看也不看马警察了，那张脸，懒洋洋的，还没睡醒的样子，像张没有颜色的纸，静止而冷漠。马警察低着头，盯着自己脚下的地面看了一会，终于说了一句："人活着，日子总得过下去。"说完，马警察就走了。走出很长一段路，马警察也没想起，他来陈医生家到底是什么事。这样的事，以前也经常发生。

陈医生和李医生趴在窗户上，看马警察离开。他走得很快，转眼就没了影子。李医生肯定地说："陈敏还活着。"陈医生说："他活着和死了又有什么区别呢。"李医生说："那倒也是。"过了一会，李医生咬着陈医生的耳朵说了一句，陈医生点了点头。他们走进一个小房间，关了门。那是陈敏少年时代住的房间。里面只挂了一张画，画着一种这个世上没有的花。那是他最后一张画。他们从来没有看出他与别人有什么不同的地方，喜欢看书，也喜欢做菜，跟水镇哪个人都没有红过脸。那个结果，并没有什么预兆。陈医生坐在屋的西角，咬自己的手指头。李医生坐在屋的东角，也咬着自己的手指头。外面下雨了，后来又晴了。水镇的午后光阴一点一点地移动。

李医生说："陈敏可能易容成女人了。小时候，我们都把他当成女孩子，他太胆小了，总是喜欢花手帕、洋娃娃之类，还经常被女同学打哭。我记得最深的是，他每天夜里都会醒来，然后站在我们的门口。"陈医生表示同意，忍了一下，还是又问："那件事你能肯定吗。魏红看上去每天都是平平静静的，不像是心里藏着秘密的人。"在她的遗物里，他们找到一只盒子，里面只是一些车票。每个假期，她都要出去旅行一次，那是魏老师从小把她培养起来的习惯。用魏老师的话来说，那叫开眼。李医生不耐烦起来，说："我要说多少遍你才能相信呢。陈敏的脸真的成了绿颜色。我是母亲，我什么看不到呢。你不想想，她母亲就是偷野食那种人，上辈人不是早说过，龙生龙，凤生凤。"在水镇人里眼里，陈敏医生和魏红老师是天仙配，但李医生也不这么看。李医生觉得，魏红老师还是有点配不上自己的儿子。李医生培养儿子花的是真功夫，书画棋琴，一样也没落下。不像魏老师他们，只知道带着魏红老师到处旅行，把心都跑野了。当然，最大的缘由是，李医生看不起彭老师。她一直把彭老师归到整日蚪耸耸、不知道安心过日子的那类女人，私底下没少讲她的坏话。要不是当时水镇人忙着武斗，说不定彭老师早被口水淹死了。不过，彭老师嫁给魏老师后，就整个换了一个人，原来的张扬都不见了，这也是李医生想不到的。陈医生说："他太不像我了。可能不是我的种。"李医生倒是笑了，说："你这么一说，我倒是有点怀疑自己的眼睛。说不定他得的是疑心病。你不就怀疑了我一辈子。再说，我到现在还不能相信，他能做出那样的事。他连个鸡都杀不死的。"陈医生说："他真是个看不开的人，天下女人那么多。"李医生说："你这回算是说了一句真话。你这辈子一句真话也没有的。"陈医生不让李医生说下去，按着头说："我的头又大了。"李医生对陈医生这套把戏早厌倦了，理也没理，自顾自说："我昨晚又梦到彭老师前夫，他手里拿着一把菜刀。"陈医生叹了一口气，说："梦是反的。"彭老师前夫也是水镇的警察，会武功，多年前好端端的被丽联总的一颗流弹打死在溪滩上。陈医生接着说："彭老师的前夫才是一个君子，他连魏老师一根毫毛也没动，白白可惜了一身好功夫。"

一个月过去，魏老师他们没有回来。一年过去，魏老师他们还是没有回来。早年，魏老师他们家是水镇最花泡的人家，动不动就去旅行，把自己当做见过世面的人。按陈医生猜测，魏老师他们这次说不定已经客死异乡了。李医生说："有可能。他们不再恨我们了，那么，活着还能有什么事呢。连一个想的人都没有。"过了很久，陈医生才说："你说，那么我们活着干什么呢。老话说，树活一张皮，人活一张脸呢。"李医生说："你放宽心，人和人都差不多的，谁又比谁好到哪里去呢，谁又有资格笑话别人呢，说不定下一分钟，就轮到谁倒大霉了。"陈医生听了，很崇拜地看着李医生。现在李医生的每一句话，陈医生都拿它当真理。但转眼陈医生又不开心了，他说："魏老师他们肯定找到了一个世界上最好的地方，不然，他们不会想不起回家的。"

3

在水镇，除了女人，马警察还有一个最害怕的人就是魏老师。自打收到魏老师第一封信起，马警察每隔上一个星期，就会又收到魏老师的信，像女人的月信那么准时。从邮戳地地址看，他们好像越走越远了。他不用拆，也知道里面写了什么。这是魏老师这几年养成的行事风格。他在没有远行前的 10 年里，基本上每天都早早等在派出所门口，然后在马警察前面哭上一个钟头。哭过之后，照例扔下一句话："你们公安就是吃干饭的，什么案子也破不了。我们活着，还有什么可以期待的。"除了喜欢哭，魏老师还喜欢躲在角落里偷听。只要看到有人围在一起，就疑心是说他们家的事。和魏老师的过激表现相比，彭老师要平静许多，她在人前从不提女儿一个字，也从不提女婿一个字。水镇人看在眼里，都说，魏老师这个父亲当得太好了。什么事做得太好，到最后总归会落个伤心的。

魏红老师死的那年，也就三十岁出头。1999 年暑期与以前的一些暑期并没有多少差别，夏天在该来的时候来了，李医生院子里的花也热闹过了头。照例，魏红老师准备外出旅行。她带的东西很简单：一把伞，一本书，一个洋娃娃，两套上课时经常穿的白衬衣和蓝长裤。装在一个普通的黑色旅行包里。这个包李医生还翻过两次。李医生喜欢当儿子那个家的家，动不动就给他们晒被褥洗床单，把沙发搬来搬去，连魏红老师的皮夹隔段时间都要翻翻。除了每个暑期要外出旅行，李医生也没有挑出魏红老师多少毛病，她很顾家，工作也好，不怎么花钱，也不沾麻将、跳舞之类，而且，家里的事都由陈敏做主，这样可以，那样也可以。几样大的东西的购买都是陈敏的主张，过年给双方父母买什么也都由陈敏说了算，甚至连工资也交给陈敏管。有几次陈敏话说的得有点过分，连李医生都听不下去了，但魏红老师只是笑笑，什么也没说，好像没有听到一样。魏红老师的旅行期一般不会超过半个月，回来后就直接回自己父母家。又过两天，才回自己的家。

陈敏曾对马警察说过，我老婆就是有点好，没脾气，天塌下来，她也不会着慌的。陈敏和马警察也是一对棋友，经常形影不离。他们下棋的时候，魏红老师会在旁边安静地看棋。对马警察，陈敏很信任，什么话都愿意说给他听。听得出，陈敏很拿魏红老师当一回事。有一次，陈敏还对马警察说："我老婆就有点不好，在床上太死板了。到底是当老师的人。"

有一天，马警察又一次去了云城。10年前的这一天，魏红老师死在云城的一家私人旅馆里。云城离水镇不到30公里，是本地的一个小县城，魏红老师平常三天两头去，所以，外出旅行大概只是个借口。那家旅馆藏在一个小巷的深处，依旧叫着红楼旅馆，装修也还是九十年代的装修，小小气气的，透着主人的精明。出事后，旅馆只停了一天业，第二天又照常营业了，王老板是个见过世面的人，脸色平淡，好像一点也没被吓着。王老板当时告诉马警察，魏红老师每年暑期都会来住上一段时间，一个人早出晚归。案发的当天，魏红老师一步也没有离开房间。见了马警察，王老板露出一个笑容。他说："还没抓到凶手吗？"马警察说："还没有。"王老板又笑了一下，说："要不是看到你，我都想不起那件事了。看来，再轰动的事，迟早都会被时间遗忘的。"

马警察请王老板喝酒。因为这个案子，他们两个人差不多成了朋友。他们去了以前去过的那个酒吧，酒也叫了原来的酒。他们的口味差不多，都好一种度数不高不低的酒。马警察喜欢和王老板聊天，喜欢听他不动声色地聊女人。按王老板自己的说法，他什么女人都见过了，但从没真正动过心，都是过眼烟云。他把相信爱情的女人归类于弱智，说这种女人天生长不大的。在王老板交往的人群里，离婚和私通都是平常事，没有人会大惊小怪的。爱或者恨，都没什么大不了，他们懒得做过头事。王老板是个聪明人，他看出马警察除了喜欢听魏红老师的事情，对其他事情并没有太大的兴趣。而且，他也从来不喝醉酒。

关于杀害魏红老师的凶手，有三个嫌疑人，一个是魏红老师的丈夫陈敏，他的可能性最大：一是那种毒来源于医院。二是魏红老师死后的第二天，陈敏就失踪了，至今毫无音讯。三是陈敏那天的确去了云城，他正好去开会，而且有人证明他不在会议现场。一个是魏红老师自己。最反对这种说法的是魏老师，他的理由也很充足：魏红老师去旅行前，亲口告诉他她怀了孩子，要他等着做外公。这个事，魏红老师只告诉魏老师，她总是跟魏老师更有话头。但彭老师却认可这种说法。她说："自己肚里出来的，几斤几两有数，她是个认死理的人，只会一条路走到黑。"一个是魏红老师的情人。坚持这种说法的是王老板，他说："男人吗，最怕认真的女人。这个世上，什么事能当真的呢。逼急了，也都是翻脸不认人的货色。所以，我处女人，都是把话说到前头，一开始就让她们断了想头。"王老板说着说着，突然说："你见过魏红老师穿旗袍的样子吗？"不等马警察回答，王老板接着说："那个样子，真叫做风情万种。你知道，魏红老师平常打扮得很土，我到现在都不敢相信自己的眼睛。女人打扮与不打扮真是天差地别的。"在王老板的记忆里，魏红老师住在红楼的每一天都变化着服装，半个月里，没有重样的。而且，还有点亢奋的样子。王老板不知道，魏红老师到底哪个样子是真的，哪个样子是装的。

到了晚上，马警察坚持要住到 204 房间。那是魏红老师临死前住的房间。王老板不让，说："这个房间不吉利，前段时间，又刚刚吊死一个人。"马警察就笑笑说："你难道不知道我是警察吗。"王老板说："我总是忘了你是警察。你不大像警察。"王老板犹疑了一下，还是说了："你看上去有点窝囊。"马警察马上承认了，说："我原本就是这样的人。"王老板走后，马警察吸了一支烟。在水镇，没有人知道马警察会抽烟。然后，马警察就上床睡觉。他敢肯定，这张床还是 10 年前魏红老师睡过的那张床。半夜，马警察从梦中醒来，发现自己已经泪流满面。

到底谁是凶手，马警察 10 年前就知道了。他估计，在水镇还有一个人知道真相，那就是彭老师。有一次，马警察在路上碰到彭老师，她把他叫住，认真地说："世上的事都是大同小异的，但结果却有许多种。"说完，就头也不回地走了。当然，随着时间的推移，马警察对事情真相也没有像以前那么肯定了，这个世上似是而非的东西太多了，有几次，他甚至觉得自己才是真正的凶手。是马警察发现了魏红老师的秘密并告诉了陈敏，这里面的原因很简单，马警察也喜欢着魏红老师。

（原载《长城》2010 年第 4 期）

200

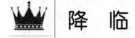

降 临

1

我们这次要去的地方叫南山。摆渡过去，绕开一个村子，再爬一些石头台阶，就到了。四周是南方最常见的两种果树：碰柑和枇杷。再远的地方，可以看见一坡黄色的草。还有一些花，也开着。是初夏的那个蓬勃样子。

这里是个美术摄影基地。果然，我们便遇到了几个画画的人，一溜烟地摆出架势。都是年纪不大但头发白了而且衣服穿得胡里花哨的模样，看上去有些相像，是骨子里的相像。据说，这个世上有两种东西能让人的面孔变得相像，一个是职业，一个是爱情。我想，画家的相像可能来自傲气和散漫吧。而作家的共同点，大概是虚弱。躲在内心世界里疗伤的人，至少有着害怕强大的外面世界的倾向呀。

画家们在画一个女子。水边的女子。女子打扮得像个学生，穿布格子连衣裙，打着两条辫子。连神情也是清爽的。画家把同一个女子画成了不同的女子。那条河是最好的背景，和女子相得益彰着。

我们猜想着女子的年龄和身份。我觉得这个女子不错，当然我是不会说出口的。老宏总结说，你们的眼光还是嫩了。然后笑了。笑得有些意味深长。在这方面，我们向来都服老宏，老宏对女人的经验是从实践里来的。小米不满地哼道，你们男人就一个德性：自以为是。老宏平日里不大要看小米，都四十出头了，还装清纯，最没意思。老宏说，我再厉害，也看不透你的呀。马明突然说，这个女子还不如小水呢。大家都宽容地笑起来。在马明眼里，所有的女子都不如小水。

摄影家径自朝我们走来。摄影家的眼睛差不多是直的，嘴巴微微开着，看得出他有些兴奋。比起画家们，摄影家更习惯于猎奇，他们的灵感大多出自于直感。摄影家自言自语道，我终于找到了。摄影家很有名，他是人物摄影的好手。看来，他准备放弃那个女子了。

摄影家看上的是马明。现在摄影家开始工作。他要表现的主题是：男人和风景。马明有着太白的肤色和太大的眼睛，比较漂亮。小时候，人家都把他当女孩子。民间的说法是，女相的男人是有福气的。这句话好像并不适合马明。马明过得有些苦。当然马明自己不这么认为。

摄影家琢磨着什么，一动不动的，像要看进一个洞。马明穿了件雪白的衬衣，这一点和其他人没有什么不同，不同的是，衬衣的领口里露出了紫色的真丝围巾。或许摄影家刚才注意的就是这条围巾吧。像围巾这类小装饰，马明还有不少。比如帽子。比如有颜色的木珠手镯。这回的帽子和手镯都是紫色的，和围巾相配着。

摄影家让马明摆出一个站直的姿势。但摄影家很快就停下来了。他用力搓着手，像遇到了一件为难事。最后，摄影家温和地说，马明先生，你在想什么吗。马明睁着一双漂亮但没有精神的眼睛，无辜地看着摄影家。他笑了，笑得天真无邪而不知所措。他说，我什么也没想啊。摄影家哦了一声。

第二天，我们看到了摄影家的作品。照片上的马明表情空远，比他本人更像马明。但我们发现，这些作品没有一张是成功的。因为所有马明的额头都是黑的。摄影家把照片拿到阳光下。阳光非常白，但马明的额头还是黑着。

2

准确地说，这是一次聚会，而笔会好像只是借口。每年一次，不算多也不算少了。我们都属于写得不是太好又不是太差的那类，比较容易进入自信和绝望两个状态。而文学对我们来说真的像鸡肋。我们这个圈子，有些一团和气的味道，主要原因是，大家都很平庸。而且，还没有一个出名。我们都等着出名。

通常，吃饭的时候，我们都要来几个段子。这算是光荣传统了。其中几个经典的出自老宏的口中。有一个说法是，男人是靠段子走近的。这个说法不错。

老宏提议，每个人都要说。有点不放过小米的意思。老宏对女人不够友好，用他自己的话叫无欲则刚，用小米的话叫"一朝被蛇咬十年井绳"。老宏是吃过女人亏的，我们都知道。其实，谁敢说自己没有呢，不过是不承认罢了。有些事情换个角度想，就不是那么一回事了，这一点，还是马明的理论最英明：被女人甩了才好，不用负什么责任，倒可以安心地抱老婆睡觉了。

小米说了声无聊，但并不打算真的离开。老宏自己带头说了，是个药渣的故事。说是宫里的一群妃子病了，吃了许多药也不见好，个个都成了药渣。后来派了壮士，把妃子们的病医好了，但壮士自己成了药渣。大家都笑了，连小米也跟着笑。我说，老宏，你说不定已经是药渣了。老宏说，当药渣是男人的理想呀。大家又笑成一团。我注意到马明没笑。

轮到马明时，马明雄心勃勃地说，我要讲个最好笑的。我们想象着马明讲段子时艰难的样子。我们等了好一会，才听马明慢吞吞地说，一只鸟从天上掉下来，打一字。马明怯怯地探究我们的脸色，先是低低地笑，随后就放开了，而且越笑越激烈。我们等马明笑结束后，才一起笑起来。

第二天，我们真的看见一只鸟从天上掉下来。鸟开始的时候还会扑一下翅膀，后来就不动了。我们还看见了鸟冰凉的瞳孔。我们都在想，马明那个谜底是什么呢。

这个时候，马明突然发出了一声尖叫，而且是很快乐的尖叫，尾声差不多颤抖着。马明的尖叫划破了宁静。这会儿，我们都看着马明。马明也看着我们。显然，他比我们更不知道发生了什么。老宏说，怎么了。马明说，怎么怎么了。老宏说，你叫什么呀。马明困惑地说，我叫了吗。接下来，马明认真地说，我终于知道那个谜底了。老宏笑道，原来你自己也不知道谜底呀。我们让马明说出来，马明不肯。他神秘地说，这是天机。

我们又遇上画家了。他们还是画昨天那个女子。女子换了装束，是一件果绿的旗袍，头发向后挽成一个端庄的髻，很养人眼。我们都光明正大地看女子。马明也在看。他的目光飞来飞去，看上去有些紧张和不安。

3

现在，我们开始讨论马明的小说。

我们每个人的手上都拿着马明的小说。天气太好了，这一会，阳光就落在马明的小说上，落下许多碎影。马明的小说是手写的，字迹一律向右斜，和他走路的姿势相反。他抄了十四份。而我们来了十三人。

小水没来，她生孩子去了。上次笔会小水还是处女，楚楚动人着。我们都觉得受了打击。马明说，早知道她不来，我也不来了。没什么意思呀。我们都有些意外。这么多年，我们还是第一次听马明把话说得这么明白。马明是个胆小而谨慎的男人，从来都是。

我敢肯定，所有的男人都这么想。我也这么想。这没办法。这世上有许多好东西，比如花，比如水，你是没有理由不喜欢的呀。而小水就是好东西。说不定画里的那个女子也是呢。

马明小说的题目是，《2002年的欲望舞蹈》。一个爱情故事。这里藏着男人马明最隐秘的情结：像写的那样生活。我们都看出来了。马明在虚构里完成了一次自慰。只有小米一个人说，我看不懂。

讨论老宏小说时，大家吵得很凶，差点都要动拳头了。老宏的小说写得很好看，我们要讨论的是：好看的小说是不是等于好小说。但现在却有些过分的安静。马明说，我知道，你们什么也不想说。你们对我总是无话可说的。马明接下来朗诵了小说里的一首诗：两条游进命运掌纹里的鱼。很抒情，抒情得不着边际。还是没有人想说话。大家都是无动于衷的样子。有几个开始玩手机了。短消息的声音比较好听。

我对马明小说比较有印象的是这句话：她幸福，我就幸福。我记住这话是因为它让我讨厌。我还讨厌马明经常唱的那首《把根留住》的歌。这歌别人唱还可以，马明唱我就受不了。我甚至想到了那个很不好的词。

马明差不多是要哭出来的样子，他呼呼地走了出去。马明走后，我们一下子轻松起来。老宏说，你们知道，马明小说里出现最多的一个字是什么吗。是："了"字。把所有的"了"字去掉，原意不变。这就是说，"了"是个多余的字。我们都明白老宏的意思，而且有些心照不宣，那就是，马明的小说写出来和不写出来都是一个样。换句话说，写与不写，马明都是一个虚弱的男人。

关于马明的小说，我们实在说不出什么，也不敢说什么。说它好不行，说它不好也不行。我们这圈子里的人，有时候也会彼此抚摸一下或抨击一下，大家也不放在心上，但马明太较真了。他会以为别人说的每一句话都是真的。有一回，马明说，我想去做个专业作家。我们都被这句话吓了一跳。如果马明真的这么想的话，我敢肯定，他的脑子一定出问题了。我还知道，马明在机关里混得比较艰难，什么都轮不到他。是机关最老的秘书了。他刚刚告诉我，他准备考研究生了。

我们再次看到马明时，他趴在地下。血从他嘴里冒出。他掉了两颗门牙。这是马明奔跑的结果。据马明自己说，他是突然想起跑步的。

那条路上下都很平坦，甚至连一块石头也没有。平路也能让人跌得如此结实，我们一时都想不通。而结论只能是一个：对马明来说，奔跑是不可能的。这个世上所有的一切，只是让可能的变成不可能，让不可能的变成可能。

4

我听到门响了两声，停了。响了两声，又停了。又响了两声，停了。然后，马明探进头来。他倚在门边，先是嘿嘿地笑了一声，接着讨好地说，我能进来吗。实际上，他的身子已经横进来了。

马明带来一瓶烧酒。52度的。连喝酒的杯子也带了。他把酒往这边倒点，又往那边倒点，一直匀到什么也看不出来为止。他说，李子，你当我是朋友吗。他来不及听我说什么，就顾自将酒很猛地喝下去。我知道马明有话要说。果然，他从喉咙里呕出一句话。他说，我怀疑我老婆有外遇了。他的整张脸都红了，红到脖子。

马明说了两件事。一件是，前段时间出差回来，发现老婆多了五条内裤，而且都是他以前没见过的颜色。一条红的，一条蓝的，还有三条黑的。每条都穿了一次。另一件是，这个月老婆一共六次提到她男同事的名字。

马明的老婆是个老师，很秀气的一个人，动不动就脸红。还会弹钢琴。我每次给马明打电话，都能够听到琴声。我说，你老婆又在弹琴了呀。马明就很高兴地说，她呀，还是和别的女人有点不同的呀。我实在无法发挥自己的想象。我忍不住笑出声来。我问，还有吗。马明睁大眼睛看着我，他说，难道这还不够吗。

我觉得这个话题无法继续下去了。我换了话题。我直接地说，你不是爱小水吗。马明好像酒醒了，或者是根本没有醉。他看了看我的脸，随后笑起来。他说，小说里的东西你也相信。我看了一会马明的嘴。掉了门牙的嘴显得空空荡荡。我忽然觉得这个话题同样无聊。

马明没有想走的意思，他还是很痛苦做着沉思状。马明的许多痛苦大概都是这样自己想出来的。他不依不饶地问，李子，你说，人什么时候最孤独。这个问题我从没想过。马明的眼睛亮了，他激动地说，我知道。做爱之后。和老婆做爱之后。

后来，小米和我说起了马明。她说，马明这个人，真是看不出。她犹疑着把那件事说出来。还让我看了手臂上新鲜的痕迹。她说，马明竟然也有那意思，我真想不到。他挺冲动的。一般，我不大相信小米的话，她这个人自我感觉太好，总以为这个世上所有的男人都会爱上她。但这次，我倒是有点信了，根据是，越温和的人越有暴力倾向。我不明白的只是，马明这样做的理由是什么呢。我马上就什么都懒得想了。我心不在焉地对小米敷衍道，谁叫你这么有魅力呢。

5

　　我们决定到镇里去。在风景里待了几天，也腻了。毕竟和那些花呀草呀树呀相比起来，我们更加热爱酒、女人嫩嫩的手和紫苏鱼头火锅等一些有实质内容的东西。我们的计划是，先洗头，然后喝酒吃鱼头火锅，最后是去舞厅跳舞。

　　我们遇到了那班画画的。还有那个女子。女子这次穿了黑色套装，斜斜地系了粉色的丝巾。头发刚刚拉过，齐齐地披下来。他们说去跳舞，我们也就去跳舞了。

　　镇里的舞厅，比我们想得要好，也是该有的都有了。想来中国要普及一件事情真的不难。音乐起来的时候，我们都有了不同程度的兴奋，随意地放开。但后来我们都不跳了。最后，连老宏和小米那对公认的"国标"也退下来。大家围成圈子。

　　围在正中的摄影家和女子跳的是探戈。是正宗的探戈。女子的笑容漫开了，多少带了表演的意思。我们注意到女子脚上是一双红色的尖头皮鞋，一亮一亮的。那双鞋子就要飞出来的样子。我听到小米说，女子的身体热了。这句话说得有些莫名其妙。我一直都没找到小米藏在暗中的脸。到处都是夜的气息呀，谁愿意去想小米那张老脸呢。

　　现场是一下子冷掉的。画家们突然一个也不剩地走了，没看到谁和谁打招呼，看来他们真是天生一致的人。摄影家马上把女子的手甩开。那个动作很大也很坚决，女子整个身子摇晃起来。摄影家也不说什么，慌张地追了出去。

　　我们是在回家的路上发现不见了马明的。我们只好原路折回小镇。天黑得很，小镇显大了。我们从弄堂拐进，七绕八绕，最后又回到了原来的弄口。整个镇像座迷宫，这是白天发现不了的，我们竟然找不到刚刚去过的理发店、鱼头火锅店和舞厅了。

女子不知道什么时候变成我们队伍里的人了，她的胆子比我们还大，走在最头上，一个劲地往黑里撞。

我们开始搜索有关马明的记忆。谁也想不起什么了。最后，老宏得出结论：马明压根儿就没和我们一起出去。但老宏的话马上被女子否定了。她说，我见过。他戴了一顶红色的帽子。的确，马明戴的是红色帽子。马明是个一年四季戴帽子的人。我们直起喉咙开始比赛般的喊叫。女子也积极地加入进来，她的声音是最脆的，带了点歇斯底，还像在舞厅里表演一样。

终于，我们看见马明自己从黑暗里走出来。他埋怨道，你们总是想不起我的。我怀疑他一直就躲在我们的身边。

6

我们在渡口等马明。还有那个女子。女子打扮得有点马虎了，是一件领口宽松的汗衫和屁股起了毛的灯芯绒裤，头发也很随便扎了个马尾。画家不在，女子也就没有办法成为画里的人了。我们还看到了女子鼻梁两翼的几颗雀斑和四环素牙。

老宏握了女子的手看手相。老宏说，你一生会遇到两个男人。一个爱你的，一个你爱的。多么熟悉的话呀，我们都在心里笑起来。女子并没有在意老宏的话，她忽地站起来，把手头抽了一半的香烟扔进水里。她说，谁还想等下去吗。

船离开了码头。我们谁也没反对。我们的动作非常的一致，占位置，然后眺望着公路上的车辆。我们差不多都有些急切。和来的时候一样的急切。我是其中没有反对的一个。我能做的，只是极力压抑着自己的赞同，做出随大流的样子。船至中央的时候，我看见了渡口边上的马明。他孤单单地站着，越来越小，小得像一个黑点。

我回家的时候才发现，我根本没必要那么急切地回来。家里什么都没有，包括我想的一杯沏好的浓茶，一桌子好菜，包括老婆。我记得我是打过电话的。看来，我回不回来，对老婆来说，早已不算什么事了。我还是把自己想得太重要了。这真不好。

晚上，我和老婆做了爱。一般，做爱之后我会睡得比较踏实。但这次没有。我想到了马明的那句话，或者说，是感受了马明的那句话。我有点害怕。都说疾病是会传染的，难道思想也会传染了吗。我下意识地看了一眼老婆的内裤。还好，那是一条旧的。

铃是突然响起的。在深夜，它的声音听起来特别长。我的动作过于猛了，整个电话机掉了下去。但铃声还是顽强地响着。老宏喂了一声后就沉默下来。他说，马明死了。我也沉默下来，过了好久，我才问电话那头的老宏，你在想什么。老宏说，我知道那个谜底了。

我们赶到河边。马明的脸很平静，和平常没有任何区别，以至于我们都不大相信那是一具尸体。水也很温和，河面上甚至看不见一丝波折。这条河，也就是这段时间相对丰盈些，其他的季节，是完全用不着渡船的。七、八岁的孩子也能趟过去。马明的水性很好，曾经是县里的游泳亚军。医生的解释是，马明游泳时可能睡着了。这个解释是对的。马明喜欢仰泳。因为仰泳的时候才能够看见马明热爱的蓝天白云。

有一次，马明和朋友到野外吃家鸡火锅。鸡熟的时候，马明忽然不想吃了，他说，我要到水里看我的蓝天白云了。朋友说，是吃鸡要紧，还是看蓝天白云要紧呀。马明痛心疾首地说，你们什么时候才能不俗一点呀。

我想起很小的时候听过的一个故事。算命人预言一个人将死于每一天，而且提示是死于水里。那个人避开了所有和水相干的东西。足不出户。天快亮的时候，那个人松出一口气。他去洗了一把脸。结果是，他被那盆洗脸水呛死了。

我想，死原来是世界上最容易的事。

（原载《西湖》2004 年第 5 期）

日出浮云

1

民国二十四年的秋天到了。

和尚若慧打开披云寺大门，雾色很响亮地涌进来。寺前开阔地，立着一棵千年柳杉王，高过百米。某年遭遇雷劈，树成两半：左侧的主干自底而上，顶端绿得旺盛，另一边则枯成峭壁。腰身处，还挂了青铜黄钟。朦胧里，树和钟，愈发地显出年代久远与莫测。传说这两样宝物，都出自寺祖之手。早年寺祖云游过来，为此地的风水所动，从此无意它景，留步扎下根来。披云寺位闽浙赣交界，寺内撞钟击鼓，三省可闻。

进寺的瓯龙古道沿峡谷小溪而上，途经头天门、二天门与三天门。这个季节，盖着一地的落叶松果，满眼灿烂的红与黄。之后，古道远处传来动静，针松林中猛地飞起了一群鸟。鸟尖叫着很快地掠过天际。

今日，来寺进香的人，似乎比往日多出几个。其中的一个，用一条藏青布巾将整个脸包了，只露出眼睛。一行人里，女的居多，衣衫里散开沐浴后的干净。过一会，众人将香烛用手帕包了，举过头顶。接下来，合掌抽签。披云寺的签向来灵验，名声传遍相邻的五州十八个县。还是相似的表情，苦着脸的样子，略微带着不安。这样的表情，若慧也早已看得木然。殿尾的女子，却是面生，一身尼姑打扮，远远地对着若慧打量。这女子几步路下得有点急，转眼间，便隐进了寺的另一头，只落了个柔软的背影。若慧似乎听到大师父唤了一声，等了片刻，却是什么也没有。

早膳后，若慧跟在二师父的后头去山脚龙渊镇采办，置一些零散。一路走过，只见卡哨又添了几处，人也换了新面孔，是正宗的国军，腰板挺拔，脸硬硬地板得正经，不像本地保安，站无站相的，给女子搜身，少不了摸把奶子。刚近城门，便有一阵喧哗传开。若慧在人群里竖起耳朵，听得心头突突地抖。用力踮了脚尖一看，果然城墙头上是一颗鲜艳的人头。据说就是传言里的那个赤匪，长于飞墙走壁，打的是双枪。赤匪行踪诡异，最后却败在自家人的告密。此人头，官府悬赏出价到 5000 大洋。身旁有人小声嘀咕，这世道可能真的要乱了。另一个声音高了几分，说，乱一乱也好，每个人都可变种活法。这种有上顿没下顿的日子也早就过腻了。若慧听了，只觉得心里一紧，默默地双手合一。

若慧挤出人群，见二师父已经在前头走出一大截，连忙将布裰往身后一甩，大步流星赶过去。临近剑池，二师父立住不动。此池是战国年间欧冶子淬剑之处，已历几千春秋。周遭荒草横生，一派萧条。二师父蹲下身子，将整只手插入池内，黄袍沾了一身土，阴沉地一笑，说，剑池浑浊，是不祥之兆。若慧原本存了话想问，见二师父一脸的冷漠，只好忍住。在若慧眼里，二师父很有些捉摸不定，总是整日锁着眉头想事，与谁都隔着一层。这也自然。半路出家的，大都是灰了心的，尘世上的事，早就不怎么相干了。二师傅一年前入寺，听口音是福建莆田地带人，只是他对自家身世隐晦如深，若慧也从来不提话头。这当然也是佛家的戒律。

龙渊镇巴掌大，一歇工夫便走了个来回。中心地方，是南方型旧街，就着丈许宽青石条板，两旁店铺一律挑出雁式屋檐。街面冷落，一路不遇人影，未近午时，店铺已关了大半，几家开的，也是懒散模样，台面上垢着尘埃。唯有剑铺铺门大展，着少尉装的军人正在试一把新出的雌雄剑，挥舞间，剑和人都聚满寒光。

两个人照例往弄巷一拐闪进王家酒馆，要了一斤家酿，一碟本地兰花豆，一盘生切牛肉。几杯酒落肚，见二师父的脸面暖和起来，若慧也活泛了，提着胆子说，你倒也是真的不怕犯戒。二师父不以为然，说，人修的是心，而不是形式。便倒了酒，递过来。若慧并不动容，只是浅笑着将身子挪远。二师父说，不喝酒，就不知道喝酒的好。若慧说，不知道也就不知道了。人有了欲念，就会有烦恼。二师父听了，突然叹气，一口喝了杯中酒，说，只要活着，就少不了一个无奈。这一次二师父又把自己喝醉了，用袖口掩了脸一阵一阵地抽泣。若慧仔细地看了一会，觉得这个时候的二师父倒像个女人了，暗地里想，二师父的心里肯定藏了很大的疼痛。

归来时，落日已散尽，风声啸林，气候骤然跌至深冬。大师父早早等在门口，待他们进入，将寺门一一关严实，说，年头不太平，恐怕山下已经没有清静之地了。二师父紧走几步，与大师父拉了距离，小声说，倒也没看到什么。大师父点头赞同道，出家人的眼里，有就是无。进膳房，一女子笑吟吟地站着，却是若慧早上照面过的尼姑。大师父解释说，淡明外出化缘，路过此地，要寄宿几天。若慧打了饭，依次递于大师父、二师父和淡明。大师父说，鄙寺只有粗茶淡饭。淡明大大方方地笑着说，我已饿了多日。当即将一碗饭云扫。二师父依旧沉着脸，余光却落到尼姑的一双手上。膳房里一时静得空洞。

2

尚副官以一个鹤立收尾，整个舞剑过程行云流水一般。一直蹲在剑铺门槛上闭目眼神的老妇人突然一跃而起，对着尚副官抱了抱拳，说，好身段。看来你是懂剑之人。当即扬了扬手，令伙计敬上茶水。茶具也系本地产物，上好的梅子青瓷，玉般滋润。一个地方，出剑出瓷，自有它的不寻常。老妇人满面温柔地看着尚副官，说，宝剑赠英雄，是我行多年规矩。你可以任选一款。尚副官来回轻描淡写一番，便收住眼，淡淡一笑，说，我这人生来古怪，只想要看得上的东西。老妇人马上明白过来，略微沉吟，说，人与剑是要讲缘分的，你想要的七星剑，我已与一年前赠送他人。话毕，取出一幅墨宝，说是持剑人所留，上头书一首诗：松苍敢向云争立，草劲岂惧疾风寒。生死沉浮寻常事，乐将宏愿付青山。尚副官端倪良久，脸上的笑渐渐走样，说出一句：如此气魄，果然是个高人。

再转过几道巷，便到了镇公所。营地就扎在这里。马厩旁，堆了草料，上头鼾声如雷，却是一个老兵四脚朝天，烂脚边歇了一圈的苍蝇。一边角落头，几个支着脑袋挨在一起赌牌，见到尚副官，立马作鸟散状。尚副官在罗营长门外头等了半日，终于听到门吱呀一声，一个女子忸怩地出来，全身的肉一动一动的。进里屋，罗营长正收拾残局，嘴里骂骂咧咧着，将一团污齪胡乱地卷了，往床底一踢。抬眼见是尚副官，也不遮掩，说，今日倒霉，撞了一个见红的。对于军人，这类事是忌讳的，据说是血光之兆。尚副官忍不住地笑，说，你也太猴急了。罗营长重新用绑带吊了枪伤的手，满不在乎道，我们这些扛枪的，今朝不知明朝事，命本来就不是自己的，做事就图谋个痛快。我倒是服你，什么时候都沉得住气。尚副官说，我只是不好这一口。再说，做婊子的，上头卧过千军万马了，光想到这点就失了兴致。罗营长答道，也就你们读过书的人爱想事。这个世上，什么事一想，就都没什么意思了。

　　说话间，门口探进一个人，却是本地保长，哭丧似的吊长一张马脸，站在那里吱吱呜呜地说不清话。原来上一仗打得凄惨，罗营长部队丧了近百条性命，为安稳军心，勒令镇里每家平均摊派凑足抚恤金。罗营长见状，马上火气上来，将手枪往桌子上一扔，只听砰的一声，一只茶杯飞了起来。保长一吓，整个身子顺着墙壁瘫成一团，话倒流畅了，说，年景不好，小户人家本来就糊口艰难，殷实些的，都是生意人，把钱看得比性命还重。我也是什么法子都使过了。罗营长并不答理，只是取出另一支手枪，往窗口一瞄，一只鸟应声而落。保长不再多话，抖着手慢吞吞地从身上掏出一些金币银元。罗营长看了一眼，估摸着分量，挥挥手放他走了。尚副官说，这年头，地方差吏也不好当。罗营长哈哈大笑起来，说，看来你还是嫩了，刚才那保长，自己口袋早就捞足了，也就装个样子给我们看看。尚副官感叹道，国不安宁，最终苦的就是黎民百姓。罗营长疑惑地盯了尚副官一下，心里暗笑他的装模作样，嘴里却道，自古乱世出英雄，你们这些黄埔出来的，正好大展抱负。

　　罗营长打开作战图，取了红笔，圈出几个点。又从贴心内衣取出一张条子，交给尚副官。条子毛笔书就，上头是3个村名：上垟，保定，玉溪。尚副官冷笑了一声，道，可惜了一笔好字。罗营长明白了话里的不屑，说，这种骨头软的小人利用完了马上干掉，留在身边早晚是祸患。不过，做叛徒也是本能里的事，有几个扛得过刑罚。今日地方报登出，又有372个人改过自新了。尚副官莫名其妙地笑了一下，说，恐怕是假的。玩小把戏终究成不了气候。罗营长说,你又想多了。当即转了话头,问,你估摸他们还有多少兵力。尚副官回答,据可靠消息,他们的主力部队已北移。上一仗与我们交锋的可能是游击队。不过,也很难讲。要看赤化程度。不是有草木皆兵的典故吗。罗营长抬了一下胳膊,疼得眉头一蹙,粗着气说,那就只有耗着了。我可是一个也不想放过。尚副官却不再搭言,掏出一支烟,自顾自抽了。烟雾从一张白脸上升腾开来。

又隔几日,罗营长的勤务兵从镇桥头第十三块石板下取回一张条子。那上头写着:披云寺。

3

若慧引导淡明一前一后往自己的住房走。昏暗的浮光下,老寺一曲一折地深进去,走不到头的样子。泥墙、木板壁以及地砖间隙都长了深深浅浅的苔尘,满眼的陈旧腐朽气味。突兀地,木鱼之声响起,却是若即若离,恍若隔世。若慧亮了灯盏,一一告知热壶的位置、门销的插法、关窗的程序之类,语气平淡。淡明见他少年老成,温和地问,你来了几年。若慧回答,打小就在这长大。灯盏跳出一朵双盏花,闪在若慧的身上。年轻的沙弥的确长得十分干净,尤其是眼睛,呈深蓝色,有着令人不安的明亮。淡明对着那双眼睛说,你看上去是个有慧根的人。若慧沉静地一笑,说,若慧是愚痴之人,理当与佛、与披云山的树、石、草一起。双手合一施礼后,稳稳地退出房门。淡明关窗的时候,听到响动,隔会儿,二师父走了过去,走得很缓慢。

第二日,淡明五更即起,随了若慧去寺后打柴。眼前,芦花已经长大,矢车菊和野杜鹃开了宽大的一地,处子般的修竹正一节一节地蓬勃着。再向前行,抵达将军岩。一块耸在半空的石头,却是将军舞剑的造型。披云山这个地方,向来藏龙卧虎,山里落着黄巢、张天师、朱元璋等诸多传奇。将军岩上布满了苔藓，绿得娇嫩；顶部树木浓荫相接，绿得厚重。翠绿、墨绿、淡绿溶化了，又糅合在一起，整个天地仿佛浸在流动的绿水中。此时，天色已经完全放亮，整个山都活泼起来。

若慧轻手轻脚攀过石岩，转眼，布褡鼓得饱满，倒出来，零碎的颜色落了一地。是山里红，正栗，冻柿子与猕猴桃。两个人吃得一口的鲜艳。淡明说，这山倒是养人。若慧说，所有的山，都有着神性。他从小就和山里的树、草、鸟一起玩，最开心的事，就是对着一山的雾看，看老半天。披云山从来没有看不到雾的日子。若慧转过头，问，你也经常吃这些野果吗。淡明说，经常。若慧就笑了一下，露出羞怯，说，和我想的不一样。淡明说，你想了什么呢。若慧又笑了笑，却不再吭声。

趁着若慧打柴禾的工夫，淡明悄悄地隐进树林。拨开高出人头的茅草丛，露出幽暗的洞口。往里走，洞大起来，脚步声惊起几只蝙蝠，齐压压地朝身上撞。淡明唤了两声大老杨，却是没有动静。借着微弱的光线细寻，一具失了双腿的尸体横陈在洞正中。那是一个最决绝的姿势。大老杨的身体已经冷了多时，他的前胸插着一把宝剑。是那把闻名龙渊的七星宝剑。也就是说，昨日淡明离开山洞下山寻食，大老杨就结果了自己。原来大老杨早就预谋好了。她记起离开前大老杨的一句话。他说，你要活着。3 日前的一场战斗里，他们与大部队走散，当时大老杨身负重伤。淡明没有想到这一步。她应该想到的，他从来就是那种人。淡明流着眼泪想，到最后我还是没有看明白他。一个可以为别人生也可以为别人死的人，他的世界太大了。淡明待了一个时辰，清醒过来，寻来树枝和泥土，将大老杨薄薄地盖了。想起大老杨经常说的另一句话，青山处处埋忠骨，竟不住又一次泪流满面。随后，猫身出洞。若慧在一块石头上打坐，见了她也不问什么，起身挑了柴禾走到前面。

这时，枪声响起，一阵马蹄疾风而过。片刻后，又归于安静。淡明问若慧，你害怕土匪吗。若慧说，我只害怕一样东西，血。佛能够普度众生。信佛的人，灵魂是安心的。淡明有些激动，说，那只是佛门的理想。只有战争之后，才会有真正的和平。若慧沉默了一会，突然问，你家住何处。淡明想了想，说，北平。一个遥远的地方。她没来由地对若慧放弃了戒备。这种放松似乎释放了她的某种焦虑。五年前，淡明离开豪门，彻底的逃离和拒绝了锦衣玉食的日子，成为她想成为的那种最简单的人。一年前，她随挺进师抵达披云山，开始了戎马生涯。她的生命从此和最底层的那群人息息相关。或者说，她为活着找到了真正的理由。是的，她就是那种需要激情来延续生命的人。而且这种激情的强烈和持久，远远超过了性爱。若慧哦了一声，冷淡地说出一句，你不是尼姑。我原来还以为我们是同类人。淡明神色凝重，认真地说，殊途同归。真正有信仰的人，肯定是同一类人。

4

刘营长一行拂晓抵达披云寺，几个士兵蜂拥而上，寺门擂得应天响。大师父还未奔至门边，门轰然倒塌，扬起一地灰土。刘营长懒得与老僧人废话，朝天开了一枪，嘴里喊道，搜。大师父退进佛殿打坐，细细琢磨一翻，心生疑惑。抬眼四周一看，却是寻不到若慧。若慧从未踏入红尘，眼里只有僧界的单纯和良善，哪知世事的凶险。脸色陡然一变，整个身体摇晃起来。

若慧听到动静，忽然明白了，心提到嗓子，一反往常的恭俭，用头撞进淡明的房间。却是无声。若慧松下一口气，竟已是满身的大汗。房里的被褥叠得齐整，若慧的旧衣破袜上，还残留着女红的气息。这种气息戳到了若慧最柔软的地方。外头，雾起了，是大雾。若慧知晓，这种雾，通常看不到一米外的东西，只要淡明一出寺，偌大的披云山，到处是藏身的地方。正待离开，淡明却从房门后闪出。若慧说，房里有暗道，出道后，一直往北走。淡明走出几步，回头见若慧跟着，阻拦道，这很危险，你帮不了我。若慧说，我熟悉地形。他停顿了一下，脸色变得十分庄重，说，你想错了，我只是帮我自己。说着不由分说地拉了淡明的手，一起奔跑起来。

折腾一番之后，仍然一无所获，刘营长喊人叫出大师父二师父。大师父冷静地说，你们可能是得了误传，佛门乃清静之地，从不收留外人。尚副官冷笑了一声，说，想不到僧人也打诳语，而且不动声色。你没见寺里少人了吗。罗营长却是不耐烦了，说，还是用老计策，赤匪的软肋可是让我摸到了。当即让手下将两个和尚绑到寺前柳衫树下，朝山上喊话，不出来，就杀了和尚。二师父任人摆布，始终垂着眼帘，一言不发。

淡明的脚步停住了。山上的喊声又响过一阵。淡明松开若慧的手，微笑着理了理衣衫。那张面容端正清香，有豁出去后的那种淡定和凛然。若慧并不惊讶，抬起脸，忧伤地说，我知道你决定了。淡明说，是的。若慧生平第一次看到了女人的美丽和优雅，慢慢地，看出了眼泪。他说，原来世界上真的有不怕死的人。淡明说，对于我们来说，死是最寻常的事。和你一样，我只是成全我自己。一会儿，淡明就走出来了，走得很轻盈，像是要飞起来一般。一群士兵包围上来，尚副官举起枪，一枪把若慧放倒。罗营长一怔，吸进一口凉气，说，想不到。尚副官冷冷地反问道，想不到什么。

回龙渊镇，镇上士绅设宴款待刘营长尚副官一行。席间，尚副官离席出去，迟迟不见回转。过不久，便传出了尚副官失踪的消息。那天晚上一个士兵看到一个人在树下舞剑，那就是尚副官最后的身影。罗营长亲自查了尚副官留下的东西，却未有点滴痕迹，心里想，读书人就是有城府，让人看不透。出房门时，看到了一副对联：武略慕祖武，经济仰孙文。是尚副官新近的书法。

披云寺又安静下来，只是这安静里头藏了许多的虚无。大师父好像是一下子老去的，整日枯坐着，有时甚至忘了诵经念佛敲钟打更。他不再想若慧了，他知道，若慧的死是必然的，和任何人无关。因为这个世界只容得下凡夫俗子。大师父眼前又出现若慧死时下的雪，那场下在秋天的雪纷纷扬扬，遮蔽了整个世界。有一日，他唤过二师父，说，你走吧，我不想再留你了。二师父做出凄苦的表情，说，披云寺不留我，这个世上我还有什么地方可去呢。大师父闭了一会眼睛，睡过去一般。良久，他睁开眼，看着远方的山，说，你明白得太晚了。二师父说，想不到僧人的心也是冷的。大师父说，我的心倒是不冷，只是眼真的是瞎了。说完，突然发疯似地笑起来，那笑声渐渐地变成哭泣。二师父转过身，看见大师父将剪刀刺进了自己的双眼。血溅到二师父的黄袍上，慢慢地开出一朵艳丽的花。

多年后，二师父临死前留下一句遗言，生如寄，死是归。果然是一手好字。

（原载《文学港》2006 年第 3 期）

三月桃红

1

米镇靠山那边，有一坡桃花林。关于桃花林，米镇有许多传说。传的最多的是，桃花林里有一种气味，人闻久了，会中邪。好好的一个人，忽然就做了平常不会做的事。像醉酒。桃花林里经常会窜出一个疯子来，一般是女疯子。她们都会唱很好听的样板戏。

在米镇，大人都挡着不让小孩到那里疯。尤其是女孩子。

2

有一年春天，童小茶放学回家，看见隔壁普子梅的家围了一圈的人。所有的女人好像都在说话，窃窃私语从人缝里钻出来，竹筒里倒豆子一般。与女人相比，男人们要安静多了，他们大多抽着烟，只是抽烟的动作比往常凶狠一些，浓浓的烟雾差不多藏住脸了。童小茶想，终于轮到普家出事了。

这个时候米镇的太阳已经下去，从窗户进来的光线，半明半暗的样子。普家碎花窗帘被撩开了。普子梅的母亲许大夫胡乱地躺在床的中央，雪白的皮肤散发着潮湿的气息。这种气息把整个房间弄得很暧昧。这个女人脸上浮着红晕，眼睛像出了水一般，即便在最尴尬的时候她也让男人承认她的动人。她差不多是熟透了，结实的棉毯仍然让她凹凸有致。她的枕边放着一个粉色的假领子、一双丝袜、一本打开的书和一件很小的背心。背心的颜色十分的干净，是一种接近透明的白。

卫生院的两个女人，李师母和张师母把普子梅的父亲普老师夹在中间。她们的眼神和表情完全相同。在米镇，这样的事情总是令人兴奋。李师母和张师母都是家庭妇女，不识大字，平日里是轮不到说话的，这一回像逮着机会，说起道理一套套，俨然是人生老师了。李师母说，想开些。张师母说，是啊是啊，想开些。李师母说，我真没想到。张师母说，是啊是啊，我真没想到。普老师像女人那样用一条白手帕揩着眼泪。他谁也不看。他说，原来她这么恨我。

童小茶穿过热闹的人群回到自己的平房。母亲依旧阴着脸坐在那里用一把磨刀削棒冰签。一到春季，童小茶的家连空气都充满那种叽咕声音，鼓噪而滞重。母亲像不认识似的看着童小茶，说，不怕烂了你的眼吗。母亲干涩的声音很冷，她越来越像寡妇了。父亲死后，母亲就改了性子，看什么都不顺眼，好像谁欠了她似的，连一个笑脸都挤不出，让谁也接近不了。童小茶无端的有些僵硬，走进里屋时才小心地应了一句，大家都在看呢。母亲的声音从背后追上来，说，少管别人的闲事。

第二天，童小茶照例唤普子梅上学。这个早晨童小茶注意到普家灰色的墙角上长满了湿漉漉的霉点和虫子。它们是甲壳虫、金龟子、蚂蚁和一群就要化成蝴蝶的蛹。那些蛹拥有一张透明的翅膀，嫩得很妖冶。童小茶有了眩晕的感觉。她转过身的时候发现普子梅就站在她的面前。普子梅穿着一件粉红的确良衬衣，袖口和前襟打了两块黑色的补丁，这让她看上去有些古怪。她的笑容也是古怪的，有恃无恐的样子，有一股豁出去的味道。

童小茶去拉普子梅的手，但普子梅把手甩开，顾自往前走了。童小茶追上去，说，我知道你很痛苦。普子梅扬了扬眉，嘴角一拎，说，你是我吗。童小茶就说不出话。她发现自己又一次想错了。她和普子梅从来没有平等过，以前是，现在还是。童小茶像以往那样笨拙地看着普子梅。普子梅硬了几分钟，叹出一口气，说，我讨厌你的迁就。说完就去拉了童小茶的手。普子梅告诉童小茶，她昨晚只做了一件事。她说，我把所有的新衣服都加了补丁。她补充说，这真是个好玩的游戏。

这一天童小茶陪普子梅走了许多路。她们从学校的小山坡绕开，穿过刚刚泛绿的田野，最后来到桃树林。春天的桃花开得像血一般。

3

桃花林里的桃花，背隐处，颜色要深些，差不多是一种深红了。而阳光里，却淡得有些白。两种桃花，都有一种媚态。

童小茶和普子梅坐下来看桃花。普子梅说，桃花是人间第一淫花。童小茶鼓起勇气说，你在恨你的母亲了。她停顿了几分钟，把头低下来，看着自己的鞋，有些不安地说，我这人不会说话的。普子梅烦躁起来，说，那是因为她不是你的母亲。女人就是有千般好，只要落了这样一种不是，就什么都不是了。童小茶想了很久说，也许，你母亲不喜欢你父亲吧。普子梅别样地摇摇头，目光犹疑地盯了童小茶一会儿，然后把目光移开，移向桃林深处，她忽然说，你恨你的父亲吗。童小茶说，我不知道。普子梅逼过来，说，你知道的。

童小茶的父亲是卫生院的会计，有一年查账被查出了问题后，就跳了瓯江。那时瓯江正在发大水，远远地漂来一大堆东西，以为是牲畜之类，捞上来却是童小茶父亲的尸体。米镇这个

224

地方很小，几乎没人不知道这件事的。一个人跪下去总是怯懦和无奈的，这件事后来成了童小茶的一个心病，从此，她见到什么人都有些害怕和巴结了。而一个没有父亲的家，也就是碎的。

童小茶和普子梅差不多在同一个时刻放声大哭起来，她们触摸到了彼此泪水的温热，接着湿漉漉地抱在一起。普子梅终于放下骄傲，叹出一口气，说，做人真没意思。童小茶安慰道，别那么想。我早就什么都不想了。普子梅呆呆地，变得苍白的脸第一次写满脆弱和无助。童小茶转过身，安静地看着普子梅。普子梅这样的表情让童小茶多年的自卑逃遁了，她忽然觉得自己其实一直在等待这个时刻。她再也没有说话。

后来，许大夫就死了。她把自己吊在那片桃树林上。那时候的桃花差不多开始谢了，落了满满的一地。碎了花瓣很快地淹没在春天的泥泞里。那情景让人悚然心惊。

许大夫把头套进粉红的丝巾的那一刻，普老师就在离她几十米处站着。他只来得及发出一个简短的单词。许大夫的身子像风一样飘起来。这个时候，普老师想起许大夫经常说的一句话。她说，我不会活得很久。普老师第一次听到这句话是在他的新婚之夜，这句花消退了他的热情，他忽然觉得自己不行了。大汗淋淋地普老师从许大夫的身上爬了下来。那一年许大夫18岁。许大夫死的时候是33岁。她说了一句自己的谶语。

普老师告诉普子梅，你母亲死了。普子梅说，死，是早晚的事。普子梅无动于衷的神态吓了普老师一跳。普子梅问，是在桃树林吗。普老师没有回答普子梅的话，他说，我想睡觉了。

在许大夫死后的一个日子，普子梅和童小茶打开了那只黑沉沉的樟木柜。现在，整个屋子里亮了起来。童小茶立即被那件绸缎的夹袄吸引住了。中式，立领，有明黄的滚边和黑色的盘扣。银白的底拥了大团的花朵，花芯里跳着金丝，把那热闹做足了。

童小茶说，这才是女人的东西呢。普子梅穿着宽大的蓝卡其中山装，两手抱臂远远地站在一边，她向童小茶白来一眼说，说不定你和我母亲是同一种人呢。

镜子里的人有些陌生了。柔和的颜色凹凸了媚气，丝绸的柔顺和体贴将高贵一缕一缕地渗透出来。童小茶犹疑着伸出手，碰碰镜子里变得不认识了的自己。她想，人原来是可以有许多样子的呀。童子茶说，你不试试吗。她没听见回答。童小茶转过身，看见普子梅不知道在想什么，表情复杂地愣在那里。

4

童小茶猫在拐弯处，一直等到马医生走近才跳出来。卫生院就两个医生，一个是许大夫，一个是马医生。他们都是什么病都会看什么病都看不好的医生。马医生长得很好，属于看见女人眼睛就发亮、喜欢占女人小便宜又让女人恨不起来的那种人，性格温和得有些粘乎了。马医生这种嗜好在米镇几乎老少皆知。

童小茶怯怯地叫了一声，马医生。马医生笑嘻嘻地说，小茶，又想吃水果糖了，整个人就粘过来。童小茶把头歪开。马医生说，你怕什么，我又不会吃了你。童小茶下意识地扫了一眼四周，天好像是一下子黑下来的，许多的景致变得空洞，她响亮地咳嗽了一声，说，马医生，你能帮我一个忙吗。马医生说，你讲。童小茶说，你先答应了我才说。马医生警觉起来，一只白手探过去，童小茶的身子扭怩了一下，脸上的笑容僵了，但她没有甩开马医生的手。马医生说，我猜到了。童小茶干巴巴地说，我将来一定会还给你的。马医生似笑非笑地说，将来太远了吧。他把嘴贴近童小茶的耳边，压着声音说，那好，你晚上来拿。这时候，几个人过来，马医生理了理头发，看也不看童小茶，顾自走了。

童小茶进来的时候，马医生还在吃饭。是颜色很好的猪蹄，还有一碟花生，一碟皮蛋。都是童小茶过年才能吃到的好东西。童小茶想，人和人就是不一样。马医生说，吃一点吗。童小茶摇摇头，但马医生还是把一块猪蹄夹进童小茶的嘴里。童小茶差不多是吞下去的，余香留在了角落，她忍不住咂咂了嘴。马医生说，再吃一点。这回，童小茶很坚决地点了点头。马医生说，女孩子发育的时候是不能缺了油水的。他的目光在童小茶身上扫了一遍，忽然瓷在那里挪不动了。他嘿嘿地笑了一声，说，小茶，你今天怎么穿了件新衣服啊。童小茶的脸马上红了，她支支吾吾道，穿过一次了的。马医生不依不饶地说，还留着粉底线呢。童小茶的脸不红了，她抬起头看着马医生说，我漂亮吗。马医生说，当然。童小茶说，有许大夫漂亮吗。马医生就回答不出来了。童小茶笑了，笑得有些放肆。马医生吃惊了，说，你平常不是这样的啊。童小茶站起来，在房间四处看着，嘴里满不在乎地说，平常是平常，现在是现在啊。

　　马医生的房间摆了一个很大的人体标本，上面有许多指痕。马医生开导说，在我们医生眼里，人和动物是没有什么区别的。童小茶被这话吓出一身汗，说，你这话，我可是听不懂的。马医生就把眼斜过来，说，不会吧，我看你也不小了呀。童小茶说，因为不小了，我才不懂呢。普子梅就说，人和动物是有区别的。这话一说，童小茶马上后悔了，她偷看了马医生的神态，才将心安顿下来。马医生不提借钱的事，童小茶也不提，两个人东拉西扯地磨着时间。

　　童小茶有点紧张，她犹豫了一下，终于发出了一声尖叫。一道雪亮的手电打进来，然后，门哗然一声破了。几个人利索地取出麻绳，把马医生捆牢。马医生挣扎起来，喊道，我没做什么呀。那些人也不理会，齐刷刷地将目光围下童小茶。童小茶将自己缩进墙角，怔怔的，连话都说不出来了。有个人从地上拣起一颗玻璃扣子，高声嚷道，马医生，你还要说什么呢。

童小茶终于在人群里找到了普子梅的脸。这个时候，童小茶忽然感觉到自己很虚弱。她几次挨着墙角都没能让自己站起来。接下来的事情有些简单，童小茶带去妇科检查，查出处女膜未损，马医生就以强奸未遂罪判了。

5

两年前，十四岁的童小茶第一次来例假。她找了她能找到的所有东西：一小叠草纸、两大张报纸和半块脚布。熬到第三天，她实在没办法了，就去找了普子梅。许大夫把自己用过的一个旧月经带消毒好递给她。许大夫温和地说，这个事你应该跟你妈妈讲呀。童小茶低下头，说，我不想说。许大夫说，为什么呢。童小茶说，不为什么。许大夫就用手摸了童小茶的脸。后来许大夫把这件事告诉了童小茶的母亲。童小茶以为母亲会问她点什么，但母亲一直没有提起。现在，母亲问，你来月经了吗。童小茶呆了一下，突然明白过来。她哭着说，你原来一直都不相信我的话。

普子梅来看童小茶，童小茶的母亲不冷不热地说，童小茶死了。说完，扯起围裙抹泪水。她的头发蓬着，衣服也是脏的，人瘦得只剩下一张皮了。童小茶的母亲曾经是米镇著名的美女，但现在没有人那么想了。女人是经不起事的，尤其是美女。普子梅说，阿姨，没事的。都会过去的。童小茶母亲没好气地哼了一声，道，你倒说得轻巧。你没听见那些人说得要多难听就有多难听，口水会淹死人呀。又说，小茶要是有你一半拎得清就好了。她这个死心眼，人家把她卖了，她还为他数钱呢。普子梅不知道她指什么，一时想不出话来。又琢磨了一下她的神态，暗自将吊着的一颗心放下，知道童小茶什么也没说。这时，童小茶从里面跑出来，拉了普子梅就走。

她们又跑到了桃花林。暮春的风拂在脸上，仍然有些凉意。这一会，夕阳将要褪去，桃林里安静下来。而桃子也是要落的样子，垂垂的，风已经吹不动了。

普子梅打开书包，拿出一双塑料凉鞋、一本大红的塑料日记和一包兰花根，齐整整地摆开。童小茶不动声色地看着，慢慢地，眼眶里盛满了泪水。她说，你真的一点都不懂我。多年来，童小茶最害怕的事情是，普子梅对她不好或太好，这两种结果都只能让她更自卑。普子梅低下头，她用自己也听不到的声音说，小茶，对不起。童小茶心里软了一下，她的眼泪再一次地涌上来。她说，为了你，我什么都无所谓的。

她们说了一会马医生。童小茶说，马医生是个见了腥味就粘的男人，那双手竟然比女人还白，你妈妈怎么会看上马医生那种人呢。普子梅说，要不是妈妈的日记本上白纸黑字地写着，打死我也不相信的。童小茶说，有些事是说不清楚的。我倒觉得你妈妈不是坏女人。至少，比我妈妈要好。普子梅不解了，说，你妈妈做了这么多年寡妇，可是一句闲话也没落下呀。童子茶说，那又能说明什么呢。普子梅说，你真这么想？童小茶点点头。她说，我妈妈要是能够喜欢个谁兴许还会好点。

两个人在许大夫上吊的那棵桃树上站了一会儿。普子梅眼光灼灼地看着童小茶，她说，这是我们两个人的秘密吗。童小茶反问道，难道你要我把心掏给你看吗。普子梅说，这个世上，我不相信你，还能相信谁呀。说完笑着跑开了。过了一会，普子梅捧了两个桃子过来，她说，我为你做了一次贼了。普子梅样子有些兴奋，脸色和手里的桃子一样的鲜艳。

普子梅和童小茶发现后面有人跟踪的时候已经晚了。她们被堵在那片长满荒草的溪滩上。阔阔的湖面，除了几声鱼跃的声音，就什么也没有了。

来人一身农村打扮，个头很小，但长得很老气，眉宇中打着忧闷的结，脸黑着，毫不掩饰自己的敌意。他说，我是马医生的儿子。童小茶想，要来的事情终究要来的，反而平静下来。她把目光迎上去，说，你想干什么。马医生的儿子说，我们家活不下去了。童小茶说，那是你们自己的事。马医生的儿子说，你这样说也好，我就没有什么顾虑了。这句话把童小茶和普子梅都吓住了。普子梅拉拉童小茶的手，示意她别开口了。过了一会，普子梅说，你知道你有一个什么样的父亲吗。马医生的儿子说，我们农村人懒得想事的。对我们来说，父亲就是每个月的十元钱。普子梅很有魅力地笑起来，她从容地说，我明白你的意思了。马医生的儿子忽然蹲下身子，双手捂住了脸，像孩子般哭泣起来。他差不多哭了十来分钟。最后，他硬着喉咙说，你们永远也不会明白的。

6

小姑这回从城里给童小茶带来的是一件月白兰的百褶裙，挺大的摆，可以转出圈子的那种。小姑自己身上也穿着百褶裙，却是鹅黄色的，很明亮的样子。小姑让童小茶穿上新裙，看了一会，说，到底不一样了。童小茶马上把裙子褪下来，换上那条蓝裤子。小姑说，不喜欢吗。童小茶说，太喜欢了。小姑说，那就穿呀。童小茶声音低低地说，以后吧。现在还不舍得呢。

自从父亲死了之后，母亲几乎和父亲的家人断了来往。奶奶那边很有些嫉恨母亲。具体的说法是，母亲如果不想吃猪肚，父亲就不会拿公家的钱，就不会走上不归之路了。言外之意，漂亮的女人是祸根，父亲是被母亲克死的。而奶奶的另一个说法是，一个人一辈子能享多少福是注定的，多了，就只能折寿了。最近几年，看着母亲一直守着未嫁，关系才渐渐和缓起来。尤其是小姑，以前和父亲感情最好，走动得也自然勤些，还捎带些米镇见不着的新鲜货，让童小茶觉得日子隐隐地有了盼头。

母亲吩咐童小茶给小姑拿过年剩下的霜米糖，等了半天也没动静，进屋催，见童小茶呆呆地蹲在那里。母亲骂起来。童小茶吞吞吐吐地说，我不知道该拿多少。母亲说，在我面前，你这么就像死人一个呢。小姑说，小茶在外面倒热络些。母亲说，就是，和我生分得很，心都朝着别人，人家说我的坏话，她也不吭气，回家也不学一声。我和别人吵架，她倒躲得远远的。也不知道她一天到晚想什么，防我就像防贼一样。小姑说，她是怕你吧。母亲不满地看了一眼童小茶，冲着她说，这死人捂不热的，我这一辈子可是为她活的呀。童小茶最害怕听到这样的话，赶紧走到一边去。小姑就笑了一下。

米镇分上街和下街，最热闹的地方是两个街的交界点。那里有一个供销社、一个粮站和一个小吃店。童小茶半只脚探进商店，看见小姑没进去的意思，就又退了回来。小姑说，小地方，没什么看头的。童小茶在前面走，缩着头，身子往前倾得很厉害。小姑惊讶了一声，说，小茶，你怎么这样走路啊。童小茶说，我也不知道。小姑说，应该把胸挺起来啊。童小茶看了小姑一眼，还是把头又低下说，改不了了。习惯了。这时候，就有几双眼睛朝她们看来。

她们来到理发店。理发店一个人也没有，小姑喊了好几声，才喊出个老太婆。老太婆眯起眼盯着童小茶的脸，像在鉴定什么，然后摇摇头，说，这孩子面相不好，长了留泪痣，可惜啊。小姑也不理会，把童小茶按到板凳上，几把就捋下橡皮筋。童小茶的头发像水样泻下来。老太婆一剪子剪了半段。小姑，说，再剪。老太婆阴阳怪气地说，再这么着，人家还是认得的呀。童小茶这回可是出大名了啊。小姑准备和老太婆吵架，童小茶已经双手捂着脸跑了出来。

第二天早上，童小茶去上学，被母亲叫住了。母亲和小姑的眼睛都是红红的，刚哭过的样子。空气变得陈旧，几件旧家具泛着暗淡的光。这个家，阴气太重，什么都是死气沉沉的，就像行将就木的老女人的脸。童小茶的心也跟着沉下去。母亲说，你跟小姑走吧。别回来了。记住，你以后就不是米镇的人了。小姑说，小茶，你有什么想法吗。童小茶冷淡地回答，我还能有什么想法。童小茶很快地收拾了自己的东西。那是一个很旧的旅行袋，里面放着几件衣服、一支钢笔和一本普子梅的作文簿。

7

普子梅从小就是个很有理想的人，但第一年没考上大学，复习了一年也没考上，这对她打击很大。普老师说，算了吧，女孩子用不着心太高的。普子梅心里不愿意，觉得父亲这个人从来都是目光短浅的，只是看着自己的成绩还差了那么一大截，也就没什么好说了。普老师搁出一张老脸，又找了几个学生的家长帮忙，终于把事情弄妥，普子梅就去米镇文化站上班了。

文化站站长老黎的家是个半大的院子，正中围了一口井，几棵树也都长得很好，是夏天招人的地方。两间房，一间睡人，一间就是文化站的办公室了。办公室搁着一副象棋、一副乒乓球板和几张报纸，两把椅子都有些歪了。老黎是复员军人，抗美援朝过，说起话中气很足。另一个女的叫黄英，三十来岁，很会打扮，原先是县文工团演柯湘的，有一次台上唱错了词，就被安排到这里了。黄英上班不大安心，隔三差五地往城里跑，据说是在跑调动。

普子梅没过多久,就有些起腻,说是那几张脸不要看了。普老师就劝道,女孩子心不要太高。普子梅并不买账,顶嘴道,除了这几话你还会说什么呀。总不能人人都像你那样窝囊。普老师对这个女儿向来没办法,又被她说到痛处,一时说不出话来。

童小茶给普子梅寄信来,普子梅这才发现自己已经很久没想起童小茶这个人了。她的目光落在云城两个字上。她想,童小茶都能去的地方,我普子梅就没有去不了的道理呀。

有一日,文化站来了一个人,是云城文化馆的老宋。老宋是馆长,但看上去像农民,牙齿焦黄,衣服的领子都是黑的。黄英一见老宋,马上收了平日无精打彩的样子,连眼角都笑开了。老宋却不看她,转过身来问老黎,这就是新来的普子梅吧。

中午很排场,有瓯江的军鱼,足两斤,是黄英预先到对面的渔船定好的。黄英想让老宋醉,想不到自己倒醉了,解了几个扣子,还是喘不过气来的样子。老黎让普子梅敬酒,普子梅站起来大大方方地敬了。老黎说,普子梅也是个文学爱好者呢。老宋很有兴趣地问,你喜欢哪个作家呀。普子梅想了一会说,谌容。老宋表扬了一句,眼光不低呢。又说,那个《人到中年》,真的写到我们这代知识分子的心里去了。普子梅说,我觉得你们这代知识分子特别的不容易。老宋就有些激动,说,理解万岁。老黎打趣道,你们倒像是知己了。普子梅从口袋里拿出一篇稿件双手递过去说,宋老师,你可别笑我啊。老宋也用双手接过来,说,哪会呀。这时候,黄英忽然站起来,说是自己醉了,让老宋送她回去休息。老宋伸出手扶牢,跨出门槛时,又让普子梅也一块去。

老黎和普子梅送老宋回云城。他们等看不到车的影子才往回转。普子梅说,想不到,老宋这个人还这么正规。老黎不以为然地说,那是他对黄英没兴趣吧。普子梅不服气起来,说,你们男人也未免自我感觉太好了吧。老黎说,你不知道,黄英那人,早就被男人摧残得不要摧残了。普子梅哦了一声。老黎接着说，这也得怪她自己，来者不拒。来者不拒，女人就贱了。普子梅看了老黎一眼，说，你怎么知道呢。老黎忽然意识到自己说漏了嘴，赶紧把话题收住了。

过了几个月，普子梅接到调令，调到文化馆搞文学创作了。黄英冷冷地说，真看不出来，这么小的年纪，竟然什么事都做得出来了。普子梅辩别道，我自己也不知道是怎么回事呢。黄英说，可能吗。普子梅说，你不要以为每个人都像你那么贱。这句话一说出口普子梅就后悔了。她听到黄英哈哈大笑起来。她说，你忘了你是谁的女儿了吧。

童小茶来车站接普子梅，她理着童花头，一件乔其衫连衣裙勾勒出坚挺的身材，皮肤也嫩了。普子梅第一眼没认出来。童小茶看上去有些激动，她把普子梅的手都攥疼了。普子梅显然平静一些，她说，我们有多久没见面了。童小茶说，三年零十二天了。普子梅笑起来，说，你怎么记得那么清楚啊。童小茶说，我没事的时候，尽想这事了。她们手拉起来的时候，都感觉到了一种陌生的温暖。

8

和米镇相比，云城要大多了，光看电影的地方就有三个。一个是戏院，一个是军分区小礼堂，另一个才是正儿八经的电影院。几年前，童小茶和普子梅坐拖拉机赶到这里看朝鲜片《卖花姑娘》，两个人都哭湿了一条手绢。

这一天，童小茶来唤普子梅去看电影。童小茶脸上的雪花膏擦得很浓，一进屋，满屋子都是那个味了。普子梅疑惑地盯着童小茶看，童小茶就招架不住了，自己说出来，我还请了厂里的同事呢。

童小茶到云城不久，小姑动用了所有的关系，招工进了国营动力厂。动力厂是云城数得着的好单位，又赶着工人阶级吃香，所以，那里的干部子女就多些。金鹏是一个。

　　电影快开场了，还不见金鹏，童小茶明显着急了，两只手一会儿插进裤兜一会拿出，好像丢了魂一样。普子梅不高兴起来，说，这种人，有什么好打交道呢。童小茶不让普子梅说下去，急急地说，可能是我没说清楚吧。普子梅说，你护什么呀？也太不会拿自己当回事了，在男人面前就要摆足架子。再说，也没有女的请男的道理呀。童小茶老实地说，我是没有办法了。电影看到一半，童小茶又跑出去等了一会。

　　回家的路上，普子梅还是忍不住问，那个人长得怎么样。童小茶一本正经地说，我看没有人比得上的。普子梅一下子笑起来，笑得很厉害，头发都抖动了。她说，情人眼里出西施的话，我现在终于相信了。童小茶等普子梅笑好了，才说，真的，没有人比得上。街道路灯打过来，落在童小茶的脸上，她的脸就透出光来。

　　童小茶到集体宿舍来给金鹏洗衣服，还洗了棉被。金鹏说，要不，你给他们的也洗洗吧。童小茶就又洗了大力、老昆和阿四的。阿四的被头里都是脚臭的气味，童小茶差点吐出来。整个宿舍里，金鹏的东西是最干净的，和他的人一样。晚上，阿四阴阳怪气地要金鹏请客。金鹏说，没有理由呀。阿四说，你这小子，就喜欢装。金鹏就很无辜的样子，说，童小茶也给你洗被子了呀。阿四好像一下子高兴起来，说，这世上的事情也还真说不准的。金鹏试探着问，你也喜欢童小茶呀。阿四吸了吸鼻子，卖了一个关子，说，那你得去问童小茶啊。金鹏就莫名其妙地笑了一下。阿四也不在意金鹏的笑，自言自语道，我妈说过，屁股大的女人，才生儿子呢。

金鹏忽然要带童小茶去一个地方。他让童小茶坐在自行车的后头。自行车扭了几下。金鹏说，你别害怕呀。童小茶不承认。金鹏说，那好，你把手揽住我。金鹏等了半天也没见动静，就笑道，还是害怕呀。车子从小路里绕进去，几枝桃花探出头来，眼睛就被春色充满了。童小茶仰面看了一会桃花，金鹏用手挡过来，说，别看，桃花乱人眼呢。童小茶也活泼了，说，是心乱了吧。

金鹏的家很大，据说是外国人留下的老房子。四周种了花草。里面摆了木头沙发，茶几下面铺着丝线钩的台布，电视机和电话机上也铺着同样的台布。童小茶有点发愣，傻傻地问，你们家是大官呀。金鹏回答，七品芝麻官。童小茶说，你为什么不早说呢。金鹏说，为什么要早说呢。童小茶低下头，眼泪就出来了。金鹏说，好端端地，你哭什么呀。童小茶也不搭话，哭得更厉害了。金鹏拉过童小茶的一只手，攥紧，温柔地说，小茶，你不知道你自己有多好呀。金鹏在空气中散发着那种令童小茶迷恋的光晕。童小茶懵懵懂懂的，不知说什么好，心头一点一点地热了起来。

这个下午接下来的事情是金鹏给童小茶剪了手指甲。那是一枚精致的指甲剪，发出动人的金属光泽。金鹏花了相当长的时间打磨指甲的边沿，直至指尖变成十个漂亮的椭圆形。金鹏把自己的手合上来，慢慢地用力，两双手都变得潮湿了。在明媚的阳光里，金鹏把童小茶的手高高地托起，很珍惜的样子，说，这应该是一双享福的手呢。童小茶说，是吗。金鹏肯定地说，一定是的。童小茶后来就去买了一瓶指甲油。是玫瑰红的，很亮。那双涂了玫瑰红指甲油的手就显出了动人。

童小茶和金鹏谈恋爱后，心事反比以前更重了，人也明显瘦去。普子梅就有些奇怪，说，你应该高兴才对啊。童小茶说，也许是太幸福了，我总有一种不真实的感觉。普子梅叹了一口气说，你这个人，总是把别人看得太高。

童小茶说出金鹏想去考大学一事。普子梅说，你得拦住他。童小茶摇摇头说，那他会埋怨我一辈子的呀。普子梅说，你为他想，谁为你想。我敢打赌，他一走，你们肯定长不了。普子梅看着自己把话说到这个份上童小茶还不开窍，焦急起来，恶狠狠地骂道，你还真是笨。童小茶可怜巴巴地说，我本来就是笨呀。普子梅意识到自己说话有些过头了，去拉童小茶的手，童小茶倒一下子笑了，说，我知道你是为我好。普子梅正色道，我要你记住的是，在这个世上做一个好人，是件很没意义的事。

后来，金鹏自己放弃了机会。他把所有的复习资料归拢，塞进床底下。做完这一切，金鹏感觉一下子轻松了。他告诉童小茶，你若拦我，我还真的走了。你不拦，我倒不忍心了。又说，两情若是长久时，又岂在朝朝暮暮，那只是书本里的话。人是会变的。童小茶被突来的喜悦弄得手足无措了，问，你不会后悔吧。金鹏认真地说，有你，我就足够了。童小茶双手从后面抱过来，把头伏在金鹏的肩膀上，许久一动不动。她轻轻地说，这是真的吗。金鹏宽容地笑了，他说，你还是对你自己没信心呢。

9

小姑全家都为童小茶忙碌起来。买鸭绒被、皮箱、红漆马桶、一台双卡录音机，置出一份像模像样的嫁妆。童小茶把婚礼上的衣服都想好了，就是许大夫旧樟木箱里藏着的那种绸缎夹袄。童小茶打算选粉红的，觉得大红太招眼了，倒是粉红温和一些。

母亲从米镇赶来，给童小茶一个戒子，是当年母亲的陪嫁。童小茶把戒子带到了无名指，左看右看了一会。两娘囡有一搭没一搭地唠着闲话。母亲突然说，你脸上那颗痣，还是去拿掉的好。我这颗心总是安定不下来。童小茶心里一热，想，母亲总归是母亲呀。一下子倒觉得自己老想着母亲的不是，有些过分了，正自责，又听见母亲说，你这回可是给我争了脸，金家是有头脸的人家，以后看还有谁敢再看不起我们了。童小茶有些不屑，这神态没逃过母亲的眼。她说，你也别嫌我俗，这世道就认这个理呢。

母亲像忽然想起了什么，把童小茶拉到里间，连门也关上了。童小茶等着母亲说话，母亲倒是一副欲言还休的模样。童小茶催道，你说呀。母亲的眼盯到童小茶的身上，琢磨着。过了良久才说，女孩子的身子是金的。破了，就是一堆烂铜了。母亲这几句话童小茶听进去了，金鹏几次要碰她，都被她拿好言挡下。

有一日，传达室的老伯打电话给童小茶，说是有人找她。童小茶看见一个带了一顶破草帽的老头猥琐地焉在墙壁。童小茶说，我不认识你啊。老头舔舔嘴唇，说，我可是认识你啊。童小茶仔细一看，叫了一声，天啊。她想也没想，撒手逃了出去。

童小茶再次看到马医生时，发现金鹏也在。他们在喝酒。马医生说，云城这个地方也不大啊，要碰头的人总会碰头的。金鹏连眼睛都红起来了，他像不认识似的看着童小茶，说，想不到你这么有心计。童小茶茫然地看着他，说，你说什么呀。金鹏说，你自己心里有数。童小茶急得哭起来了，她说，事情不是你想象的那个样子，真的。金鹏厌恶地一把推开她。马医生在一旁堆着笑说，我可是什么也没说啊。

金鹏又重新拿起书本，结婚的事也不再提了。不久，就去省城念了大学。开始的时候还有信来，渐渐地便疏松了。偶尔回来见面，也变得客气了，童小茶几次拿眼看他，他都避开。金鹏原本多话的人，一下子沉闷起来。童小茶说，你在想什么事吗。金鹏像受了惊吓，半天才说，我能想什么事啊。是我太愚蠢，连个人都看不清。童小茶说，我听不懂你的话了。金鹏冷淡地说，你不会听不懂的。

童小茶木在那里，脸变得很呆滞，眼睛都不会动了。她前倾的侧翼像老人那样佝偻着，撑不牢就要倒下的样子。金鹏的话，让她死的念头都有了。

童小茶跑到省城，金鹏把她带去喝酒。那是个小酒店，看得出金鹏经常来这里。金鹏很快地把一瓶酒倒进去。童小茶凄凉的一笑说，我知道你想说什么了。你早就该说了呀。金鹏说，为什么看上去美好的东西都是假的呢。童小茶低下头，说，你连一个让我证明自己清白的机会都没给呀。金鹏生硬地说，你还以为你是清白的吗。童小茶慢慢地抬起脸来。她的目光落在金鹏脸上，然后涣散开来。她说，你要这么想，我还有什么办法呢。金鹏说，你不知道大家都这么想吗。童小茶说，知道。

金鹏第二年放假带回一个女朋友，是他的同班同学。普子梅说，早就被我算到了。童小茶看了她一眼，什么也没说。

10

老宋牵头，云城文学社就弄起来了，开会那天，黑压压地挤了一屋子。普子梅说，这年头，怎么谁都是文学爱好者呀。老宋说，时新啊。中国人的习惯就是哪里热闹往哪里赶啊。普子梅说，不会长久的。老宋说，这话没错。老宋在省城杂志发过小说，就当了社长。老宋提议普子梅当秘书长，普子梅也不推辞，一口应承下来。

渐渐地，普子梅就有了自己的活动圈子。是几个写小说、散文和诗歌的。他们经常聚在一起谈论舒婷、北岛，满口的新名词和新思想。开始还把老宋请来指导，后来就有意避开了。普子梅私下里议论，老宋的东西还是三突出的模子，太土，场气不大。很有些不放在眼里了。四五人中，普子梅要出挑些，写诗的大李便起了意思，当了众人的面说道，想不到云城这么小的地方还能藏龙卧虎呢。普子梅一点也没觉着大李是捧她，很自负地说，天生我才必有用。说不定我还真是个天才呢。

普子梅让童小茶读新写的东西。童小茶说好。普子梅说，你看懂了吗。童小茶便不好意思了，说，我还真看不懂呢。普子梅说，云城这个地方能看懂我的东西的人是数得到的。童小茶很虔诚地说，我相信你是最好的。不过，我听老宋讲，人要站在巨人的肩上才能看得远呢。普子梅说，我已经站在巨人的肩上了啊。童小茶犹豫了一下说，别人都说你太傲。普子梅说，人就是要有傲骨的。童小茶又犹豫了一下说，可是，傲气和傲骨是不一样的呀。普子梅有点不爽，反问道，你说我是傲气还是傲骨呢。童小茶就回答不出来了。

有几次聚会晚了，普子梅便使唤童小茶去弄点心。童小茶就屁颠屁颠地去了。大李说，童小茶倒像你的丫环呢。普子梅得意地说，比丫环还丫环呢。大李就说，你的确很有魅力。

大李说有话要跟普子梅讲，等了半天，也没见大李说出来。普子梅眼睛瞄了一眼，发现大李的神色不大对劲，心里马上明白过来。心想，你大李也不照照镜子。当下拦住道，你不用说了。大李缓过神，人忽然放松了，说，到底是心有灵犀一点通呀。普子梅说，你没理解我的意思。我倒觉得有个人比我更合适。大李问谁？普子梅说，童小茶。大李说，你不会真的这么想吧。大李在心里笑起来，他想，女人就喜欢装样子。大李经常会在一些小事上显出小聪明，这倒是普子梅最不要看的地方。普子梅含糊地哦了一声。

第二天，大李约普子梅看电影。来的却是童小茶。童小茶一

看是大李，也愣了，说，怎么是你啊。大李已经猜到怎么回事
了，电影看了一半，就推说有事，把童小茶一个人搁下了。大李
找到普子梅，说，你这人可真没意思。普子梅委屈了，我可是真
心为你着想啊。大李的脸拉下来，说，我大李就那么差劲吗。童
小茶的事早就被人说烂了。大李还想说下去，但忽然打住了。他
看到了门口童小茶那张苍白的脸。

童小茶把头发烫成波浪，用一条鲜红的带子系着。穿件大花
的衬衣，连里面的内衣也换了。她从屋子里走出去，又折回来。
童小茶打开抽屉，乱寻了一气，恍惚间，她想不起自己要找什么
了。她看了好一会自己的手，然后把指甲油一个一个地抹上去。
指甲油抹得很厚，红得有些暗，整个手就有了突兀的感觉。童小
茶沉默了一会，把盛着指甲油的瓶子扔出去。瓶子破碎的声音和
血液敲击耳膜的声音很像，童小茶忽然很难看地笑了一下。

童小茶等到天黑透了，才摸进阿四的宿舍。阿四很出格地
说，你是没人要了，才找的我吧。童小茶好像没听到他的话，几
下把衣服脱干净。阿四头都大了，两个眼珠转不过来。童小茶
说，你要了我吧。阿四说，你记清楚了，这可是你自己求的我。
童小茶咬了咬牙，说，我童小茶说话从来一句是一句。阿四像狼
一样扑上来，但他很快叫了起来。血差不多把被单染红了。童小
茶平静地说，阿四，你都看见了吧。阿四像傻子那样咧着嘴，惊
愕得连话都说不出来了。

11

有一段日子，童小茶来得疏了。没有童小茶的人影在眼前
晃，普子梅就猜想童小茶一定有了什么事。她等童小茶自己说出
来。

果然，有一天，童小茶吞吞吐吐地对普子梅说，我要结婚

了。这个消息倒是出乎意料，普子梅生气了，爱理不理地说，这么大的事，你竟都瞒着我，看来你是不把我当朋友看了。童小茶说，我怕告诉了你，你会看不起我。普子梅警惕起来说，不会是阿四吧。童小茶说，就是阿四。普子梅冷笑了一声，说，阿四那种男人，给你擦皮鞋都不配呀。童小茶眼巴巴地看着普子梅，说，只能嫁给他了。普子梅对这话很不满意，她扬起手，做了一个平常经常做的手势，嗓门也高了，说，自己的命运是掌握在自己手里的呀。我的话你怎么都听不懂呢。童小茶第一次顶过去，道，你等于没说。那只是书里的话。眼泪在童小茶眼里打转，她伤感地说，不能和我喜欢的人在一起，那么，和谁过还不是一个样啊。

阿四的家在山头旮旯，坐了汽车，坐了拖拉机，又走了三个多钟头的路，才望见一个前后不搭的小村子，稀稀地飘着炊烟。阿四的房子快倒的样子，被几根木头撑着，房里黑乎乎的，一点光线也没有。童小茶说，阿四，我看你这个人是一句真话都没有的。阿四当下赖了，说，我跟别人吹牛的话，你也信啊。童小茶想了想，心里对自己说，算了。

阿四的妈也不是很高兴的样子，睁着一双流眼泪的眼睛，看了童小茶半天，才说，这样小的屁股，恐怕是养不出儿子来的。阿四埋怨母亲什么也不准备，面条里连个鸡蛋都舍不得放。阿四的妈把阿四拉到角落，贴着他的耳朵说，这你就不懂了，女人是不能捧惯的。你把她当一回事，她就会爬上你的头上拉屎的。晚上，阿四的妈抱出一床新棉被又添了新稻草让阿四和童小茶睡在一起。阿四得意地说，她早就是我的人了。阿四的母亲拍拍阿四的瘌痢头，夸道，我儿就是灵活。到底是你父亲的种啊。

童小茶和阿四连酒席也没办，就在附近租了一间屋子住下来。小姑送来嫁妆，童小茶躲着，不敢见疼她的小姑。有一天，阿四开门，看见门口摆了一个花圈，就有些纳闷，送花圈的人说，是个老太婆让我送的。童小茶当下脸就青了。阿四大骂起来，说，世上哪有这么歹毒的母亲。又对童小茶嚷道，我阿四要是有什么不顺，我就跟你没完。说完还觉不解气，朝童小茶狠狠地踢过一脚。

母亲熬到童小茶生了孩子才进了那个家。阿四连叫也不叫一声，进进出出好像没有这个人似的。母亲哪受得了这样的气，恨得虚火都上来了，嘴巴肿得歪起来，讲话也不利索了。阿四是个蛮里蛮腔的人，母亲也怕和他论理，只好背地里数落童小茶道，也不知道眼睛长到哪里去了，找了这么一个人。你是存心要气死我的。童小茶也不答话，只一味地流着泪。母亲更加火了，说，有什么话就说出来。我最不要看你哭哭啼啼的窝囊样。童小茶又哭了一会，才小心地说，都这样了，还有什么好说的呢，我认命了。母亲心疼起来，说，日子长着呢。童小茶灰心地说，过一天算一天了。

月子里，阿四要做那事，童小茶不肯，阿四当场就动了粗。一边做还一边骂道，你这么就像一个死人呢。童小茶感觉到刀子割进来了，虚汗浸了内衣，她的头和双手从床沿边无力地垂下去。母亲竖了耳朵听动静，事后盘问童小茶，童小茶死也不说。母亲板了脸，教训道，连阿四那种人你也护着，我看你也就是个受罪的命了。

这以后，阿四一提那事，童小茶就条件反射般僵硬起来，眼睛看着天花板，死鱼一般。阿四心里窝火，打了几个耳光过去。童小茶开始还会哭叫几下，到后来连眼泪也没有了。阿四恶声恶气地说，你这个贱货，我看你一定是心里还想着别人吧。童小茶哑着声音说，你说得对极了。在无边的黑暗里，童小茶窝在角落，缩着肩膀，长时间的一动不动，冷冷的目光像要穿透什么。

有一次童小茶回家，看见门反锁了。她听见阿四说，我就十元钱。不一会，一个长得像男人的女人开门出来，一边系着裤带，一边骂道，我还从来没见过你这么脸皮厚的男人呢。童小茶望着女人一扭一扭远去的背影想，做鸡真好。

12

车子从高速公路驶出，拐上 303 国道线。渐渐地，江南小镇的风景逼近了。山和水都呈现出最干净的颜色。盟渊感叹一声，说，好地方呀。普子梅懒洋洋地睁开眼，马上又闭上了。她换了一个姿势，把自己弄的更舒适一些，然后软绵绵地说，你激动了。盟渊说，我还真激动了呢。普子梅说，你总是改不了你的书生气。盟渊反驳道，是你冷血了呀。

米镇差不多还是老样子，只是多出了几座房子，不新不旧的。老车站边，摆了一溜的摊子。普子梅朝一个饼摊走去。普子梅多次对盟渊说，米镇让我最怀念的就是面饼了。两个小搂子里，一边是雪白的萝卜丝，一边是碧绿的小葱，都是水灵的模样。饼是金黄的，香气浓得几步外就闻到了。一个女人堆着巴结的笑容说，买一个吧，很好吃的。普子梅看去，一下子呆住了。童小茶一身乡下打扮，头发粘得一缕一缕了。手也很粗糙，皮裂开，指甲是灰的，还藏了污渍。普子梅便想起女人是钢琴，什么男人就弹什么曲的老话，心里想，童小茶和阿四那种人生活在一起，也只能是这个样了。

普子梅和童小茶都有些感叹。普子梅说，你变了。童小茶说，你也变了。普子梅说，你都有了白发了。说完伸出手，轻轻地扯下童小茶头上的一根白发。童小茶说，很多的，扯不完了。普子梅说，扯一根是一根呀。童小茶眼里有些湿了，普子梅见了，笑笑，说，你怎么还是跟以前一个样呢。

童小茶说了自己的情况。先是厂子倒了，没了收入，靠帮馆店洗碗维持着。后来母亲病了，嫌云城开支大，就转回米镇了。又问，你现在呢。普子梅有些意外，说，你没听说过吗。童小茶摇摇头。普子梅说，那你猜猜看。童小茶还是摇摇头。普子梅用对老朋友说话的口气说，你还真是笨呢，便拿眼看盟渊。盟渊说，她啊，是著名作家了，名气大得很呢。童小茶很高兴的样子，说，你从来都是把事情做得最好的。普子梅说，什么时候，我把小说寄给你看看。有一个小说，写少年成长故事的，还写到你呢。童小茶慌忙说，别，我现在是什么也看不懂了，字也忘光了的。普子梅很同情地看了童小茶一会。

晚上，普子梅和盟渊商量，让童小茶和他们一起出去。普子梅说，反正家里要雇人，还不如找个知根知底的来得安稳。盟渊说，童小茶未必肯呢。普子梅不信，说，这么好的事她那里还碰得上啊。我是好心帮她呀。盟渊说，这么让我觉得像施舍呢。普子梅说，我就是想施舍。盟渊对这个话题反感起来，另扯了话头，说，你们米镇倒是出美女的地方。普子梅敏感了，说，童小茶可是比我老多了。盟渊就笑了一下。普子梅说，你想什么了呀。盟渊说，我想些什么，你不是说你都知道的吗。

童小茶果然不肯，说是放心不下孩子。这让普子梅有些不快。童小茶觉察到了普子梅的不快，说，我知道你是真心待我的。普子梅舒服了一点，问，阿四呢。童小茶便吱吱呜呜地说不上来。其实，普子梅并不需要童小茶的回答，她已经把头扭开了。她犹豫了片刻，说，把孩子也带上吧。童小茶的女儿妮妮八岁了，面黄肌瘦的，看上去才五、六岁的光景。盟渊问妮妮，知道杭州吗。妮妮说，不知道。盟渊说，知道火车吗。妮妮说，不知道。盟渊抱起妮妮，把脸贴紧，说，以后你就都知道了。童小茶把这一切都看进眼里去。她还发现，盟渊的眼睛很纯净，笑起来有些孩子气，没有城里人的傲慢。她答应下来。

车过云城时，童小茶下车赶回家。门关着，一个女人靠在门边。女人问，你找阿四吗。童小茶点点头。女人带着哭腔说，阿四的心也太黑了，连我买药治病的钱都骗了。女人的双眼凹着，嘴唇是灰色的，骨头饿起来，的确是生病的模样。童小茶退了几步，慢慢地从贴心口袋里掏出唯一的五十元钱递过去。

13

普子梅的家是童小茶怎么想也想不到的。那的确是有文化人的家。格调和品味从最细小的地方透出来。童小茶在云城的时候去过一个小姐妹新家，贴着花花绿绿的墙纸，地是花岗岩的，顶也吊了。小姐妹说，这家可是用十元纸币贴的。童小茶说，总算是开一次眼界了。现在看来，小姐妹的那种装修根本就不能叫装修的。童小茶花了好大力气，才压抑了自己的惊讶。普子梅把一双绣了花的软缎拖鞋递过来，说，这是你的。认好了。

第二天，普子梅想带童小茶去体检。她思忖着不怎么好开口，就想让盟渊去说。盟渊也不肯，说，你还真把她当下人呢。普子梅说，他老公那种人可是什么都做得出来的。盟渊明白了普子梅指的意思，说，童小茶可是老实人，你不相信她也太说不过去的。普子梅也不坚持了，说，你不嫌就好。普子梅一下子想不出好办法，就去超市买了洗浴、洗脸、洗手、洗脚的毛巾，让童小茶把带来的那些都换下。又交待以后每个人的衣服都要分开洗。童小茶看着半新的毛巾，不舍得扔，没人的时候，把毛巾用塑料袋装好，搁到人造革包里。

天还没亮，童小茶就躺不住了。在米镇，这个光景，童小茶已经是忙过一阵了。什么事都靠着自己一双手，童小茶每天最大的想法是能歇上一会，松松手脚。但现在她还是躺不住。用母亲

的话说，她就是个天生的劳碌命。那有什么办法呢，一个没人可靠的人，只能是这样的了。平日再苦再累，童小茶都往心里放，怕说出口，又招母亲一顿讲。

客厅里很安静，童小茶怕弄出声响吵了他们，一时不知道做什么好，就那么呆呆地坐着。像往常一样，她把头缩进肩膀，整个背躬起来，两只手抱着膝盖。盟渊起来小解，见了童小茶那样，觉得有些好笑，说，以后，不用起那么早的。童小茶说，我来，总是要做事的呀，不然，怎么安心呢。盟渊想了想说，那你就做箩卜饼吧。

童小茶做的时候，盟渊在一旁看，看得很认真。还有些急不可待。童小茶的手指在面粉里舞的像蛇一样。盟渊说，你的手真巧。童小茶说，我的手是干粗活的，普子梅的手可是写字的呀。盟渊呵呵地笑了，说，写字的手也不见得就有多高贵呀。童小茶把饼放到油里炸的时候，盟渊差不多是手舞足蹈了，童小茶说，你真像个孩子。盟渊说，像孩子好吗。童小茶小声地说，好。叫人不害怕。

过了几天，家里来了客人，盟渊打算到外头吃，说是省事。童小茶说，不能在家吃吗。我会做的呀。普子梅说，那些菜你烧不了的。盟渊让童小茶一块去，普子梅像没听到，顾自走了。盟渊追上去，说，你也太不给我面子了。普子梅说，你也不想想，童小茶那个样子，怎么带得出去呀。盟渊说，我没觉得有什么不好呀。普子梅说，你没看出什么吗。盟渊问，什么。普子梅也不回答，拿眼睛盯过来，似笑非笑地说，盟渊，我看你怎么突然变得宽容了呢。盟渊说，什么意思。普子梅马上把笑收回去，说，就这意思。

有一个晚上，普子梅把童小茶叫到卧室说话。卧室里摆着刚刚换上的鲜花，含苞欲放的样子。窗帘很大，几层几层的，同色调，不同质地，最里面的是飘逸着的绸。灯光不是很明，也不是很暗，落在人身上，马上就暖暖地融化开了。

来了这么多天，还是第一次两个人单独待在一起。普子梅让童小茶坐近些，一只手搭着她的肩说，这个城市看上去很大，其实是最小的，没有一个地方是安全的。你看我，平常应酬得那么热闹，却是最孤独的，连一个说知心话的人都没有。童小茶的心热了一下，眼泪都出来了，她说，你还记得桃花林吗。普子梅不知道童小茶想说什么，抬头看着她。童小茶热烈地说，我真想回到过去。回到我们在一起的日子。那时候，我们好得就像一个人。普子梅就笑笑，把搁在童小茶肩上的手移开，懒洋洋地吩咐童小茶把那件新买的丝绸睡袍递过来，然后当着童小茶的面把睡袍换上。普子梅保养得很好的肤色在柔和的灯光下闪着细腻的光泽，她显然已经忘了刚才的话了，在镜子面前转着圈子说，盟渊说我，穿什么衣服都是好看的。她把脸朝向童小茶说，你说呢。

14

事情发生的时候童小茶一点预感都没有。她像往常那样给盟渊沏了茶。盟渊是个对喝茶有讲究的人，非常的挑剔，但现在童小茶沏的茶显然已经对了他的胃口。他轻轻地眯了一口，赞道，地道。比普子梅沏得地道多了。当然，更多的时候是盟渊给普子梅沏茶。

普子梅和盟渊同时在家的日子不多，两个人都是各忙各的事，普子梅待在家里的时间更少些。童小茶有时想劝普子梅别老往外跑，但知道普子梅这人向来是教育别人的，哪听得进不好听的话，自己又在别人的屋檐下，所以几次想开口，都咽了回去。

盟渊喝了茶，整个人都舒坦起来。他看了一眼童小茶，埋怨道，你怎么又穿普子梅的旧衣服啊。普子梅发胖之后，原来的衣服都穿不上了，就捡出一些差的丢给童小茶。盟渊很反对，说，你也不能把童小茶看成乡下捡破烂的呀。普子梅看见盟渊当着童小茶的面说出这样的话，气得脸都长了，她说，你是不懂善良的。盟渊也不让步，说，这是善良吗。童小茶赶紧就挑了一件换上。以后谁都不提这事了。

童小茶有些紧张，她不知道该怎么回答盟渊的话。盟渊也不理会童小茶的神态，自顾自地说，你穿粉红色，一定好看。童小茶的脸红了一下，盟渊笑起来，说，我就喜欢会脸红的女人。童小茶把目光避开了。盟渊说，你不相信吗。童小茶说，我不相信。普子梅那么好。盟渊说，她好吗。童小茶反问，她不好吗。盟渊想了一会，认真地说，不自私的人才是好的。这和有没有文化没关系的呀。这句话让童小茶放松起来，她挨着沙发边沿坐下去，手脚也放开了。

过了一会儿，童小茶轻轻地问，你们，不是过得很好吗。盟渊意味深长地笑了一下，说，看上去毫无破绽的生活，往往更千疮百孔，你明白吗。童小茶说，我不明白。盟渊又笑了一下，说，普子梅要是像你这么单纯就好了。童小茶赶紧说，我是笨啊。盟渊突然不说话了，把童小茶揽进怀里。这是一个很温和的动作，是阿四永远不会也不知道的动作。童小茶的心荡漾了一下，她觉得自己有点眩晕。是那种微醉后的眩晕。

盟渊开始做的时候说，小茶，你如果现在后悔了，我马上就打住。童小茶什么也没说。盟渊对她很好，这个世上对她好的人太少了。童小茶那一刻没有想到普子梅，事后想起来自己都觉得有些奇怪。

盟渊的动作忽然停了，他懊恼地说，我可能不行了。他坦白道，这个样子已经很久了。盟渊接连叹出几口气，沮丧得像个孩子。童小茶说，你还这么年轻啊。盟渊说，可能是压力太大了吧。还有。盟渊不想说下去了，在这种时候，他最不愿意提到普子梅的名字。他感叹了一声，说了一句大家都在说的话，婚姻像鞋，合不合脚只有自己知道了。

童小茶抬脸看着盟渊，那是一种母亲看儿子时才有的目光，温暖，纯净，疼痛。她安慰道，会好起来。她伸出手，轻轻地触摸着他的脸庞，然后好像下了什么决心，突然把头埋下去。渐渐地，童小茶光滑的背脊布了汗水。她从来没做过这样的事，但她现在做了。为一个男人。为一个什么都不是的男人。盟渊感觉到身子一点一点地热起来，坚挺起来，男人的自尊和信心融化进温暖的港湾。盟渊惶恐地说，小茶，你是个好女人。我很感激你。童小茶一句话也没说，她低下头，双手掩着整个脸。慢慢地，眼泪从她的指缝里满出来。

有一天，普子梅忽然对童小茶说，你应该走了。普子梅脸上什么表情也没有，甚至看都不看童小茶。她检查了童小茶所有的行李，然后扔下一句话。她说，你以为你是谁呀。这句话把童小茶的脸打得很疼。

15

又一年春天，普子梅回米镇。远远地，普子梅就看见了正在卖饼的童小茶。普子梅摇上车窗，将车子缓缓地驶过去。

隔日，普子梅拉盟渊去桃花林。他们从学校的小山坡绕开，穿过刚刚泛绿的田野，最后来到桃树林。已经没有桃花了，落在他们眼里的是一坡荒草。盟渊问，你找什么。普子梅说，没有了。盟渊有些奇怪，但他没再说什么。

（原载《春风》2004 年第 1 期）

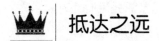 抵达之远

　　树叶被风吹起来的时候，细嫩的声音，在不远处响着。天空暗下来，渐渐地，只剩下声音。妹妹兴奋地说，又一张树叶掉了。她习惯将一根手指头含在嘴里，这让她的语言总显出支离破碎。水扣的目光漫过暗淡的病房，虚虚的，落不到实处。黄昏的阴影里，妹妹像一根木头那么戳着，前倾的身子忽然晃了一晃。她越来越胖了，胖得连手连脸连走路的姿势都像妇女。水扣身体里最尖利的疼，从骨头深处向外面钻出，然后一寸一寸地蔓延开来。

　　死是容易的。它的过程，似乎接近于一张树叶的凋零。水扣心里跳出一句希门内斯的诗，我们说过："死亡"，犹如一个句号，我们消失但又化为其他。许多年前，水扣曾经是文学青年。当然，现在不是，早已经不是。

　　也就是昨天，邻床那个高个子男人在一声尖锐的喊叫里终结了生命。他在喊一个人的名字。因为清脆，那个名字突兀地留了下来，在水扣的感觉里无所不在。水扣敢肯定，那是高个子心底里最隐密最顽固的名字。高个子的妻子一直从容地站在门口，很耐心地躲避着高个子吐出最后一口气。这里有一种说法，受了死人临终的气，会折寿。高个子已经拖了三年，这个世上没有一件事是经得起拖的，包括痛苦。包括情绪。当然也包括感情。寿衣

也可能是三年前的，折痕清晰，从一只旧袋子里匆匆倒出，上衣七件下衣九件，一堆人忙作一团。然后才是哭，传染似的，一浪高过一浪。又一下子歇住。高个子刚及中年，只是死后的面容完全是一个老人了。好像就是在死后的那么一瞬间变老的。没有一点过渡。水扣很认真地看了一眼。自从得病之后，水扣就变成一个认真的人，心头放不过一点细节。

在不远的夏天以及更近的秋天，水扣经常听到高个子说，我要抱着女人死去。疾病让高个子变得放松和无所顾忌，这个当年省篮球队友似乎是个风流人物，尽管他拥有的故事在水扣听来多少有虚构和表演的意思。他穿一件今年秋天云城最流行的咖啡色宽松毛衣，竖着嫩黄色衬衣的领头，那模样，依然可以找得到一个男人的自信。高个子热衷于穿新衣服，这一点与女人有些相像，也是他区别其他病人和男人的地方。水扣说，你是一个热爱生活的人。高个子猛烈地笑起来，将消瘦的脸涨成一片桃红。他犹豫了片刻，说，我发现你妻子很会穿衣服。那套蓝色绣花中式衫只有她才穿得出味道。女人的味道是最要紧的。我一直都喜欢有味道的女人。水扣在心里暗笑了一下。高个子的确对女人和衣服焕发着一种接近弱智的热情，这种本能，让他显出了真实。也许高个子是用这样一种沉溺消解即将来临的死亡的恐惧。

妻子木荷是个容貌普通的女人，即便是穿着蓝色绣花中式衫，也同样容貌普通。不过就是一个城里的女人，有着城里女人的自信与自恋。水扣很有些不以为然。他莫名其妙地笑了一下，说，你看人的目光太宽容了。我可是到死才明白，这个世上最狠的人是女人和医生。他们什么都下得了手。高个子像孩子般紧张起来，直愣愣地看着水扣。水扣说，你不相信吗。高个子表情严肃地说，我从来都不这么想。这么想太没意思了。

妹妹一下子坐在高个子的那张床上。她好像已经将刚刚发生

过的事完全忘记了。床上只剩下一本黑色的书。书是《圣经》。几个月前，一个水扣曾经喜欢过的女人送的。水扣当作女人的面，送给了高个子。他需要很多东西，比如钱，比如一次有实质意义的安慰。再细小的，比如替他洗一把脸，或者为他烧一碗热腾腾的面条。只是，他不再需要书。尤其是现在。水扣觉得，有知识的女人都过于自以为是，她们往往对生活缺乏直觉以及更为本质的洞察。当然，这更可能是因为自己的敏感与绝望。他已经不能够相信任何一种拯救。

书被高个子读得很旧，有几页就要掉下来的样子。还有几页卷了毛边。水扣还是第一次发现，一本书可以这么快地面目全非。像人。像人的一生。存在和消失都毫无道理。妹妹说，你要吗。水扣说，我要不动了。妹妹说，扔了吗。水扣说，扔了。妹妹走到窗前，一下子将书扔了下去。她的动作很大，整个人也快跟出来了。她做什么事都动作很大。不想后果。也没有什么后果是妹妹可以想的吧。

这样也好。没有比做一个简单的人更好的了。水扣想起木荷的话。她说，你是一个有秘密的人。和谁都隔着一层。水扣自己明白，他不能够打开内心，是因为害怕。他对这个世界有着本能的拒绝。而且他还以为，倾诉只是女人的事。他早就习惯了一个人去承担和忍受。许多事情，说或者不说，都是一样的。说到底，谁也帮不了谁什么。更多的人，对别人的故事只抱着本能的好奇，那里头，是不会有一点同情的。打开自己也就等于出卖了自己。他把自己包裹在一个壳里，那是他多年来坚持的一个姿势。只有这样，他才能感觉到安全。像他这样的人，有很多的东西其实是别无选择的。

水扣让妹妹把辫子梳一下，妹妹撅着嘴，有些不情愿。水扣说，女孩子，不打扮，没人要看的。妹妹就笑嘻嘻地说，看我的人太多了。所有的人。男的，女的。好像我长得和别人不一样。水扣的身子，动了动，马上松软了下来。那些暧昧的眼神，总是像刺一样戳进他的心里，让他时刻不安着，并且，生出许多的仇恨。尽管水扣明白，这样的仇恨没有多少来由。但只要他爱着妹妹，那恨就是注定的。水扣之所以能容忍高个子，甚至表达了某种友好，只有一个理由，那是因为高个子没有把妹妹当作另类。高个子说是简单的或者说是善良的倒不如说是聪明的，他看到了水扣内心最隐秘的情结。一个人与另一个人的走近或走远，往往会来自一件很细小的事情。

童年甚至少年，妹妹辫子上头都打着蝴蝶结。水扣记得，蝴蝶结是紫的。那是母亲最喜欢的颜色。一些清晨，母亲用一盆放了草籽的水将白细纱染成浓郁的深紫，她斜着影子，轻轻地吹气，很快地，一群快乐的紫蝴蝶在她手掌里翩翩舞蹈。母亲临死的时候对水扣说，妹妹的辫子，记得要打上蝴蝶结。妹妹那年十二岁，此后，她再也没有长大。她停留在自己十二岁的世界里。那是一个和世俗隔膜着的世界，简单得只有一堆紫色蝴蝶结、一只玩具熊和一些梦。妹妹的身上，甚至还可以闻到孩子的体味。

水扣想了一会儿，想出了一些泪水。这个世上唯一能够让他在她面前放声痛哭的女人已经离去。那是母亲。除了母亲，他不会也不想在任何一个人面前哭泣。妹妹走过来。她说，你又想事了。水扣很软弱地说，我没什么可想的了。水扣让妹妹蹲下来，用手指挑开头路，开始为她打辫子。他做的很熟练。那是多年练习的结果。因为妹妹，水扣始终都是一个内敛而温和的人，一个特别容易满足和特别能够忍受的人。水扣盯着妹妹，说，我要去一个很远的地方了。妹妹说，我会跟着你的。水扣就愣在那里，身子半天一动不动。

这段时间，水扣经常想起埋着母亲的那块墓地。那里头，还

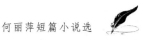

曾埋过水扣的一个姐姐。它在朝阳的山坡上，四周是野杜鹃、松树和成片的茅草。十二年前，水扣张皇地看着母亲在这里一点一点地消失。身旁的妹妹将两只手高高举过头顶，她的姿势古怪而僵硬。父亲的发暗的脸模糊不清。在众人的目光下，水扣做着一个儿子要做的事：披麻戴孝，捧照片，点香烛，落棺时下跪。那场春天的雨，下得无声无息，落在脸上，竟生出了丝丝的疼痛。那是水扣对死亡最初的记忆。那时候水扣还不知道，他失去的究竟是什么。他就这么长大了。潦草、仓促、干瘪而且毫无预感。

又一张树叶掉了。妹妹更兴奋地说。她将潮湿的手指从嘴里抽出，整张脸贴着窗户哈了一口气，踮起脚用力地写下一个瘦小的字：人。这一回，水扣盯着那个字，直到它全部消失。他们不知不觉地沉浸在同一个游戏里。这是打发时间的一个好办法。他们都没有什么事可以想也没什么事可以做了。这个世界上所有的事都不再与他们有关。虚无是生命的本质，死亡准确地将它呈现出来。在死亡面前，人们找到了唯一的平等。

在另一个黄昏，水扣看见父亲扛着肩摇晃着走过来，脖子上扎着暗黄的毛巾，脚上光光的套一双很新的解放鞋，一副到城里赶集的模样。他老了许多，白头发已是明亮的一片。水扣当然可以肯定，父亲是从车站走着来的，他不会舍得一元钱的公共汽车票。父亲把钱看得很大，这没办法，他们家的钱向来都是一分钱恨不得掰开两半用。这几年，父亲唯一的想头是，能早点挨到60岁，拿到属于他的那份退休工资。那日子，是他扳着手指算着过来的。一个机床厂的下岗工人，连肚子都顾不上，还能想多远呢。父亲只有在水扣接到大学录取通知书那天，疯了似的买了五斤糖果，一路嚷着分过去。用水镇人的话说，那是天开逢了。只是没挨到天黑，父亲就后悔得直跺脚。他总结说，穷人是虚荣不起的。

水扣从父亲的模样里找到了自己的影子，那种骨子里的相像是无法改变的。木荷经常说，小地方长大的人，那种状态，一眼就能让别人认出。话里头的意思是，说他不够大气。这让他沮丧。的确，水扣不甘心那么轻意的被女人看低或看透，尤其是被他在意的女人看低或看透。在云城生活多年，水扣依然无法真正的融入，他知道自己活得永远比别人累和压抑。他越来越清楚，他的种种努力只不过是在一个女人面前树立自己的自信。这同样让他沮丧。

　　父亲的前头是人高马大的继母，腰板笔直的，两只手很有幅度地往外甩着，好像又肥沃了一些。在水扣的感觉里，继母一直都是人高马大的，即便成年之后，依然没有摆脱这样的印象以及这样的印象带来的压迫。继母是个聪明的女人，谙通世故，她知道别人的肉是捂不热的，当然，她也不会在邻里间落下什么话柄，面子上总要过得去，这就注定了她和水扣之间的关系：说不上好也说不上不好。更准确地说，是彼此防守与躲避。水扣从小就是一个懂别人心思的人，特别是懂女人心思的人，这一点，也让继母有理由不喜欢。

　　父亲在家里做不了主，因为害怕继母，这种害怕直接来源自一次次打架，压倒在地下大声讨饶的总是父亲。继母下手很狠，每次都是豁出老命的样子。而且最厉害的一招，是继母拿捏住了父亲的软档。几次下来，父亲就服了。私底里，父亲坚定地认为继母藏着武功和暗器。此后，父亲便一步一步地丧失了话语权，他通常用沉默表达着自己的意思。除此之外，父亲还学会了酗酒和吹牛，主要是吹水扣。这是生活失败男人相似的某些特征。水扣有时候会想，每个人都要遇着自己的一个克星的。继母是水扣的隔壁邻居，做了多年的寡妇，靠做豆腐支撑着日子。在水镇，继母的泼辣和清白一样地出名。

256

有一次，水扣和木荷聊天。他说，你知道我小时候最大的一个愿望是什么吗。水扣没有等待木荷的回答，他知道她永远也想不到的，他接着说，我很想我的继母能把我的同学留下来吃一次饭。一次就够了。木荷听着，竟笑出声来，说，你也就那么一点出息呀。而且，我还发现，你心里阴暗，特别记仇。就这一次，水扣发愿，他以后什么也不会对木荷说了。他的疼痛在木荷眼里竟是一个笑话。他还是太天真。或者，他还是太需要别人的理解和安慰。

这个时候，妹妹大声地说，又一张树叶掉了。妹妹向继母展开一个完整的笑容。紧张而生动。只有在笑里，妹妹才落出破绽。那张脸一下子古怪起来。她向所有的陌生人都这么笑着。包括父亲和木荷。除了水扣，谁都是妹妹眼里的陌生人。继母说，我还是那句话，赶紧把妹妹嫁出去，女大不中留。水扣懒懒地回答道，她只会是男人的生育工具。说不定，今天生了孩子，明天就被扫地出门了。继母说，哪个女人不是男人的生育工具呢。水扣便冷下脸沉闷着，不想听的样子。继母知道水扣的脾性，认定的事，没有人说得动的。自从水扣有了工作，妹妹就一直跟着他，连出差都带着。他对谁都不放心。他拖到三十多岁才结婚，看上去很像一个有阅历的小老头。在家里，水扣做很多的家务，什么事都依着木荷的性子。因为妹妹，木荷有了夸大自己痛苦的理由，她说，我已经很好了，你自己做人要明白。人的忍耐是有限度的。那话里头照旧藏了许多丰富的意思，一句是一句地戳到水扣的心里面。水扣也懒得理会，只要能容得下妹妹，他便什么都是满足的。

继母的眼扫了一圈病房，马上明白过来，将手抚在胸口，退了几步，离邻床远了点。她说，果然死了。死亡是有气息的，上次来我就闻到了。就像当年你的母亲。只是，谁也不会想到你母亲是那样的人。那都是天意了。母亲对父亲很好，但从来不属于父亲。这是父亲的悲哀，也是母亲的悲哀。和秘密最接近的地方，一个是疯狂，另一个就是虚无。从来都是如此。

水扣记起，母亲死的那个春天，院子里出现了蝴蝶。是一群紫色的蝴蝶。它们有些时候停歇在窗棂或屋檐上，更多的时候在明暗的天空里飞翔，它们晶莹的翅膀看起来娇嫩而鲜艳。传说，死亡是有前兆和气息的。那么，紫蝴蝶很有可能就是乌鸦的同类。它们有着特别的触角。在民间，它们是灾难的象征。

继母觉察到自己的话不妥，不安地挪了挪身子，伸出手摸了一下水扣的头发，又很快地收回来了。她说，你要有信心，而且，你很快就是要做父亲的人了。水扣淡淡地说，已经没有这个可能了，我让木荷把孩子做了。这样，对木荷公平一些。水扣自然不会说出真相。其实，是木荷一家人的意思，他们甚至认为这件事连和水扣商量的必要都没有，他们早把水扣划出了生活圈子。人只有在病着的时候，才容易发现，谁离你近，谁离你远。现在，木荷来得一次比一次少。连理由都懒得找了。她化着精致的淡妆，头发的颜色又换了另外一种，脸色长久地阴着。水扣在拥抱里感觉到了越来越明显的僵硬和疏远。他不会说什么的。以前是不舍得说，如今是不想说了。他从得病的那天起，就放弃了医治。是彻底的放弃。他厌倦了。这样的厌倦，可能从母亲死后就开始了。

他总是要着别人给不起的某种东西。比如，温暖。

继母好像并不太意外，她琢磨了一会儿，说，我想到了。我太知道木荷是个什么样的人，面上装得脱俗，心里要的还不是跟别人一模一样。你就是不肯相信我的话，这样也好。水扣反感着继母的圆滑，将话说得滴水不漏。自然，木荷的好与不好，本来就与她不怎么相干，以后就越来越不相干了。继母除了死捏着钱，其他的，倒是都让人说不上什么，当年的霸气也退了不少。毕竟老了。

水扣抬起头，发现父亲在抹眼泪。用手背一下一下地抹。抹得很笨拙。在这个动作里，水扣找到了母亲的影子。或许哭泣的时候，人与人就变得相像了。而一个家的基本特征，就是彼此相像。水扣的喉咙紧了，却没有说出话来。继母说，每次来，你都是这个模样。还不如不来。父亲叹出一口长气，说，我还能是什么模样呢。在这个世上，还有谁比我更命苦呢。继母不接父亲的话头，将墙一般的身子横过来，诉苦道，他每天都喊着要去死。水扣突然不耐烦起来，喊道，你要明白，那个等死的人是我。大溪没盖，谁也管不了谁。父亲待不住了，要走，水扣也不拦。父亲走出门口，又转回来。他说，水扣，我恨你。你让我活在这个世上连一点盼头都没有了。水扣冷冷地说，本来，这个世上什么东西都是靠不住的。人靠不住，钱也靠不住。水扣说完这句话，像是用尽了力气，脸一下子白下去。

水扣一个月之后得到了父亲的死讯，他用最简单的办法杀死了自己：将两只手插入电源，整个身子像鱼那么蹦跳起来。父亲的死是很有理由的，他在一个偏僻的乡村，找到了救治水扣的偏方：他死了，水扣就可以活下来。父亲对此坚信不移。木荷说，没有比你父亲更愚蠢更自私更不负责的人了。这次，木荷终于把话说得比较清楚。在这一点上，继母与木荷的想法第一次不谋而合，她把木荷拉到身边，愤怒地控诉道，他早就准备好了。这只是他看上去很合理的一个借口。他向来就是逃避现实的人。以前是，现在还是。

水扣想要上墓地看看，大家都拦着，水扣也不再坚持。他一次也没有梦见父亲。就像他从来也没想试图走近父亲。时间对于一个对生活绝望的人来说，不会有任何意义。死亡是一条底线，他们终于走在了一起，像一对真正的父子那样骨肉相连。

又一张树叶掉了。妹妹自言自语。

现在，水扣将一杯白色的水递给妹妹。妹妹接过杯子，突然地流出了眼泪。水扣给妹妹打辫子的时候，听到妹妹说，我看到紫蝴蝶了。那是妹妹十二岁说过的一句话。它清晰地跌落下去，跌落进时间的深处。水扣细心地扎上两朵蝴蝶结，所有的紫色在一瞬间高贵地开放。水扣笑起来，笑得如同一个幸福女人那么柔情似水。他想，我只能这么做了。根本就没有其他的办法。这个想法安慰了他。接下来，水扣很平静地喝下了另一杯白色的水。在突如其来的黑暗里，他听到了高个子喊叫的那个名字。妈妈。妈妈。

后来，木荷在一堆紫蝴蝶结里看到了一张水扣母亲的照片。照片上的女人穿一袭紫衣，表情忧郁。那是木荷十分熟悉的一种表情。水扣是这种表情，妹妹也是这种表情。木荷没有猜错，水扣的确是一个有秘密的人。十二年前，妹妹的父亲用一杯白色的水杀死了那个穿紫衣的女人。

（原载《百花洲》2008年第6期）

天凉好个秋

1

小桐结婚那天，阿岗去了。酒席摆得很阔，烟是中华，酒用了茅台。阿岗吃了一半，忽然想走。小桐追出去，他们一起站在一只灯泡下。小桐的脸，化得太浓，遮了平日的那点苍白。没有苍白，小桐就是一个很一般的女人了。小桐说，以后，我们还是朋友。阿岗受了打击，尖刻起来，说，你想什么都要吗。小桐一时说不上话，怕冷似的抱紧了胳膊。

阿岗一个人往夜里走，脚步虚虚的，像踩在棉花上。小栗已经等在那里，温了自家酿的米酒。穿一件水红的两用衫，留着粉底线，看得出，是裁缝店做出的活。小栗的脸也是红的，红到脖子。到酒的时候，一只手捂了嘴，小心地笑着，多少有了一点撒娇的意思。小栗说，小桐，人人都说好，想不倒心是冷的，说变就变，一点余地也没有。阿岗夺了酒，胡乱地喝下去，很容易地醉了。第二天早上，阿岗醒来，手一摸，摸到了小栗的身子。小栗老实地睡着，阿岗凑近一看，看到了眼屎和一片口水。阿岗想起了什么，额头上冒出一层虚汗。

一日，小栗寻来，神情有点闷。身上的套头衫和健美裤连成一条线，看不见腰身了。阿岗明白过来。小栗说，我也是才知道。阿岗说，天底下还真有你这样宽心的人啊。小栗委屈起来，拿手背抹眼泪。阿岗不理，直直地对着窗户，叹出几口重气。小栗哭了一会，哭得无趣，自己收住，狠狠地说，你也不用为难成这个样子，我一个人担着就是。说完，头也不回地走开。

阿岗硬着头皮，找母亲讨主意。母亲终于听到她害怕听到的话，呆了片刻，骂道，你父亲的种，什么事都是做了才想。母亲一急，老毛病犯了，人喘成一团，眼睛里有了阴翳。阿岗最见不得母亲这个样子，快快的，不安起来。母亲气顺了一些，很深地挖了阿岗一眼，缓缓地说，什么事，做了才想，总是晚的。遇到好的女人，说不定就害了她一生，遇到不好的女人，苦的就是自己了。我是恨铁不成钢。阿岗想解释一下，但他只做出一个手势。阿岗知道母亲一辈子最痛恨什么。阿岗抱了头，想到做人有这么多无奈，眼泪出来了。母亲看进心底，就不再说什么。当下，母子合计，拖一段时日，看看情形再定。这种事，女人自己会着急的。

一个月晃过，小栗连个面都不照，阿岗这才觉出，小栗这个人，摸不透。又捱过了两天，阿岗终于忍不住，提了五斤苹果、一柄香蕉、几斤点心送过去。小栗不在。小栗的母亲还是那副不冷不热的样子，阿岗便知晓，小栗把所有的事都瞒下了。小栗是家里的老二。老二总逃不过受忽略的命。

阿岗要去的地方，叫芒庄。有个老太婆在路口张望，脸黑着。老太婆说，你是阿岗，我已经等了你很久。老太婆走在前面，不时回过头，用眼神催阿岗。那村庄看上去很近，但他们走了很久才到达。老太婆指着一个肥大的背影说，这是小栗。

小栗用纱手套，织婴儿的开裆裤。夕阳打在她的身上，一时间，所有的情景沉浸到一个绝对的静止里。阿岗说，你什么后路都不给自己留了。小栗说，我不想从你那里得到什么，也就不会失去什么。小栗很骄傲。这种骄傲让她那张扁脸明朗起来。阿岗突然间被一股绝望的情绪淹没了。阿岗要走，老太婆送他。天完全黑下来，马路上空荡得听不到任何声响。他们没有等到返城的车。老太婆说，是老天留你。阿岗后来才知道，芒庄这地方，晚上根本就没有车。

半年后，阿岗和小栗的儿子生下来，取名弘远。阿岗面对着弘远，感觉到自己不重要了。

2

小桐要去文化馆，依稀听到外面房间，东西碎了。小桐也不理会，自顾自对着镜子，收拾一番。白的真丝衬衣，领头和袖口都绣了咖啡色的小花，下面是一条大摆的咖啡色格子裙。小桐的丈夫鸣看了，更不高兴，说，做人，还是明白一点的好。小桐说，我什么地方不明白了。鸣说，你自己心里有数。小桐忍了，把脸都忍白了。

文化馆很旧，院子里的几棵树也都老了。树叶失去了水分，挂不住了，铺了一地的明黄。木头的楼梯，人走上去，可以听到尖锐的声音。有一个图书室，和一个排练厅。最头的那间，大一些，容得下几十个人。文学的会，通常摆在那里。

那天，来的是省城的一个作家，农民一样。旁边的艾子，笔和本子都备了。身子坐得笔直，作沉思状。作家的话，都是场面上的话，没有多少意思。小桐想，不过是位置占得早罢了。探过头看艾子记下什么，艾子用手挡了。

隔日，作家要去爬山，许多人陪着。爬到一半，作家失了兴致，转道去了一个村庄。村庄挨河，河边长了野草和明亮的菊花。挨菊花丛的，是成熟了的庄稼。艾子紧走几步，与作家并排。后来，作家和艾子的笑声一起响了。艾子的纱巾，像要飞起来。

临近中午，作家说，就来点野味。老崔和阿岗四处张罗，寻到一只狗。阿岗想自己动手，小桐使了一个眼色，悄悄地说，杀狗会折寿的。两个人的目光撞了一下，迅速逃开。都有些复杂。

作家喝了酒，话多了起来，说，我们单位有一对男女，平常也看不出什么。有一次单位看电影，我正好坐在他们的旁边。电影放到一个暧昧镜头时，我看见他们相视一笑，马上就断定，他们有戏。后来，果真如此。老崔说，这就是作家的真功夫了。又指了阿岗、艾子和小桐，说，你们，好好学习。

作家忽然喜欢上了这个地方，没有想走的意思，大家都留下来。村庄里有个舞厅，放着响亮的歌。几个正扭着的人，见到他们，停下来，退到一个不远不近的位置，盯着。作家叫小桐跳舞，小桐跳了。作家说，你很有气质的，一只手，在腰部，使了劲。小桐一时僵硬得迈不开步子。隔了一会，小桐摸黑过来说，作家不见了，艾子也不见了。老崔说，不会有什么事的。果然，过了一个来小时，作家和艾子都回来了。

艾子的短篇，在省刊发了。艾子叫拢圈子里的人，一起聊天。艾子等在门口，脸上的笑容，挂得久了，看上去有些硬。进去之后，发现里面拥挤得很，有人就坐到床上。艾子的房间，挂了一幅墨，写着，有志者，事竟成。看不到色彩，连窗帘都用了中性的灰。小桐捧了一簇桂花进来，一袭红衣，屋子马上亮了。大家打趣道，小桐还用写什么诗，小桐自己就是诗了。艾子接了桂花，往一只酒瓶插了。小桐一声感叹，说，可惜了花。

省城的刊物，的确做得好看一些。阿岗用手摸了，摸热了手心。艾子的小说，一年前写的，写的是师生恋，阿岗第一个看了，说，不怎么样。艾子看着阿岗的样子，笑了，说，我那小说，要不是作家帮忙，肯定是发不了的。艾子说出阿岗心里想的

264

话，大家听了，都一怔。小桐点点头，说，到底是艾子。老崔问，什么意思。小桐说，就这个意思。老崔说，我这么好像看到刀光剑影了呢。不见有人搭话，再看，小桐已经走了。

3

小桐和鸣的婚姻维持了六个月。窗户上的囍字还没完全褪色。鸣在最后的时候表现出一个商人的精明。他要了他能够要到的所有东西。小桐把自己搬回了原来的地方。是外婆留给她的那间小屋。当外婆离开她的时候，小桐在这个世界就没有了真正意义上的亲人了。屋子许久没有人气，生了霉味。小桐打开窗，她看见斜阳落进水里，把天地映得血红。这是小桐童年经常迷恋的情景。

小桐坐下来。她感受到了内心的疼痛。她写出了那首叫《你去了那里》的诗。这首诗发在一本叫《瓯江》的诗刊上，后来被一个男人珍藏进心里。这是一个将来才发生的故事，小桐接近它的时候，已经到了中年。那是一个遥远的地方，有小桐热爱的白杨和马兰花。那个男人说，你终于理解了男人和生活，现在，你是一个真正的好女人了。小桐换了一个姿势。她把整个身体完全地交到男人的怀里。她看上去像猫那样脆弱而温柔。小桐说，你知道吗，我在阴影里生活了太久了。我其实就想找一个能够在他面前撒娇的人啊。

艾子来了。小桐知道艾子会来。艾子早就说过，小桐，你和鸣不是同类人，你们长不了。艾子二十八了，还没有打算把自己嫁出去。艾子的说法是，男人哪个靠得牢，爱自己才是最真的。艾子什么事都想好再做，所以，艾子没有故事。

鸣进入的时候，小桐和阿岗的爱情正走到了第三个年头。最初的激情过后，剩下的也就不多了。小桐的内心深处，其实是不大看得起搞文的男人的，觉得他们心思复杂，矫情且做作，把自己看得太重，而且少了血性。还有一个更主要的原因，小桐觉得阿岗有点小气。就是看电影。还常说，小桐的衣服太多。也不知道让着女人一点。每次闹嘴，都要小桐先开口。这些原本也没什么，但鸣出现后，就显出了重要。

鸣给了小桐春风扑面的感觉。鸣是另外一种人，没有多少文化，但心思活络，是云城最早富起来的一批。有摩托和手机。而且朋友很多。鸣追小桐追得很狂热，送了无数的鲜花，这让小桐多少有了满足。一个月之后，小桐和鸣有了那种关系。是在一家宾馆里。小桐喝了酒。鸣说，这不是谁的错。小桐感觉到了鸣的手掌抚过脸颊时的温热和粗暴。鸣永远知道你什么时候需要什么。女人的不幸都是从一个匆促的婚姻开始的，若干年后，当小桐孑然一身的时候，她差不多每天都想到了这句话。

小桐离开阿岗，阿岗什么也不说。小桐说，你打我一顿吧。阿岗说，我不会打你。我就是要你永远记着，你欠了我。

小桐对艾子说了婚姻的感受。小桐说，他怀疑我的每一件事和每一句话。简直就是地狱。艾子暗地里笑了。她想，小桐还是太敏感了，有些东西放在别人那里，兴许什么事也没有，但搁在小桐这里，就是伤害了。艾子说，没有一种生活是十全十美的，对婚姻，最好的法宝是忍耐。小桐说，我宁可什么都没有，也不想过一天将就的日子。小桐提出了离婚，鸣不以为然，他说，你以为你是谁啊。结了婚的女人，早就不值钱了。小桐说，我就为你的这句话也要离婚。

艾子说起了阿岗。艾子说，阿岗，才是爱你的人。小桐别过脸，看着窗外，说，我原先也这么想。但后来他那么快就结婚了，我就不相信了。艾子摇摇头，说，这恰好证明了他爱你。小桐听了这话，发了好一阵子呆。

 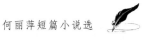

4

天还没有完全亮透，小栗便在屋子里，弄出许多声响。阿岗打着哈欠出来，瞧见饭桌上还是一碗泡饭，一碟老咸菜，就知道，昨日的话，又白讲了。阿岗说出几句难听的，小栗听了，竟呆呆地，什么表情也没有。阿岗说，你真是冷血，连吵架的欲望都没有。小栗说，我刚才，想另外的事呢。

到了晚上，小栗把藏了几天的事，讲给阿岗。阿岗不相信。小栗说，小桐这个人，最要面子，这种事，她自然不会张扬。半夜，小栗醒来，看见阿岗睁着眼睛，吓了一跳。想了一会，小栗问，你和小桐谈了那么久，有没有做过那种事。阿岗说，没有。小栗说，你这话，我倒是肯相信。小桐在你心里，比什么都金贵。况且，对你们男人来讲，没到手的女人，才是最好的。阿岗想，小栗倒是个明白人，便用手搂过小栗，把口气放软，说，手摸不到的地方，都是远的呀。小栗就笑了。

阿岗要去省城，上文学讲习班，小栗什么也不问，阿岗只好自己说了，小桐也去。把底牌摊了，阿岗一阵轻松。小栗说，你们还能有什么事啊。阿岗马上得意起来，说，那也不一定啊。小栗把一件开衫毛衣，连夜赶出来，两只眼，兔子一般。阿岗见了，说，你做给我看啊。小栗接嘴道，你呀，文人的德性，尽把人往贱里想。也不生气，拉了阿岗试衣服。开衫的边，最见功夫，小栗的手艺，就亮在这里。小栗还给母亲打过一条裤子，用的是单根细绒，摸上去，很有手感。母亲这个人，自恃有点文化，一般人不入眼，又一个人久了，更是难弄，倒是与小栗有话讲，这让阿岗都觉意外。小栗说，老人，都是客了，说几句好话，有何难的。

省城京州，是个有脂粉气的地方，所以，看上去多少有点颓废。一日，小桐约阿岗一起去喝酒。小桐穿了棉布格子长裙，罩一件细纱镂空衫，打着辫子。小桐穿过马路的样子，好像已经在这个城市，住了很多年。一个小酒楼，灯光有些脏。鱼是小桐愿意吃的少数几种食品之一，其他就是蔬菜了。这是小桐苍白的原因之一，还有一个原因就是，小桐记住所有经历过的事情。小桐喝了许多酒，脸更苍白了。阿岗看着，也不挡，知道小桐这个人，看上去很温顺，其实，谁的话都是不听的。小桐终于说了一句，做人真没意思。阿岗等了很久，小桐才又说，这是我一生最艰难的日子。阿岗没有听到自己想听的话。阿岗心里想，小桐，还是把自己藏得太深。小桐不想走，阿岗坚持要走，就走了。

以后几天，都过得很平淡。阿岗没去找小桐。小桐也没去找阿岗。其间，小栗打来一个电话，说弘远病了。这件事一直搁在阿岗心里，也懒得找人聊天，一个人拿了本马尔克斯的《百年孤独》，闷头读了。同住的小林，深夜归来，有些激动，拉了阿岗说话。小林说，你了解小桐吗？阿岗琢磨着话里的意思，问，你爱上了小桐？小林说，不，是她爱上了我。小林接着说，我还从来没有遇到过这样大胆、直接的女人呢。小林还想说，见阿岗眉毛都竖了，知趣地笑了一下。阿岗倒头便睡了。

回去的车上，阿岗看着窗外的风景，忽然觉得自己很可笑。阿岗想了几种可能，唯一没有想到，最有可能的一种可能。

5

母亲打来电话，说，你父亲来了。阿岗知道后，带了小栗和弘远一起往家里赶。小栗给父亲的东西，是早备了的，一件黑色呢子大衣，一件全毛上装，两件毛衣，其中的一件加了夹里，很厚实。还有自己泡浸的治关节的蛇酒。父亲还是老样子，没大没小的，几句话，把小栗说得笑出声来。小栗接了母亲的围裙，

说，你陪父亲说话吧。母亲说，我和他有什么话好说的。拉了一把椅子，坐下。

阿岗递了一支烟过去，父亲接了，一时烟雾四起。母亲说，你们，没有一个听我话的。父亲说，你就是太要别人听你话了，我才逃的。母亲的脸一下子拉长了，说，是这个原因吗？你给我说清楚。父亲马上赔了笑脸，拍着母亲的背，说，又激动了。我还不知道，这个世界上，你是对我最好的人。这句话，阿岗听到许多次。很多次，是从母亲嘴里听到的。阿岗想，父亲这个人，太聪明了。

阿岗的父母，在阿岗五岁的时候，就离了。母亲带了阿岗，离开省城，回到自己的老家云城。云城那时没有大学，母亲就在一所中学，教历史。父亲在另外一个城市安了新家，终于娶了那个叫水兰的女人。这以后的许多年，父亲和母亲像朋友一样相处着。母亲的说法是，父亲在事情还没有露出破绽时，就向她坦白了。因为这一点，她无话可说。父亲则说，母亲根本就没有真正地爱过他。父亲的理论是，真正相爱过的人是无法成为朋友的。母亲表现出来的大度，只能证明她对婚姻早已厌倦了。

他们在两座城市，用电话聊天。说一些琐碎的事。也聊水兰。也聊水兰外的另一些女人。父亲说，有些东西，到了手，才知道，好像并不需要。母亲说，那是你永远不知道自己真正需要什么。

阿岗对父亲，说不上好，也说不上不好。父亲是那种可以制造快乐的人，但短暂的快乐，是无法消除无处不在的孤独和伤痛的。所以，阿岗和父亲总是不能够很亲热，像隔着什么。他很少能够想起父亲。

小栗麻利地弄出一桌子菜，一家人围了。都是父亲喜欢的菜。有排骨藕和葱花鱼。父亲有些激动，说，还是有家的好。父亲老得很快，好像是一下子老去的，现在，他和其他老人没有多少区别了。头秃了，脸上皱纹像沟，神情里有了沮丧与悲哀。一点也看不出，这是一个被许多女人喜欢过的男人。水兰死后，父亲的日子一下子空了，一个人，过得很马虎。酒也比以前喝多了许多。这次回来，父亲有了叶落归根的意思。阿岗与母亲商量了这件事。阿岗问她是否可以与父亲破镜重圆。母亲说那是不可能的。阿岗就不再说什么了。母亲说，我和你父亲，还是做朋友的好。

阿岗与小栗送父亲。是最早班次的车。下着冬天的雨，黑暗里，父亲的咳嗽声一阵又一阵。等车的时候，父亲对小栗说，以后，我天天穿你打的毛衣。父亲又说，我真想吃你烧的菜。小栗笑了。阿岗给父亲围上围巾，他感觉到了父亲身体的颤抖。有一句话，阿岗想说了，但终于没有说出来。阿岗的目光紧跟着父亲的背影，直到他消失在茫茫的雨幕里。

一个月后，父亲死了。死于酗酒。父亲试着走回来。他的脚步凄凉无比。

6

老崔和阿岗到书店买书。老崔买了巴金的《随想录》。阿岗买了三岛由纪夫的《潮骚》。阿岗喜欢三岛由纪夫。阿岗喜欢的作家不多。他总是反反复复地读同一个人和同一本书。在熟悉的情节与味道里寻找亲切和温暖。这是阿岗的习惯。

他们后来遇到了小桐。小桐也不打招呼，径直走过去，弄得老崔一头的雾水。他们都有些介意。老崔说，小桐离婚了。你知道为什么吗。阿岗说，我不知道，也许小桐自己也不知道。他们说了一会小桐。老崔说，小桐是个一本书拿起来照自己读的人，也许是她不适合婚姻。阿岗说，我对她一点感觉都没有了。

阿岗还是注意到小桐换了发型。是那种给别人看的发型。流行得有些俗。她终于放弃了她多年的坚持。阿岗有一种感觉，女人每换一次发型，都将预示着她的人生的一次改变。

这是春天，阳光很好，女孩子已经穿出了裙子。两个师范的学生，一男一女，远远地，笑了。都理着精神的短发。有一种甜蜜的气息。老崔说，看见他们，我才发现，世界原来如此美好。阿岗说，你老了。老崔说，我是老了。写不出东西，也许就是这个原因。

他们到老崔的家里去。老崔的老婆搓麻将去了，碗和衣服都搁着。也没买菜。阿岗就拉老崔上自己的家。小栗已经备好了晚餐：砂锅鸭、干烧毛芋、香菇青菜。见到老崔，又忙去买了下酒的花生米、鳗片和豆腐干。老崔和阿岗吃了饭，进书房聊天，小栗泡了茶进来，搁下，说了一句，我和弘远出去了。把门轻轻地带了。老崔说，我儿子一篇作文，写的是诸葛亮。他说，诸葛亮最伟大的地方，就是娶了其貌不扬的妻子，这是一个男人成熟的标志。我儿子都比我明白。阿岗说，娶一个漂亮的妻子，毕竟会给男人带来成就感啊。老崔说，那倒也是。不过日子太长了。

阿岗的书房，是细心收拾过的，让人感觉到了气氛。摆了文竹和吊兰。有五千来册书。老崔不怎么读书，他的写作，得力于生活的厚度。老崔常常自嘲自己是个木匠，活做多了，也就自然顺了。老崔写了很多年。老崔说，我还能写得出什么呢，剩下的就是一个情结了。阿岗不怎么看得上老崔的东西，但很尊重老崔这个人。老崔也知道。

八十年代，云城有一个文学社，叫初荷。阿岗、老崔、小桐、艾子还有大路都是初荷的人。他们在一些深夜讨论人性、诗歌的激情以及接近本质的通途。大路最激动。大路后来去了北方，他回来的时候已经成为商人。大路在市区买了房子，养着狗和鸟。有各种各样的人出入。阿岗去了一次，以后就再也没有去过。

阿岗原先在税务所工作，管着一摊子事，是个肥缺。文学热的时候去了文联。阿岗那时候以为，有文学，就够了。母亲反对过。母亲说，喜欢文学的人，是过不好日子的。母亲的这句话，成了阿岗一生的咒语。

阿岗拿出一张报纸，给老崔看。其中一个是艾子的专版。艾子现在已经是作家了，在省城，立了脚。艾子一下子，就走远了。两个人都沉默了一会。阿岗说，女人要想做点什么事情，总要容易一些。老崔说，我知道你这话的意思。艾子这样做也会有她的理由吧。其实，谁又能比谁好多少呢。阿岗顶了一句，你总是这么中庸。

7

母亲约阿岗去吃饭。他们去了他们通常去的那家叫绿门的酒店。是一家外地人开的店，有很好的生意。有几个熟人向他们扬了手。

母亲看上去心情不错。她穿了她这个年龄不大穿得出的衣服，是一件大红的风衣，有帽子那种。但母亲穿着，看了也挺顺眼。母亲是个注重形象的人，衣服穿得很得体，让别人猜不出年龄。阿岗说，妈，你是不是在谈恋爱啊。阿岗和母亲说话比较随便。他们看上去不大像母子。母亲点了紫苏鱼头。吃饭的时候，阿岗说了一个笑话，母亲也说了一个。近邻，都回过头来看。母亲说，还不知道他们怎么想的我们呢。阿岗知道，母亲要的就是这个。

母亲又一次看着阿岗。这个男人越来越像他父亲了。不仅是五官，还有神态。动不动皱眉头和咬小指头。她终于还是一辈子

都逃离不了他。包括他的死亡，都带了阴谋，在他消失的时候也让她感觉到他的存在。她把他埋到离她很近的地方了。

阿岗当然知道母亲想了什么。当阿岗把父亲死亡的消息告诉母亲时，阿岗才发现，母亲一直都爱着父亲。母亲只是不愿意承认罢了。在父亲和自己形象之间，母亲选择了后者。其实，那时候只要母亲不说那句话，父亲就会留下。但是母亲说了。这是母亲深思熟虑的话。母亲说，你好好地爱水兰吧。也许是母亲不能真正面对背叛的打击，所以她选择了在别人看来更完美的方式。阿岗想，母亲比别的女人更虚荣。

阿岗心底里并不喜欢这样和母亲单独吃饭，而且是在酒店。但阿岗一次也没拒绝过。小栗后来知道了这件事，说，你们终究还是把我当外人啊。阿岗说，那是母亲表达感情的一种方式罢了。小栗从此不再提这件事。

阿岗和母亲经常在吃饭的时候说小栗。母亲说，你还是不怎么喜欢小栗的。阿岗说，我知道小栗这个人很好，只是我们没话说。母亲说，你是不是没有忘记小桐啊。阿岗不吭声了。母亲想了一会儿，说，小桐守不住自己，也可能是她太善良了。善良的女人，裤带要松一些。阿岗没想到母亲会这样说小桐，一时糊涂起来，倒抽了一口气，想来这世界上事情的确是似是而非的。母亲并不看重小桐，但小桐离去之后，母亲从来不在别人面前说小桐一个不字，也不准阿岗说。事后，阿岗觉出，母亲毕竟是读过书的人。最后，母亲又道，你还是要善待小栗一些。说到底，小栗才是一心一意跟你过日子的那个人啊。不过，人要活明白，还真的太难。

两年后的一个秋天，在一次笔会上，阿岗遇到了小桐。小桐刚刚从一场感情中走出来，老了不少。小桐在云城有不少传闻，落了话柄，朋友们私下里说，小桐找不到她要嫁的人了。有一个晚上，小桐来了，还带来一瓶酒。他们一起喝完了那瓶酒。小桐终于哭了，泪水从她指缝里流出，弄湿了阿岗的双膝。阿岗闻到了熟悉的气息。这是阿岗青春里的一个梦。它破碎了。不是谁的错。那只是一个命运。小桐说，你要了我吧。小桐说，你要了我吧。小桐的话包围了阿岗。在令人窒息的沉闷里，阿岗说出一个字，不。

8

阿岗急性地赶到医院，发现老崔已经走了。医生说，是他自己放弃的。又跑了老崔的家。老崔的老婆正在打电话，说了一句，他到乡下去了，就不肯再多说一句。老崔两年前就下岗了，摆了一个小吃摊子，日子有些难。他早就说过，不糟蹋钱了。

阿岗抵达芒庄。多年前阿岗来过这里。他还记得老太婆说的一句话，前半夜想想自己，后半夜想想别人。芒庄是个安静的村子，可以听得见鱼划过水面的声音。阿岗见到了老崔。老崔坐在一块石头上，让太阳照着。他不是阿岗想象的那个样子。他很平静，甚至比平日还要平静。老崔指着一块石头，笑着说，说不定，这些都是我们的祖先呢。

老崔的外婆过来招呼吃饭，都是寻常的农家菜。有一条蛇，是村里人送的。老崔喜欢芒庄，敬着村里的人，所以很有人缘。外婆的屋里，有各种各样的草药，也是村里人四处张罗来的。还有一个人，跪着走许多路，到寺庙给老崔求平安。老崔连一口汤都喝不下去了，但一直笑着撑在那里。阿岗想起老崔有一次被人灌醉了酒也是这么笑着。阿岗不敢再看下去。

桌子上摊了稿子。零乱的一堆。有方格子。有白纸。还有一些旧了的小学生作业本。字迹模糊，好多字歪着。老崔的手拿不住笔了。阿岗说，你还在写。老崔说，不写了。写不了了。写了

274

一辈子，说不定就写了一堆废字呢。一时，两个人都无语。阿岗
把稿子收拾，摆到老崔床前。老崔用手摸了。

一个星期后，老崔死了。阿岗、艾子、小桐和一群文友在老
崔坟前，把稿子一张一张烧掉。这是老崔生前托付给阿岗的最后
一件事情。纸灰飘扬。整个世界安静下来。艾子对阿岗说，老崔
可以安息了。大家都流出眼泪。

一日，小栗睡了一觉醒来，发觉身旁空着，便起床去了书
房。阿岗附在桌子上。他的背影很瘦，像撑不住衣服。小栗看了
一会，什么也没说。那个秋天，阿岗写了一个小说，起名叫《天
凉好个秋》。阿岗对小栗说，我还是想写下去。小栗笑着说，你
呀，一条道走到黑，比我还笨。阿岗第一次认真地看了小栗。

（原载《佛山文艺》2003 年第 4 期）